교육? 호기심!

한승진

박문사

책을 내면서

　이 책은 오랫동안 교육자로 살아왔지만 교육에 대해서는 알다가도 모르겠음을 고백할 수밖에 없는 한 사람의 생각꾸러미입니다. 오랫동안 학생으로 교육수혜자였고, 지금도 나름 평생교육자의 자세로 교육받기를 즐겨하고 있다 보니 교육은 가깝게 느껴집니다. 또한 가정에서 아버지로서 자녀교육을 하고, 대학에서 교육학을 배우고 학교에서 교육자로 살아가고, 교회와 이런 저런 사회교육에서 교육자로 임하지만 정말 교육은 잘 모르겠습니다. 이런 제가 뭘 안다고 교육에 대한 이야기를 주제로 책을 내는가 싶은 생각에 주저됨이 사실입니다. 그럼에도 저도 잘 모르고 늘 고민하는 주제인 교육을 주제로 책을 냄은 서툰 교육자로서 생각하는 교육에 대한 고민을 공유해 봤으면 함입니다.

이 책에 나오는 내용들은 제 개인적인 생각으로 이론작업을 거친 것도 아니고 확고하게 교육철학으로 정립된 것도 아닙니다. 그저 이런 주제들을 내 놓고 같이 공유해 보았으면 하는 바람입니다. 어떤 이는 교육은 저처럼 교육종사자들의 주제이니 나와는 무관한 것이 아닌가 하실 수도 있습니다. 그러나 그렇지 않습니다. 교육은 누구나 교육자입니다. 알게 모르게 교육수혜자로, 당사자로 얽히고 설켜 있습니다. 그러니 한번쯤 교육에 대해 생각해 보는 것도 좋을 듯합니다. 교육, 정답은 없는 것 같습니다. 무엇이 참된 교육인지도 모르겠습니다. 이렇게 답도 없는 물음이지만 그래도 이 물음을 외면치 않고 묻다보면 어렴풋하게나마 알게 되고 느끼게 되고 깨닫게 될 듯 싶습니다. 이런 제 생각으로 좋아하는 시입니다.

흔들리며 피는 꽃

  도종환

흔들리지 않고 피는 꽃이 어디 있으랴
이 세상 그 어떤 아름다운 꽃들도
다 흔들리며 피었나니
흔들리면서 줄기를 곧게 세웠나니
흔들리지 않고 가는 사랑이 어디 있으랴

젖지 않고 피는 꽃이 어디 있으랴
이 세상 그 어떤 빛나는 꽃들도

다 젖으며 젖으며 피었나니
바람과 비에 젖으며 꽃잎 따뜻하게 피웠나니
젖지 않고 가는 삶이 어디 있으랴

우리 아이들의 자신감이나 학습 호기심은 최하위 수준입니다. 어떤 학습법도 호기심을 이기지는 못합니다. 과도한 학습이 아이들의 호기심을 죽이고 우리의 교육경쟁력을 떨어뜨리는 가장 큰 주범입니다. 이보다 더 심각한 문제는 초중등 시절의 과도한 학습으로 아이들이 불행하다는 점입니다. OECD보고서에 따르면 회원국 27개국 및 비회원국 15개국 중에서 한국 학생들이 몇 해 동안 가장 불행한 것으로 나타났습니다. '호기심 최하위'. 어둡고 부끄러운 자화상입니다. 아이들의 앞날을 생각하면 암울하기까지 합니다. 호기심은 미래를 여는 원동력입니다. 자동차로 치면 연료와 같습니다. 아무리 좋은 자동차도 연료가 없으면 굴러갈 수 없습니다. 4차 산업, 인공지능, 우주탐사, 로봇왕, 대문호, 명상가, 영적 세계도 그 시작은 호기심에서 비롯됩니다. 호기심 최하위를 호기심 천국으로 만들어야 합니다. 그래야 우리 아이들의 장래도 밝아집니다. 스스로 자신의 길을 찾도록 돕는 것이 진정한 교육입니다. 또한 이웃과 세상 속에서 나를 찾는 기쁨을 맛보며 내일의 희망을 만들 수 있도록 우리의 교육은 더 넓은 세상을 비춰 가야 합니다.

저는 아이들에게 어떻게 할지 방법을 알려 주지 말고, 무엇을 해야 할지를 귀띔해 주곤 합니다. 그러면 아이들의 기발함에 놀라곤 합니다. 사람마다 그만의 창의력과 기발함이 있습니다. 목표와 방향이 정해지면 길을 내는 방법은 수만 가지입니다. 믿고 맡기고, 밀어주면 됩니다. 조급하게 길을 알려주지 말고 믿고 기다려줍시다. 조금 시간이 걸리고 서툴고 답답하더라도 기다려줍시다. 그러면 학생들은 저마다의 길에서 방법을 찾아나갈 것입니다. 교각살우(矯角殺牛)라는 말이 있습니다. 이 말은 소의 뿔을 바로잡으려다가 소를 죽인다는 뜻으로, 결점이나 흠을 고치려다가 그 정도가 지나쳐 오히려 일을 그르치는 것을 비유적으로 이르는 말입니다. 저는 단점을 개선하려고 하기 보다는 단점을 있는 그대로 인정하고 저마다 갖고 있는 강점을 촉진하고 강화하도록 하는 것에 관심이 있습니다. 서툴고 부족해도 좀 기다려주고 칭찬과 격려로 함께하면 아이들은 아름다운 꽃으로 자라날 것입니다. 이런 점에서 교육은 기다림과 오래 참음이 중요한 것 같습니다.

알맹이가 있는 좋은 글은 우리 마음을 뭉클하게 하고, 오래오래 우리 삶을 참되고 바르게 이끌어 줍니다. 어떤 글이든지 그 속에 이야기가 들어 있어야 합니다. 그게 알맹이입니다. 그게 빠진 글은 쭉정이 글이고 읽어도 아무 맛을 느낄 수 없게 될 것입니다. 중얼거리는 말은 이야기로는 가치가 없고, 남이 들어 주어야 이야기가 됩니다. 알맹이가 없으면 빈껍데기와 쭉정이만 남습니다. 알맹이 없는 글, 알맹이 없는 말, 알맹이 없는 삶… 그 모두 허망한 쭉정이일 뿐입니다. '알맹이'가 있어야 합니다. 그 알맹이가 곧 '진실'입니다. 진실이 담기지 않은 말, 진실이 빠져버린 글… 그런 이야기는 아무리 혼자 중얼거려도 들어주는 사람이 없습니다. 저는 교육도 마찬가지라고 생각합니다. 교육대상은 그 어떤 수단이 될 수 없고, 목적 그 자체입니다. 그러니 교육자로서 진실하게 사람을 만나야 합니다.

엉성한 글모음이 하나의 책으로 엮어져 나오니 느낌이 새롭습니다. 저마다의 주제들이 하나로 모아진 듯한 느낌입니다. 이번에도 졸작을 작업해주신 도서출판 박문사 관계자 여러분과 구매하는 독자들에게 그저 감사하고 송구한 마음입니다. 농촌마을에서 학교 선생으로 살아가는 사람의 딴 짓거리로 펼치는 만용(蠻勇)을 너그럽게 봐주시기를 바랍니다.

흔들리며 피는 꽃이 아름답다고 여기는

한 승 진

1장 존중하는 교육

2장 인권과 존엄의 성숙한 교육을 꿈꾸며

3장 새로운 시대에 따른 교육적 의미

4장   지위경쟁과 서열이 고착화된 나라

/

교육? 호기심!

/

존중하는 교육

"왜 나 같은 아이는 책에 없어요?"
딸 위해 동화책 만든 아빠

어린 딸이 아빠를 올려다보고는 물었습니다. "아빠, 왜 이야기 속에 나오는 사람들은 아무도 나 같지 않아?" 순간 아빠는 변화가 필요하다는 사실을 깨달았습니다. 허핑턴포스트는 2017년 7월 16일 중국인 제리 장이 4살 딸 메디슨을 위해 『특별한 동화책』을 쓰게 된 사연을 소개했습니다. 책 읽기를 좋아하는 제리의 딸 메디슨은 평소 '엘로이즈(Eloise)', '팬시낸시(Fancy Nancy)'와 같은 고집불통 소녀의 이야기를 다룬 책들을 좋아했습니다. 하지만 이들은 모두 어린 백인소녀들이었습니다. 이것에 대해 이해가 안됐던 딸은 아빠에게 자신과 비슷한 사람이 등장하는 책을 몇 번이고 반복해서 요청했습니다. 이에 제리와 그의 아내는 아시아인이 나오는 책을 찾아내려고 서점을 수소문했고, 노력 끝에 아시아계 미국인 캐릭터가 주인공인 책을 발견했습니다. 그러나 그들의 문화와 유산에 근거한 다소 무거운 소재는 4살짜리의 흥미를 끌지 못했습니다. 아빠는 딸을 다독이며 말했습니다. "메디슨, 넌 중국인이기 때문에 중국의 문화에 대해 읽는 것도 중요하단다." 그러나 딸은 이를 받아들이려하지 않았습니다. "난 중국인이 되고 싶지 않아"

이 말은 제리의 가슴을 아프게 한 반면, 뭔가 정말로 놀랄만한 무언가를 만들어줘야겠다는 자극이 되기도 했습니다. 그리고 낙담해 있는 딸을 위해 이야기를 쓰겠다는 결심이 섰고, 결국 미국의 대표적 크라우드 펀딩 사이트 '킥스타터(Kickstarter)'의 도움을 받아 '페퍼 장'이라는 동화책을 창작해냈습니다. 기대했던 목표치 5000달러(약 561만원)를 훌쩍 넘어선 3만 달러(약 3363만원)를 모아 다음 시리즈도 낼 수 있게 됐습니다.

이 책은 페퍼라는 평범한 아이에서 어떻게 세계적으로 유명한 화가가 되는지에 관한 것이었습니다. 메디슨을 위해 책을 만들기 시작했지만, 다양한 출생 배경을 지닌 아이들과 부모에게도 전해져 하나의 선택지로 제공될 수 있게 되었습니다. 딸 바보 아빠 덕분에 자신과 똑 닮은 주인공이 나오는 책을 갖게 된 메디슨은 이제 "그게 나예요"라며 자신 있게 책장을 휙휙 넘겨 볼 수 있게 됐습니다.

딸 바보 아빠는 딸로 인해 작가가 되었습니다. 그것도 그저 여러 작가 중에 한 사람의 숫자를 늘리는 것이 아니라 꼭 필요한 의미 있는 작가입니다. 이 이야기는 중국의 이야기만은 아닙니다. 우리나라에서 여자 아이들이 갖고 노는 인형들의 대부분의 모습은 서양미인의 외모와 체형을 담아내고 있습니다. 금발머리에, 파란 눈동자에 길게 늘어진 팔과 다리입니다.

이런 인형을 갖고 노는 아이들은 알게 모르게 서양미인의 외모와 체형을 미의 기준으로 알게 됩니다. 그리고 우리나라 아이들이 즐겨보는 동화들이 서양 것들이 많습니다. 신데렐라나 백설공주 이야기 등이 그렇습니다. 서구화된 인형과 동화가 아니라 우리나라 인물들을 모델로 한 인형과 완구류 그리고 전래동화들이 많아졌으면 좋겠습니다.

어느 대학 출신입니까?

어떤 일을 하고 싶나요? 블루칼라로 작업 현장에서 일하는 노동자인가요? 화이트칼라로 샐러리맨이나 사무직 노동자인가요? 이 질문에 대부분 화이트칼라를 선택할 것입니다. 그렇다면 화이트칼라가 되기 위해서는 무엇을 먼저 해야 할까요? 지금 학생이라면 좋은 대학에 가야 할 것입니다. 좋은 대학이 화이트칼라가 될 수 있는 가장 빠른 방법이기 때문입니다.

어느 유명 사립고에 다니는 학생과 만나서 이런 저런 이야기를 나눌 기회가 있었습니다. 이 학생은 어려서부터 부모님의 철저한 관리를 받으며 사교육을 받았습니다. 친구들도 같이 하기 때문에 거부감은 없었고, 자연스럽게 받아들였습니다. 하지만 고등학생이 되면서 입시에 대한 스트레스가 이만저만이 아니었습니다. 경쟁이 워낙 치열하다 보니 친구들이 경쟁상대로 여겨졌습니다. 괜스레 친구들을 미워하게 되었습니다. 이 학생은 공부를 부모님 말씀 잘 들어 공부를 열심히 하면 할수록 자신의 성격이 이상해짐을 느꼈습니다. 공부를 할수록 자신이 마치 동물의 왕국에 사는 동물 같다는 생각이 들었습니다. 성적에 대한 스트레스 때문에 성격도 다혈질로 변하는 것 같았습니다.

부모님은 이 학생을 좋은 대학에 보내야겠다는 생각 밖에 안 하시는 것만 같았습니다. 자식이 어떤 것에 관심 있고 좋아하는지 관심조차 없어 보였습니다. 부모님의 욕심을 채우기 위해 계속 밀어붙이는 것 같아 씁쓸하지만 그래도 사회가 그러니 그저 공부를 열심히 하는 게 낫다는 생각으로 괴롭다고 했습니다. 이 학생은 아직 가고 싶은 대학교와 학과가 없고 자신이 무엇을 하고 싶은지 어떻게 살아야하는지도 잘 모르겠다고 했습니다. 고민이 너무나도 많았습니다. 형제가 없어서 부모님과 상의하고 싶지만 늘 바빠서 혼자 지내는 시간이 많다고 했습니다. 이젠 외로움에 익숙해질 때도 됐는데 아직도 적응이 잘 안 된다고 했습니다. 꿈이 없다고 답답한 심경을 토로했습니다. 그저 이야기를 들어줄밖에 딱히 제가 무엇을 해줄 수도 없었습니다.

그러고 보니 외고에 입학한 어느 학생도 비슷한 고민이었던 기억이 납니다. 하루에 5시간 이상 자는 것이 소원이라고 했습니다. 초등학교 입학 전부터 조기교육을 엄격하게 받아온 탓에 스케줄이 웬만한 직장인들보다 빠듯했습니다. 이 학생은 아침 6시에 일어나서 수영을 합니다. 그리고 학교 수업을 마치면 학원에 가서 과목별로 보충수업을 듣고 밤 11시쯤 집에 도착해 예습까지 철저히 합니다. 그러다 보면 시계는 어느덧 새벽 2시를 가리킵니다. 이 학생의 부모님이 학원을 운영하고 계시는데 어려서부터 거기에 맞춰 짜인 스케줄대로 움직였습니다. 숨 쉴 틈 없이 돌아가는 일상이지만 미래를 위해 꾹 참는다고 했습니다.

공부를 열심히 하는 이유에 대해 물었습니다. 좋은 대학을 가야 성공할 수 있고, 그래야 돈을 많이 벌 수 있기 때문이라고 했습니다. 판사가 되고 싶다고 했습니다. 이어 형이 두 명이 있는데 똑같이 생활했다며 큰형은 대기업, 작은형은 우리나라 최상위권 대학에 다닌다고 했습니다.

이 학생은 버스에서도 단어 책을 손에서 놓지 않았습니다. 방학을 하면 더 바빠질 것이라고 했습니다. 방학을 하면 학교 수업이 없기 때문에 해야 할 것들이 더 많아집니다. 지금까지 잘 버텨왔기 때문에 꿈을 위해 더 노력하고 싶다고 했습니다. 한참 이야기를 들으면서 대견하거나 자랑스럽다는 생각보다는 안타까운 마음과 그래야만 하는 건가 하는 생각에 씁쓸했습니다. 뭐라 조언을 해줄까하다가 들을 것 같지도 않고 오히려 혼란만 줄 것 같아 그냥 들어만 주었습니다. 제가 보기에 열심히 자신의 공부, 꿈을 이야기하는데 눈빛이 자신감과 확신에 찬 것이 아니라 불안해 보이는 것 같았습니다.

교육열이 둘째가라면 서러운 대한민국. 초중고 12년간 오로지 좋은 대학을 가기 위해 아등바등 살고 있습니다. 틀에 박힌 교육에 찌들어 있고, 본인의 성향보다는 주위의 시선을 의식합니다.

대학알리미 통계 분석 결과, 2016년 기준으로 수도권 대학은 111개, 지방 대학은 224개인 것으로 나타났습니다. 재학생은 수도권은 1,080,031명, 지방은 1,339,299명으로 집계됐습니다. 교육부에 따르면 현재는 대학 정원보다 신입생이 많지만 저출산 영향으로 2018년부터는 대입 정원이 남아돌고 2023년에는 최대 11만 명이 모자랄 수 있다고 보고 있습니다. 대학의 숫자가 터무니없이 많다는 비판도 끊이지 않고 있습니다. 하지만 대학들은 신입생 유치에 열을 올리며 학문을 수양하기보다 취업률 높이기에만 집중하고 있습니다. 그러다 보니 인기 없는 학과는 없어지고 교육의 질도 낮아지고 있습니다. 오로지 좋은 직장에 취업하기 위해 대학을 가는 꼴입니다. 마치 취업 양성소 같은 느낌입니다.

2016년 대학의 평균 등록금은 555만 원이었습니다. 가장 비싼 곳은 810만 원을 훌쩍 넘긴 곳도 있었습니다. 반면 장학금은 대체로 박했습니다. 과 수석을 해도 전액 장학금을 받지 못하는 곳도 흔했습니다. 등록금에 생활비까지 더하면 대학생 1인당 1년에 평균 천만 원 가까이 씁니다. 청춘들이 대학 졸업 후 몇 천만 원의 빚을 지는 이유는 결국 비싼 등록금 때문입니다. 대학을 졸업하지 않아도 평범하게 잘 사는 사람들도 있습니다. 제가 아는 사람은 실제로 요즘 친구들에게 선망의 대상이 됐습니다. 실업계 고교를 졸업한 이른바 블루칼라이지만 직장이 안정적이고, 자기재산이 어느새 2억을 훌쩍 넘겼기 때문입니다.

그는 요즘 대학을 졸업해도 놀고 있는 친구들도 많고, 처우 때문에 이직하는 경우도 주변에서 자주 본다며 지금은 자신이 선택했던 길이 오히려 전화위복이 됐다고 말했습니다. 물론 전문계 고교 졸업자가 모두 성공하는 건 아닙니다. 이는 극소수의 경우일지도 모릅니다. 그러나 지금도 여전히 인문계를 선호하고 실업계에 부정적인 시선이 많은 건 문제인 것 같습니다. 생각을 바꿀 필요가 있습니다. 대학을 꼭 가야 한다는 고정관념을 버렸으면 좋겠습니다. 대학에서 대학교육답게 교육받고 그 교육으로 자신의 꿈을 펼친 사람이 대학에 가야합니다. 정말 대학을 꼭 가야 하는 것일까요?

대한민국에서 대학은 도대체 어떤 의미일까요? 우리는 사회생활을 할 때 어느 대학 출신인지 빈번하게 묻습니다. 서류전형이나 면접을 볼 때도 영향력이 있는 게 사실입니다. 물론 대학을 무조건 가지 말라는 것이 아닙니다. 좋은 대학을 졸업하면 갈 수 있는 길이 많습니다. 선택의 폭이 넓다는 것입니다. 그러나 꼭 그렇지만도 아닌 게 우리의 현실입니다. 이제는 사회적으로 학벌에 대한 시선이 좀 더 유연해져야 합니다. 대학 간판보다 중요한 건 개개인의 능력입니다. 학벌만으로 사람을 평가하면 인재를 놓칠 수도 있습니다.

왜 우리 반만 지방대?

"왜 우리 반 교생(교육실습생)만 지방대 출신이야? 진학 상담은 다른 교생 선생님한테 받겠습니다." 실제로 서울의 한 고등학교에서 교육실습을 시작한 대학 4학년생이 우연히 학생들이 나누는 대화를 듣고 충격을 받았다고 합니다. 그는 입시에 민감한 학생들의 눈에는 명찰에 적힌 대학 이름부터 들어왔을 것이라면서도 이른바 'SKY대' 교생에게 상담이 쏠리는 걸 보니 씁쓸했다고 말했습니다. 사범대나 교육대 교직이수예정자 등 예비교사는 4학년 학기 초 약 한 달간 초·중·고 교단에 섭니다. 이때 교생이 착용하는 명찰에는 소속 대학의 이름, 로고 등이 함께 표시됩니다. 그러니 명찰만 보면 출신 학교를 바로 알 수 있습니다. 어느 정규교사는 명찰을 쭉 보더니 특정 교생에게 '동문끼리 잘 해보자'는 식의 말을 하기도 했다고 합니다. 교사의 평가가 실습 학점에 반영되기 때문에 문제 제기도 쉽지 않은 현실입니다.

교생 명찰에 특별한 기준은 없습니다. 실습을 나가기 전 대학들이 명찰을 만들어 지급한 관행이 이어져오고 있습니다. 이렇게 하는 이유는 초·중·고등학교에서 여러 실습생들이 오다보니 편의상 오래전부터 대학 측에 명찰을 만들어 보내달라고 요구하면서 시작됐습니다. 이른바 명문대생은 명찰에 박힌 학교 이름이 뿌듯하고 좋겠지만 그렇지 않은 실습생에게는 불편감을 줍니다. 학교 명찰에 박힌 대학 이름으로 자신의 호감도가 정해지고, 평가받는 것 같을 것입니다. 자라나는 학생들에게도 사람 이름 앞에 현실적으로 대학이 서열화된 현실에서 학교명을 새긴 명찰을 단 교생을 맞게 하는 것도 비교육적입니다. 교원자격검정령이나 대학 규정이나 실습생을 받는 학교 등 그 어느 곳에서도 명찰을 패용해야 한다는 규정은 없습니다. 그냥 해온 던 것이니 그냥 그렇게 넘어가는 것은 아니었는지요? 이제라도 실습생의 입장에서 한 번 더 생각해보면 어떨까 싶습니다.

학벌주의와 학벌세탁, 뭣이 중헌디?

취업포털 잡코리아가 최근 남녀 직장인 352명으로 대상으로 '직장인 핸디캡'에 대해 설문조사를 실시한 결과, 직장인 10명 중 3명은 회사 생활을 하면서 '학벌 소외감'을 느끼는 것으로 나타났습니다. 학벌 소외감을 느꼈다는 비율을 최종 학력별로 살펴보면 고졸 이하 직장인은 절반(56.7%) 이상을 차지했습니다. 이어 서울 지역 전문대 졸업자 39.3%, 지방 전문대 졸업자 36.8%, 지방 4년제 대학 졸업자 26.4%, 서울 지역 4년제 대학 졸업자는 17.3%를 나타냈습니다. 이들이 학벌 소외감을 느끼는 이유는 '경력보다 학벌에 의한 연봉 차별이 있다'는 응답이 46.2%로 절반 정도 차지했습니다. 이어 '출신학교에 따라 직원 역량을 평가한다는 느낌을 받았을 때(19.3%)', '지방대 출신을 무시한다는 느낌을 받았을 때(13.4%)', '승진 등 인사고과에서 학벌을 반영한다는 느낌을 받았을 때(10.9%)' 등 순이었습니다.

우리나라는 아직도 학벌 차별이 빈번한 게 사실입니다. 물론 초중고 12년의 결과물이고 성적에 따라 대학을 간 것은 맞지만 묻지도 따지지도 않고 출신 대학만 보고 사람의 능력을 판단하는 건 아쉬울 수밖에 없는 현실입니다. 이에 따라 학력 차별을 느껴 이른바 학벌세탁을 하는 사람들도 많습니다.

제가 아는 이의 사례입니다. 그는 지방 4년제를 졸업하고 직장에 다니면서 서울에서 이른바 유명 명문 사립대학교 야간대학원을 졸업했습니다. 그가 바쁜 직장생활과 비싼 등록금을 지물해가면서 대학원을 다닌 이유는 학벌에 대한 차별을 느꼈기 때문이었습니다. 또한 직장생활에 대한 회의 감과 자꾸 뒤처지고 있다는 느낌 때문이기도 했습니다. 그러나 생각만큼 업무에 도움이 될 만한 수업이 없었다고 했습니다. 그가 대학원을 다니면서 얻은 점들도 있었습니다. 비슷한 일을 하는 사람들끼리 만나다 보니 이야기도 잘 통하고 정보 공유도 잘 됐던 점이 좋았다고 했습니다. 무엇보다 인맥이 늘었다는 것이 만족스럽다고 했습니다.

아무런 목적 없이 대학원을 진학하는 것은 좋지 않습니다. 더욱이 그저 학벌세탁으로 대학원에 진학하는 것은 좋지 않습니다. 이런 의도로 진학하면 비싼 학비 들여가면서 공부는 건성이게 됩니다. 그렇게 공부해봐야 학부 중심의 학벌사회인 우리나라에서는 야간대학원을 나와서는 제대로 학벌세탁도 쉽지 않습니다. 하지만 시간과 금전적인 여유가 있고 배우고 싶다면 가는 것도 좋을 것입니다. 이제는 학벌에 대해 색안경을 끼고 보지 않았으면 좋겠습니다. 그리고 배우고 싶어도 경제적 부담 때문에 망설이

는 청춘들이 많습니다. 등록금을 낮추고 장학금이나 재정적인 지원이 확
대되었으면 좋겠습니다.

교육의 즐거움을 가장 먼저 가르치는 유대인

　대부분의 부모는 자녀가 훌륭한 교육을 받을 수 있도록, 좋은 환경을 만들어 주기 위해 온갖 노력을 다합니다. 부모로서 어떻게 자녀를 교육할지를 되새겨보는 이야기입니다. 유대인 부모는 자녀에게 최상의 교육을 시키기 위해 어떻게 노력하였는지 살펴보면 하나의 참고가 될 것입니다. 대부분의 유대인 가정에서 부모는 자녀들이 토라와 히브리교육을 시작하는 어느 날을 정해 특별한 예식을 거행합니다. 전 세계에 흩어져 있는 많은 유대인 공동체에서 다음과 같은 전통과 의식을 행하는 것을 쉽게 볼 수 있습니다. 아이가 처음으로 교실에 들어오면 교사가 그 아이의 머리 위에 동전을 떨어뜨리는데, 이는 하늘의 천사들이 학교에 처음으로 오는 아이에게 귀한 상을 내려주는 것을 의미합니다. 또 다른 공동체에서는 학교에 처음 가는 날, 첫 번째 시간에 첫 번째로 펴게 되는 책에 꿀을 발라 놓습니다. 이 이야기는 부모가 자녀들에게 '탈무드 토라', 즉 '토라 공부가 얼마나 즐겁고 달콤한 것인지 가르치기 위해, 부모가 자녀들에게 들려주는 유대인의 전통적인 이야기'입니다.

유대인 '시몬 벤 예후다'는 마르지도, 뚱뚱하지도 않았으며, 잘생기지도 못생기지도 않았고, 부유하지도 가난하지도 않았으며, 매우 똑똑하지도 않았으며, 그렇다고 무지하지도 않았습니다. 한마디로 그냥 평범함 사람이었습니다. 그러나 그는 단 하나의 특별한 점을 갖고 있었습니다. 그는 기회가 있을 때마다 선행을 베풀었습니다. 한 때 음식물을 팔았던 그는 가난한 사람이 물건을 살 때마다, 가장 좋은 과일과 채소를 조금씩 더 주었습니다. 그는 다른 사람으로부터 무언가를 바라서 그런 일을 하는 것이 아니었습니다. 더욱이 하나님께 무언가를 바라거나 남이 알아주기를 바라고서 선행을 베푸는 것도 아니었습니다. 어떤 조건과 목적을 가지고 그러한 일을 한 것이 아니라 스스로 기쁨으로 그런 일을 하였습니다.

어느 날, 한 천사가 다 떨어진 넝마를 입고 시몬의 가게에 찾아왔습니다. 천사가 말을 꺼내기도 전에 시몬은 벌써 자기 가게에서 가장 좋은 사과와 가장 통통한 건포도, 가장 실한 오렌지를 그의 가방에 챙겨주었습니다. 하늘로 올라온 천사는 다른 천사들을 불러 모으고 시몬에게 줄 수 있는 '가장 좋은 상'이 무엇인지에 관하여 토론하였습니다. 천사들은 '시몬에게 그의 아들이 위대한 학자로 자라는 것을 보여주는 것이 최고의 상'이라 결론지었습니다.

마침내 천사들은 세상에서 가장 뛰어난 벌들이, 세상에서 가장 아름다운 꽃에서 가져온, 세상에서 가장 순수한 꿀을 찾기 위해 세상을 이 잡듯이 뒤졌습니다. 천사들이 찾아낸 벌들이 꽃에서 꿀을 따기 시작하자, 천사들은 그 벌들이 꿀을 다 채취할 때를 기다렸다가 그 꿀을 떠서 보관하였습니다. 어느덧 시간이 흘러, 시몬의 아들이 학교에 갈 나이가 되었고, 시몬은 아들을 처음으로 학교에 보냈습니다.

그날 천사는 시몬의 아들이 펼치게 될 첫 번째 책에 그 꿀을 발라 두었습니다. 시몬의 아들이 학교에서 첫 시간, 첫 번째 교과서의 첫 면을 펴자, 책에서 풍기는 꽃향기가 그의 온 교실을 가득 채웠습니다. 그 소년은 책의 첫 장을 만진 그의 손가락을 입에 대보았습니다. 그러자 지금까지 맛보았던 어떤 것들 보다 가장 달콤한 맛이 그 책에서 나는 것이었습니다. 교실을 가득 채운 꿀맛을 찾아내고 기뻐한 아이는 공부하는 것을 즐기기 시작했습니다. 첫 날, 첫 번째 공부시간에 그가 맛보았던 꿀과 같이 '달콤한 공부'를 알게 된 그 아이는 위대한 학자로 성장했습니다. 이때부터 아이가 만나는 첫 번째 책에 꿀을 바르기 시작했습니다.

교원수급정책 실패가 주는 교훈

요즘 청소년들에게 꿈이 무엇이냐고 물으면, '공무원'이나 '교사'라는 답을 들을 수 있습니다. 부모세대로부터 '안정적인 노후'에 대한 고민을 수없이 들어왔던 자녀들은 은퇴 후 보장이 잘 되어있는 공무원이나 교사를 자신의 꿈으로 삼고, 이를 위해 많은 시간을 투자합니다.

그런데 문제가 생겼습니다. 2017년 전국 공립학교 초등학교 교사 선발인원이 2016년의 60% 수준으로 급감한 것입니다. 정부의 교원수급정책 실패가 불러온 참사입니다. 죽도록 공부해서 교육대학에 가고, 임용고사를 치른 후 이제 선생님이 될 일만 남았는데, 학생은 없고 교사는 넘쳐난다며 일종의 '대기발령'을 낸 것입니다. 임용을 기다리는 대기자는 3년 동안 발령을 받지 못하면 합격도 취소됩니다. 그러니 선발인원을 일단 줄이고 보자는 임시방편을 쓰고 있습니다.

교사가 줄어든다는 전망은 학교 현장을 한번만 돌아봐도 알 수 있는 예견된 현실이었습니다. 초등학교 상당수가 신입생 모집에 어려움을 겪고 있습니다. 저출산 문제가 터진지 오랜데 초등 신입생이 있을 리 없습니다. 한마디로 정부정책이 한 치 앞도 내다보지 못하고 있다는 증거입니다. 저출산 시대의 인구감소 문제는 최근 초등학교 교사 임용후보자 선정 경쟁시험 선발 인원 문제로 불거졌지만, 이미 적신호는 곳곳에서 시작됐습니다. 2000년 우리나라 초등학생은 400만 명, 중학생은 200만 명, 고등학생은 230만 명 수준이었습니다. 이 규모는 2007년까지 비슷하게 유지됐습니다. 그 후 초등학생을 시작으로 학생 수가 크게 감소해 2009년 360만 명, 2010년 340만 명으로 줄더니 2013년에는 300만 명에도 미치지 않게 됐습니다. 2002년 이후 태어난 저출산 세대가 초등학교에 들어오면서 나타난 변화입니다. 이 추세는 6년 후 중학교에서 그대로 반복됩니다. 2015년 중학생은 170만 명, 이듬해에는 156만 명, 그리고 저출산 세대로만 중학교가 채워진 2017년에는 145만 명으로 줄고 2020년대 말까지 130만 명 수준을 유지할 것으로 보입니다. 고등학생은 2020년생이 진학하는 2018년부터 본격적으로 학생 수가 줄어들기 시작해 2021년이 되면 130만 명대로 축소될 것입니다. 아마 2035년에는 초등학생 230만 명, 중학생 115만 명, 고등학생은 118만 명 정도가 될 것입니다. 2014년에 비해 각각 18%, 36%, 40% 축소된 규모입니다.

저출산 세대의 등장으로 촉발된 인구 변화가 가정과 학교, 노동시장 등 사회 전반에 막대한 충격을 줄 것입니다. 저출산의 충격은 과거 예상보다 빨리 진행되고 있습니다. 2016년 통계청이 발표한 '2015-2065 장래인구추계'에서는 예상치가 수정됐습니다. 초등학교 학령인구는 2030년 241만 7000명으로 조사돼 기존 추계보다 24만6000명 줄었습니다. 중학교 학령인구는 2030년 122만8000명으로 이전 조사보다 10만5000명 적게 잡혔습니다. 기존 예상보다 학생 수 감소 속도가 빠르다는 뜻입니다. 2017년 기준 846만 명인 초·중·고등학교와 대학교 학령인구는 2022년 744만 명으로 감소해 5년 만에 100만 명이 줄어듭니다. 경기도 수원시만한 도시 하나가 사라지는 것입니다. 이 같은 추세는 시간이 지날수록 가팔라져 2032년에는 673만 명, 2045년에는 611만7000명까지 줄어든 뒤 2050년에는 처음으로 500만 명대까지 떨어질 전망입니다. 경고음은 수년 전부터 울렸지만 정부는 소극적으로 대처해왔습니다. "학령인구 감소 추세에 대응하기 위해 초·중등학교의 학급 및 학교 규모와 수 조정, 학교 유형 다양화, 교원 수급체계와 자격, 양성 제도 개편이 필요하다(학령인구 감소 대비 교육부문 구조조정 전략에 관한 연구, 한국교육개발원, 2011).", "초·중등 교원의 주 공급은 교대·사대를 중심으로 이뤄지므로 향후 교대·사대 정원조정 등을 정책에 반영해 나가야 할 것이다(2009-2030 초·중등교원 인력수급 전망, 교육과학기술부, 2009)." 등 지적이 있었지만 정부는 교원 수급 관리에 사실상 손을 놓고 있었습니다.

엉터리 집계가 문제가 되기도 했습니다. 2017년 4월 감사원은 잘못된 기준을 적용해 향후 교원 수요를 부풀린 교육부를 적발했습니다. 교육부는 2025년까지 교원 1인당 학생 수를 12.9명으로 낮추겠다는 목표 하에 중등교원을 2015년 13만7999명에서 2025명 14만6269명으로 늘리겠다는 방침을 세웠습니다. 교원 1인당 학생 수를 경제협력개발기구(OECD) 국가 상위 수준으로 개선하겠다는 박근혜 전 정부의 국정과제를 반영한 조치였습니다. 그러나 교원 수요를 예측하는 과정에서 교육부가 잘못된 계산 방식을 사용해 결과적으로 2025년에는 목표치보다 1만8000명의 교원이 초과 공급되는 것으로 조사됐습니다. OECD는 정규직·계약직 교원을 합해 교원 1인당 학생 수를 산정하지만, 교육부는 정규직 교원만 기준으로 삼아 학생 수를 산출한 것입니다. 교육부는 잘못된 수치를 기반으로 기획재정부 등에 2015년과 지난해 각각 1585명씩 교원 증원을 요구했습니다. 매년 수만 명이 교사자격증을 취득하는 마당에 학교를 줄이면 이들은 졸업해도 갈 곳이 없어진 것입니다. 학생 수가 줄었다고 사범대학과 교육대학 입학 정원을 축소하지도 않은 채 임용교사 수만 줄이면 일대 혼란이 빚어질 것은 당연한 일이었습니다. 초등학교에서 불거진 교원대란은 향후 중학교, 고등학교, 대학교에서 나아가 군 장병 수급 문제에까지 미칠 수밖에 없습니다. 생산가능인구의 감소가 경제에 미칠 충격은 정확히 예상하기 어렵습니다. 교원 감축은 이미 10년 전에 예견이 됐던 문제였습니다. 그때부터 준비를 했어야 했는데 그간 정부가 손을 놓고 있었습니다. 미래는 현재의 노력으로 바꿀 수 있을 것입니다. 미래는 준비된 자의 것입니다. 이제라도 심도 있게 미래를 제대로 준비하고 대책을 마련해나가야 합니다. 이 문제는 교육부만의 문제가 아닙니다. 국가 전체의 미래가 달린 우리 모두의 일입니다.

내 아이를 위한 부모의 교육철학

누구나 자녀를 키우다 보면 예전보다 더 큰 인내심을 가지고 문제를 하나하나 해결해나가는 내 모습을 보게 될 때가 있습니다. 내 아이를 잘 키우려는 부모의 마음은 인지상정이지만, 어떻게 키울 것인가 보다 어떤 부모가 될 것인가에 대한 부모로서 교육철학을 묻는 지혜를 생각하게 되는 요즘입니다.

최근 한 지상파 방송의 '부모 vs 학부모' 프로그램이 시청자들의 공감을 끌어내고 우리나라의 교육현실을 바꿀 수 있는 가장 직접적인 주체가 학부모라는 자각의 기회를 제공했습니다. 학교에서 교사의 교육도 자연법상으로는 학부모의 신탁에 의한 것이라고 보면 학부모는 자녀교육에 대한 일차적인 책임과 권리를 가지게 됨을 깊게 인식해야 합니다. 학부모는 가장 훌륭한 교육자가 되어야 하며, 학부모의 자성이 없으면 우리 교육의 미래는 없습니다.

먼저, 학부모의 자녀교육에 대한 생각이 바뀌어야 합니다. 자녀교육은 아이를 바꾸는 것이 아니라 학부모가 자신을 바꾸는 것입니다. 대부분의 학부모들은 공부란 힘들고 괴롭지만 참고 해야 성공할 수 있다고 생각합니다. 한마디로 고진감래(苦盡甘來)형 자녀교육으로 공부를 즐기는 자기주도적 학습력을 길러주기 못하고 강제로 시키기만 할 뿐입니다. 운동을 좋아하는 아이에게 운동장이 놀이터이듯이 독서를 좋아하는 아이에게는 도서관도 놀이터가 될 수 있습니다. 운동이 신체적 유희라면 독서는 정신적 유희입니다. 시키지 않아도 스스로 잘 하는 아이를 부러워하거나 우리 아이가 그 아이처럼 되길 바라기 전에, 학부모가 그 아이의 부모를 닮으려고 노력하여 자기주도적 학습력을 길러주어야 합니다.

다음은 가정의 교육력을 회복해야 합니다. 가정은 최초의 학교이고, 부모는 최고의 교사입니다. 그런데 우리나라는 선진 외국에 비해 학교 교육에 대한 의존도가 높고, 가정교육이 약화되어 있습니다. 지금부터라도 부모들이 가정에서 바른 인성, 상호존중, 책임과 의무 등의 밥상머리 가정교육을 강화해야 합니다. 학교교육·가정교육·사회교육이 어우러질 때 비로소 지덕체(智德體)를 겸비한 창의적인 인재를 길러낼 수 있습니다.

마지막으로, 홀로서기 교육이 필요합니다. 자녀가 잘 자라기를 바라는 마음은 어느 부모나 마찬가지입니다. 그러나 자녀를 진정 사랑하는 길은 스스로 두 발로 서도록 돕는 것이지, 품안에 꼭 끌어안고만 있는 것이 아닙니다. 신생아로 태어난 아이들은 성장하면서 신체적 이유기, 심리적 이유기, 그리고 사회적 이유기를 거치게 마련입니다. 이러한 일련의 이유기

즉 현재의 상태와 이별하지 않고는 정상적인 삶을 이루어 갈 수 없으며 더 나은 생을 준비할 수도 없습니다. 따라서 자녀교육에 있어서 가장 중요한 것은 성장 정도에 따라 적절한 이별의 과정을 통하여 홀로 설 수 있도록 도와주는 것입니다.

옛날 엄마들은 젖을 떼어야 할 아이가 계속 젖을 빨려고 하면 가슴에 식초나 쓴 약을 발랐습니다. 아이는 잠시 고통스럽지만 젖을 떼고 성장합니다. 자녀교육에 있어서 가장 중요한 것은 성장 정도에 따라 적절한 이별의 과정을 통하여 홀로 설 수 있도록 도와주는 것입니다. 분명한 사실은 부모가 죽은 뒤에는 자식들이 모든 것을 스스로 결정하며, 자기 인생의 주인으로 살아가야 한다는 것입니다. 생전에 홀로서기 경험을 하게 하는 것이야말로 부모가 진정으로 자식에게 물려줄 수 있는 가장 위대한 유산입니다.

우리 국민은 세계 어느 나라 사람들보다 교육적 열정을 가진 민족입니다. 부모들은 희생을 감수하면서 교육을 통해 자녀들의 사회적 계층상승 이동을 추구합니다. 그러나 자녀교육은 열정만으로 되는 것이 아닙니다. 시대의 변화를 읽고 자녀를 올바로 이끌어 줄 수 있는 지혜가 곁들어져야 합니다. 열정이 지나쳐 극성이 되면 지혜는 설 자리가 없어집니다. 자식에 대한 열정을 무분별하게 쏟아내기보다는 오히려 깊은 사랑으로 이를 억제하며, 자녀 스스로 자신을 계발해 가도록 조용히 지켜보는 것이 지혜로운 부모의 모습일 것입니다.

인성(人性) 상실의 시대

2001년 지금의 학교에 재직한 이래 줄곧 한 학교에서 학생들을 가르치고 있습니다. 계절이 바뀌고 해가 바뀌는 것처럼, 해마다 학생들이 졸업을 하고 떠나면 새로운 얼굴이 그 자리를 채웁니다. 분위기는 조금씩 바뀌지만 신선한 분위기와 젊음은 늘 한결같아 좋습니다. 패기 있고 순수한 청소년들과 호흡하고 어울리는 것은 교사가 누리는 특권이지만 불쾌한 경험도 종종 합니다. 그러나 최근 많이 느끼는 것은 인성(人性)과 예의(禮儀)에 문제 있는 학생이 점점 많아진다는 사실입니다. 친구 관계에서도 이해타산을 따지는 학생이 늘고 있습니다. 사람의 정(情)보다 이익만 따지는 개인주의 세태가 뿌리내리면서 서로 무관심하거나 적대시하고, 교육을 돈 주고 누리는 서비스로 인식하는 경향도 늘고 있습니다. 교사에게조차 인간적 도리를 무시하고 상식에 어긋나게 행동을 합니다. 어느 교사는 수업 시간에 습관적으로 떠드는 학생을 나무랐는데 그 후로는 마주쳐도 인사를 하지 않아 씁쓸해했습니다. 학생에게 야단을 치거나 성적을 나쁘게 주면 교원능력개발평가에 막말을 남기기도 합니다.

이는 제가 재직하는 중학교만의 문제가 아닙니다. 우리 사회의 전반에서 많이 볼 수 있는 공통된 문제입니다. 청소년들이 흡연을 단속하는 경찰관에게 난동을 부리고, 일탈을 나무라는 어른들에게 욕하거나 폭력을 가하는 사건도 많습니다. 십대의 흡연이나 음주를 보고도 못 본 척하게 되었습니다. 최근 대전의 한 중학교에서는 1학년 학생 9명이 여교사가 수업하는 도중 음란행위를 하다 발각되어 큰 충격을 주기도 했습니다. 범죄 행동도 문제지만 전혀 반성할 줄 모르고 심각성을 느끼지 못하는 잘못된 도덕의식에 더 충격 받았습니다. 청소년 범죄는 예전에도 있었지만, 요즘은 그 정도가 흉포해지고 있습니다. 이제는 공부 잘하고 가정에 문제없는 학생들도 말썽을 부리는 경우가 많아질 정도로 심각성이 큽니다. 청소년들의 정서가 삭막해지고 인성에 문제가 생기면 우리나라의 미래는 더욱 더 암울해질 것입니다.

사회 전반의 윤리의식이 추락하고 끈끈한 공동체 문화가 파괴된 것도 이런 현상의 원인입니다. 사회를 탓하지 말고 이제 인성과 예의의 중요성을 모두 주지하고 적극적으로 대처해야 합니다. 인성과 예의는 가부장적이고 위계적인 전통 사회에만 필요한 낡은 덕(德)이 아닙니다. 영화 '킹스맨'에 나오는 '매너가 사람을 만든다'는 유명한 대사처럼 사회적 존재인 인간이 함께 살기 위해 필요한 것이 예절입니다. 예절은 소통을 원활하게 하는 윤활유입니다.

고대 그리스 사회에서는 책임 있는 시민 역할을 다하려고 학문, 예술, 체육은 물론 대인관계를 교육했습니다. 품성과 태도의 중요성은 중세의 예절문화로 이어졌고, 귀족주의의 바탕을 이루기도 했습니다. 동양에서도 예(禮)의 중요성을 강조해 교육했고, 몸가짐과 처신에 엄격하고 자기 자신을 갈고 닦아 윤리적 책임을 다하는 선비 문화를 실천했습니다.

우리 사회가 핵가족화 하고, 경쟁주의 구도가 심화하면서 인성이나 예의보다는 각종 스펙(spec : 경력과 자격)과 능력만 강조하고 출세를 부추기는 잘못된 교육 세태가 아이들을 괴물로 만들고 있습니다. 남에게 피해를 주거나 상처를 주고도 대수롭지 않게 생각하는 것은 사이코패스(Psycho-path : 반사회적 인격장애) 심리입니다. 우리 사회가 회복 불가능하게 망가지기 전에, 인성과 예절의 중요성을 강조하면서 상생과 존중의 공동체를 만들어야 할 것입니다.

존경하도록 가르치기

어느 초등학생 소녀가 학교에 가자마자 담임 선생님에게, 길에서 주워 온 야생화를 내밀며 이 꽃 이름이 무엇인지 질문했습니다. 선생님은 꽃을 한참 보시더니 말했습니다. "미안해서 어떡하지 선생님도 잘 모르겠는데 내일 알아보고 알려줄게." 선생님의 말에 소녀는 깜짝 놀랐습니다. 선생님은 세상에 모르는 게 없을 거라 믿었기 때문입니다. 집으로 돌아온 소녀는 아빠에게 말했습니다. "아빠. 오늘 학교 가는 길에 주운 꽃인데 이 꽃 이름이 뭐예요? 우리 학교 담임 선생님도 모른다고 해서 놀랐어요." 그런데 소녀는 오늘 두 번이나 깜짝 놀라고 말았습니다. 믿었던 아빠도 꽃 이름을 모른다는 것이었습니다. 왜냐하면, 소녀의 아빠는 식물학을 전공으로 대학에서 강의하시기 때문이었습니다.

다음 날 학교에 간 소녀를 담임 선생님이 불렀습니다. 그리고는 어제 질문한 꽃에 대해 자세히 설명해 주셨습니다. 소녀는 아빠도 모르는 것을 잊어버리지 않으시고 알려준 선생님이 역시 대단하다고 감탄했습니다. 그런데 사실은 어젯밤 소녀의 아빠가 선생님에게 전화하여 그 꽃에 대해 자세한 설명을 해주었던 것이었습니다. 아빠는 그 꽃이 무엇인지 당연히 알고 있었지만 딸이 어린 마음에 선생님께 실망하지 않을까 걱정이 되었던 것입니다. 학교 교육과 가정교육은 백 년의 약속입니다. 백 년의 미래를 위해 백 년의 시간을 준비하는 길고 긴 과정이 바로 교육이기 때문입니다. 가정교육과 학교 교육이 잘 연계되고 조화를 이루어 가정에서는 스승을 존경하도록 가르치고 학교에서는 부모님을 공경하도록 가르치면 이상적인 인성교육을 할 수 있습니다.

교육은 머릿속에 씨앗을 심어주는 것이 아니라, 내면 깊숙이 내재된 씨앗들이 자라나게 해 주는 것입니다. 인생은 위치보다는 가치, 속도보다는 방향이 중요합니다. 올바른 방향과 가치 있는 삶을 살 수 있도록 멋진 교육이 펼치기를 기대해 봅니다.

존중하는 교육

알을 낳고 나서 가장 중요하게 여기는 일은 알을 놓치지 않는 것입니다. 대개 알을 무사히 품지만, 종종 실수로 놓쳐버리는 경우도 있습니다. 놓친 알은 1초 만에 딱딱하게 얼어버린다. 저 멀리 데굴데굴 굴러가 한파(寒波)를 맞습니다. 부모는 뒤뚱거리며 뛰어갑니다. 알을 다시 다리에 품습니다. 1초가 늦어버렸습니다. 알은 녹지 않습니다. 부모는 남의 알을 뺏으려 하기도 하고, 알 대신 눈덩이를 한참 동안 품기도 합니다. 그리고 마지막에는 소리 내어 웁니다. 다큐멘터리 〈남극의 눈물〉에서 보여준 황제펭귄의 모습입니다.

인간은 스스로의 모습을 짐승과 자주 비교합니다. 목적은 언제나 자신의 우월성을 자랑하는 데에 있습니다. 부적절한 기준과 주관적인 가치는 도덕성이 결여되는 판단을 낳을 뿐입니다. 결론부터 얘기하자면, 세상에는 짐승과 같은 선상에 설 자격도 없는 인간이 많습니다. 밝혀진 부분보다 가려진 부분이 더 크다는 점이 이 주장에 힘을 더합니다.

강자와 약자가 뚜렷하게 드러나는 다른 사례로 학교폭력이 있습니다. 저는 개인적으로 학교폭력이 학생들 간의 사건으로만 정의되는 것이 타당하지 않다고 봅니다. 2011년 체벌금지법이 시행되기 전까지 교단은 교사들의 무분별한 학생 체벌 즉, 교사의 완벽한 폭력으로 범벅되어 있었습니다. '사랑의 매'라는 것은 존재할 수 없습니다. 사랑이라는 숭고한 단어를 폭력으로 귀결시키려는 시도 자체가 굉장히 불순합니다. 비인간적인 모든 행태가 이 한 마디에 포장될 우려가 있습니다. 교사의 근무사항에 폭력이 적혀있지 않듯, 모든 국민이 이행해야 하는 교육의 의무에도 폭력은 없습니다. 제가 학교 교육을 받을 때 교실은 분명 법적으로 규정된 공공장소였지만, 가장 기본적인 헌법도 통하지 않는 비열한 공간이었습니다. 교사의 말이 곧 법이었고, 그 법은 예고도 없이 시시때때로 바뀌었습니다. 그들이 주는 깨달음의 전제가 체벌이라면, 학교는 애당초 존재할 이유가 없습니다. 교육보다 먼저 인권(人權)이 있습니다. 체벌금지법 이후 교권이 낮아졌다는 말에 설득력이 없는 이유도 이 때문입니다. 인권은 사람이 개인 또는 나라의 구성원으로서 마땅히 누리고 행사하는 기본적인 자유와 권리를 말합니다. 쉽게 말해서 사람답게 살 수 있는 권리입니다. 인간존중과 자유권의 최대한 보장, 차별받지 않을 권리, 국가에 대한 정당한 권리를 요구할 청구권 등에 이르기까지 매우 넓은 의미로 해석되고 있습니다.

유명한 고전 중 하나인 『에밀』은 교육에 대해 "설령 합당한 목적을 지니고 있다고 하더라도 억압과 굴종으로, 마치 노예나 죄수처럼 속박한다는 것은 있을 수 없는 일"이라고 하고, 어른들에게 "아이들의 행복을 뺏을 권리가 없다"고 지적합니다. 모두 맞는 말입니다. 불행은 무지가 아니라, 알고 있다는 오만함에서 시작됩니다.

장애통합교육을 통한 모두가 행복한 교육

　우리나라 사람들 중에 발달장애, 지체장애와 지적장애를 구분할 수 있는 이들이 얼마나 될까요? 발달장애는 정신·지적 발달이 연령발달 수준과 맞지 않는 경우를 말하며, 그 범위가 상당히 넓습니다. 뇌성마비, 자폐, 다운증후군 등이 모두 발달장애에 속합니다. 지적장애는 발달장애의 일종으로 학습 능력에 제한을 받을 수 있는 지능 발달상의 장애를 말합니다. 지체 장애는 신체적 운동기능에 장애가 있는 것을 가리킵니다.

　교육현장에서는 장애이해교육, 장애인권교육프로그램을 통해 많은 장애인들과 함께 살아갈 수 있는 방법을 고민하고 있지만, 특수교사들이 가장 어려워하는 것 가운데 하나가 '통합교육'입니다. 장애·비장애 학생들이 한 교실에서 함께 공부하도록 하는 것이 통합교육인데, 말처럼 쉽지가 않습니다. 물리적으로 한 공간 안에 있는 것을 넘어 장애·비장애 학생들이 모두 배울 수 있는 수업을 구성해야 하기 때문입니다.

장애·비장애 학생들 사이의 간극을 좁히기 위해서는 서로가 가지고 있는 마음의 벽을 허물어 주는 것이 필요합니다. 장애 학생들과 함께 지내다 보면, 비장애 학생들의 마음에도 억울함이 쌓입니다. '왜 장애 아이들이 나에게 주는 불편과 피해를 참아주어야 하는가' 와 같은 생각입니다. 한편 장애학생들 역시 위축이 됩니다. 다른 친구들이 자신을 불편해하는 것을 느끼다 보면 특수학급교실 안에서는 활발한 아이들도 다른 아이들과 함께 만나면 말수가 적어지기도 합니다. 그러므로 장애·비장애 학생 모두에게 서로 마음을 열 수 있는 수업과 교육프로그램이 필요합니다.

모두가 함께 즐길 수 있는 공동체 놀이수업은 학생들의 긍정적 변화도 이끌어낼 수 있습니다. 놀이수업을 통해 특수교육대상자들이 특수학급이 아닌 다른 반에 가서도 담임교사나 친구들에게 의사표현을 제대로 할 수 있습니다. 현재 특수학급의 학생들은 장애의 경중(輕重)에 따라 비장애 학생들과 함께 통합하는 수업은 하고 있습니다. 이런 현실을 감안해서 특수교사가 다른 교과 교사들과 협력해 '교과통합' 형식으로 통합수업을 진행하는 것도 좋겠습니다. 하나의 예로 중학교 국어 시간에 지체장애인인 고 장영희 교수의 수필 '괜찮아'를 읽으며 몸이 불편한 사람의 관점을 생각해 보고, 사회 시간에 '평등'이라는 개념을 배우며 장애 학생들과의 관계를 다시 고민해보는 것입니다. 이런 수업을 하고나서 특수교사가 장애 인식 개선과 인권 교육을 진행하면 효과만점입니다. 이런 수업은 비장애 학생들의 인권 인식을 높여주는 동시에, 비장애 학생들에게도 도움이 됩니다.

장애 학생들은 자신을 가르치는 교사가 다른 비장애 학생들을 대상으로 다양한 장애에 대해 교육을 하는 모습을 보면서 자신들과 비장애 학생들을 이어주는 선생님으로 인해 편안함을 느끼기도 하고, 이전보다 쉽게 친구들에게 다가가기도 할 수 있습니다. 저처럼 안경을 쓴 교사도 넓은 의미에서는 시각에 장애(불편함)이 있는 사람입니다. 화를 잘 내는 사람이 있다면 그 역시 넓은 의미로는 분노조절 장애를 가지고 있는 사람입니다. 이렇게 설명하면 학생들이 장애에 대해 조금 더 쉽게 이해하루 수 있습니다.

　　비장애 학생들이 장애가 심한 학생을 어떻게 대해야 하는지에 대한 토론을 진행할 수도 있습니다. '하이파이브'와 같이 장애학생이 좋아하는 행동을 함께 해주거나, 배식 받는 우유를 가져다주는 등의 작고 사소한 실천 방안도 장애 학생을 '도와주는 것을 넘어 그 학생과 '교감'할 수 있는 길을 터줄 수 있다는 것도 이해하게 될 수 있습니다.

　　특수교사하고만 수업을 하면, 자신은 항상 특혜를 받는 쪽으로 오해를 하기 쉽습니다. 장애 학생들이 비장애 학생들과 함께 수업을 받지 않으면 스스로 설 수 있는 방법을 터득하기 어렵습니다. 통합교육을 통해 수업 시간에 졸면 혼나고, 외출증 없이 밖에 나가면 안 되는 등 사회생활의 규칙을 알려줄 수 있습니다. 비장애 학생들에게는 인권과 평등, 공존에 대해 배울 수 있어 좋습니다. 장애이해와 통합교육을 위해 특수교사는 물론 일반교사들은 비장애 학생들에게 장애 학생들과의 거리감을 크게 느끼지 않도록 주의를 기울이면서 치밀하게 수업지도안을 작성하고 이를 진행해 나가면 효과적일 것입니다. 이처럼 우리 교육계에 특수교사와 일반교사들이 통합교육을 위한 학교 내 통합수업동아리나 연구회가 활성화되기를 기대해봅니다.

수학여행이나 현장체험학습을 준비하는 시기가 되면, 종종 저와 같은 특수학급 담당교사에게 이런 질문을 합니다. "선생님, ○○이가 수학여행을 갈 수 있을까요, 힘들지 않을까요?" 이런 질문을 받으면 반사적으로 이런 생각을 합니다. '무엇이 힘들다는 걸까, 수학여행을 데려가지 않고 싶으신 걸까?' 그러나 3초정도 생각해보면 이 질문은 이렇게 해석될 수도 있습니다. '아! 이 질문은 수학여행에 가서 어떤 도움을 줘야할까요? 라는 뜻이구나!' 한 번 사는 인생, 학생들에게 주어진 수학여행이라는 기회가 학교 구성원의 협력을 통해 행복한 추억여행으로 만들어지기를 기대해 봅니다.

마음을 움직인 '무릎 영상', 특수학교 설립

2017년 9월 5일 열린 '강서지역 공립 특수학교 신설 2차 주민토론회'에서 장 씨 등 장애학생 부모들이 반대 주민 앞에 무릎을 꿇고 호소한 사실이 언론을 통해 알려졌습니다. 장애아 학부모들은 "다른 지역 학교로 가려면 2시간이나 걸립니다. 지역에 있는 학교에서 공부할 수 있게 해주십시오." 하고 읍소하며 주민들 앞에 무릎을 꿇으며 큰절까지 했습니다. 무릎 꿇은 엄마들의 '눈물의 호소'에 특수학교가 들어설 예정인 강서구 주민들의 마음이 서서히 움직였습니다. '설립 찬성' 서명에 8만 1천여 명이 동참했습니다. 언론 보도를 접한 뒤 강서구 주민 사이에선 "솔직히 집값이 떨어질 수 있다는 말에 나도 망설였다. 정말 미안하다." "장애인, 비장애인 모두 행복한 동네로 만들자"란 반응이 나왔습니다. 참으로 다행한 일입니다.

서울 강서구 옛 공진초등학교 자리에 특수학교(가칭 서진학교)를 세우는 문제를 두고 첨예한 갈등이 이어지고 있는 가운데 서울시교육청이 예정대로 내년 공사의 첫 삽을 뜨기 위한 일정을 밟겠다고 분명히 밝혔습니다.

'집값 하락'은 근거 없는 편견입니다. 특수학교가 설립될 때마다 주민들은 "집값 떨어진다"며 반대합니다. 하지만 이는 대부분 오해입니다. 2017년 9월 10일 교육부가 발표한 자료에 따르면 전국 167개 특수학교 인접 지역의 2006~2016년 부동산 가격을 조사한 결과 특수학교 인접 1km 이내 주택표준공시지가는 매년 평균 4.34% 올랐습니다. 비인접 지역(1~2km)의 4.29%와 큰 차이가 없었습니다. 울산과 경남의 일부 특수학교 인접지역은 오히려 비인접지역보다 땅값 상승률이 높았습니다.

발달장애 특수학교인 밀알학교(서울 강남구) 1층 카페에는 휴일이면 주민 50여 명이 자리를 메우곤 합니다. 2017년 개교 20년이 넘은 밀알학교는 1996년 학교 공사 때 지금 강서구 특수학교처럼 극심한 주민 반대에 부딪혔습니다. 그러나 1997년 개교 후 학교 측이 카페와 미술관 등 편의시설을 만들어 주민에게 개방한 덕분에 지금은 주민들의 사랑방으로 자리 잡았습니다. 주민들은 자원봉사나 각종 행사 개최를 위해 학교 시설을 이용하고 있습니다.

강서구의 특수학교인 교남학교도 학교 시설과 텃밭을 개방해 주민 쉼터와 유치원생 체험 장소로 활용하고 있습니다. 대전 동구의 혜광학교도 2006년 학교 담장을 허물고 공원을 조성한 뒤 '담장 없는 학교'로 주민들에게 인기를 끌고 있습니다.

서울에는 2002년 종로구 경운학교가 문 연 이후 15년째 공립 특수학교가 생기지 않았습니다. 시내 특수학교가 29곳에 멈춰 있다 보니 특수교육

대상학생 1만 2929명 중 34.7%(4496명)만 특수학교에 다니는 현실입니다. 앞으로 우리 사회에서 특수학교가 우리에게 당연히 필요한 기본권처럼 인식되게끔 바뀌었으면 좋겠습니다. 특수학교는 원자력발전소나 사드(고고도미사일방어체계)와 같은 것이 아닙니다. 생존권이자 인간의 기본권 문제입니다. 우리사회가 장애인들과 그 가족이 편견과 불편으로 살아가는데 장애를 느낀다면 우리사회의 성숙을 기대하기 어렵습니다. 더불어 함께 살아가는 성숙한 자세로 장애가 되지 않는 건강한 사회가 되도록 모두가 맑고 고운 마음이기를 소망해 봅니다.

이처럼 고귀한 일에, 꼭 필요한 일에 우리 모두가 함께 하면 어떨까요? 지역을 섬기고 지역과 함께 지역이 건강하게 공동체의식을 갖도록 말입니다. 당장의 이익이나 이기심이 아닌 배려와 존중으로 너와 내가 손잡고 더불어 살아가는 아름다운 세상이 되도록 말입니다. 이것이 오늘 이 시대에, 이 사회에, 이 지역에서 우리가 마땅히 해야 할 일일 것입니다.

지역이기주의보다 장애학생과의 '공존'을

　현행 초·중등교육은 〈초·중등교육법 제2조〉에 의해 일반학교와 특수학교로 구분됩니다. 특수학교는 '장애인의 교육을 목적으로 일반학교와 분리된 교육시설'을 뜻하며, 교육적 배려[1]가 필요한 장애학생의 교육만을 담당합니다. 그러나 현재 특수학교는 양적 부족, 지역적 불균형이라는 문제에 직면해 있습니다.

　현재 특수학교는 학생 과밀상태입니다. 현행법에 명시된 특수학교 학급의 법정정원 기준은 1학급 당 중등교육과정의 경우 6명 이하, 고등교육

---

[1] 교육적 배려는 배려가 필요한 학생에게 교육적 혜택을 주는 것을 말합니다. 시각장애학생에게 큰 글자판 교과서를 배부하거나 지체장애학생에게 특수교육을 제공하는 것 등입니다.

및 전공과의 경우 7인 이하를 유지해야 합니다. 그러나 국가인권위원회(아래 인권위)가 2017년 9월 18일 발표한 보도자료에 따르면 2016년 기준 법정정원이 준수되는 특수학교는 84.1%에 불과하며, 전체적으로 과밀된 상태를 보이고 있습니다. 실제로 교육청이 2017년 4월 1일 발표한 「2017 특수교육통계」에 따르면 전체 장애학생의 약 30%(2만 5798명)는 갖고 있는 장애의 정도가 심해 교육적 배려가 포함된 특수교육을 받아야 합니다. 하지만 2017년 기준 전국의 특수학교 수는 국·공립 특수학교와 사립 특수학교가 각각 81개교, 92개교로 총 173개교에 불과합니다. 특수교육이 필요한 장애학생은 2만 5798명이지만, 약 2만 명이 넘는 장애학생의 교육을 단 173개교가 떠맡는 현실에서 법정인원을 준수하기는 쉽지 않습니다.

이러한 부족은 장애학생의 통학에도 불편함을 초래합니다. 서울시에 거주하는 장애학생 4496명 중 특수학교가 없는 8개 구에 거주하는 장애학생은 2873명입니다. 때문에 이들은 인근 지역구의 특수학교로 매일 장거리 통학을 해야만 합니다. 경우에 따라서 매일 2개 구를 거쳐 통학해야하는 고충을 겪기도 하는데, 비좁은 통학차량에서 1시간 이상을 버티는 것은 장애학생에게 그리 쉬운 일이 아닙니다. 일반인도 힘든 시간을 장애학생이 견뎌야 하는 것입니다.

특수학교의 양적 부족과 맞물려 특수학교의 지역 불균형 또한 특수학교를 둘러싼 문제를 악화시키고 있습니다. 현재 특수학교 신설 움직임은 좀처럼 진전이 없는 모양새입니다. 장애학생이 많이 거주하는 서울시의 사정 또한 다르지 않습니다. 실제로 서울시는 지난 2002년 이후로 단 한 개의 특수학교도 설립되지 않았고, 총 25개 구 중 8개 구에 특수학교가 없는 실정입니다. 2002년 이후로 특수학교 설립이 제자리걸음을 하는 동안, 특수학교가 필요한 장애학생은 같은 기간 약 1522명 증가했습니다. 서울시의 특수학교 29곳의 정원이 4400명임을 감안하면 무시할 수 없는 수치입니다. 이에 서울특별시교육청은 특수학교 부족 문제와 장애학생 교육기회 확대를 위해 '공립특수학교 신설 지속적 확대방안'을 발표했습니다. 해당 방안은 서울시 전역에 특수학교 설립, 기존 특수학교의 특수학급 증설 등의 내용을 골자로 하고 있습니다.

그러나 큰 문제는 특수학교와 지역주민의 소모적 갈등입니다. 이를 해결할 '솔로몬의 해결'은 없을까요? 장애학생을 위한 특수학교 설립은 많은 논쟁을 불러일으킵니다. 논쟁의 핵심은 주로 특수학교 설립 장소의 타당성 여부에 맞춰져 있습니다. 이는 주로 지역 주민의 지역이기주의에서 비롯됐다는 것이 중론(衆論)입니다. 하지만 모든 특수학교가 지역주민의 반대에 부딪힌 것은 아닙니다. 특수학교 설립과 지역주민이 공존한 경우도 있습니다.

인천시의 청선학교와 청인학교 설립이 대표적인 사례입니다. 청선학교와 청인학교 설립 당시, 인천시교육청은 지역주민의 반발을 의식해 기존 중학교 터를 설립부지로 선정했지만 지역주민의 반발을 막을 수는 없었습니다. 특수학교 설립부지 인근에 거주하는 지역주민은 집값 하락과 안전 문제를 꼽으며 설립을 반대했습니다. 그러자 청선학교 주변 아파트 주민들은 반대 주민들을 설득해 아파트 입주자대표회의 '특수학교 설립 반대 안건' 상정을 막았습니다. 지역이기주의보다 장애학생과의 '공존'을 택한 것입니다. 물론 창선학교 주변에 위치한 아파트 주민들도 집값 하락을 명분으로 반대한 이들이 있었습니다. 그러나 장애학생도 이웃이기 때문에 같이 살아야한다고 설득해나가는 이들의 노력으로 반대 안건 상정을 막았습니다. 지역주민들의 도움이 학교설립에 결정적이었습니다. 지난 2017년 2017년 9월 5일에 일어난 특수학교 설립 반대 논란을 두고 인권위는 "특수학교 설립 반대는 헌법 11조와 〈교육기본법〉 제4조의 평등정신을 위배한다"면서 "장애학생에게 마땅히 적절한 교육권을 보장하는 것이 국가의 의무"라고 명시했습니다.

한편 특수학교 설립에 관한 법제도의 부족함을 지적하는 여론도 있습니다. 현재 〈교육기본법〉 제18조에 따르면 '국가와 지방단체는 특별한 교육적 배려가 필요한 자를 위한 학교를 설립·경영'하도록 돼 있으나, 이는 의무 사항이 아닙니다. 따라서 특수학교 의무설립을 법제화한다면, 이와 같은 소모적인 논쟁을 방지할 수 있습니다. 얼마 전 열린 특수학교 설립 공청회에서 장애학생의 부모가 무릎을 꿇었습니다. '서울시 강서지역 공립 특수학교 신설 2차 주민토론회'에서 특수학교를 빼앗지 말아 달라며 무릎 꿇은 장애학생 어머니의 뒷모습은 많은 생각거리를 안겨주었습니다. 한 사회가 장애를 가진 사람을 어떻게 대하는지에 따라 그 사회의 수준을 알 수 있다고 합니다. 단 한 명의 장애학생도 소외받지 않는 것, 이것이 바로 우리 사회의 진정한 품격이 아닐까요?

이동이 힘들다는 사실은 모든 장애인에게 해당됩니다. 그러나 장애 학생들은 장거리 이동에 익숙해져야 하는 상황입니다. 그저 학교에 가는 것조차 말입니다. 특수학교가 턱없이 모자라기 때문에, 집 주변에서 학교를 다니는 것은 축복입니다. 2017년 특수교육대상 학생 수는 9만 명을 웃돌지만, 학교는 전국 173개에 불과합니다. 그러다 보니 장애 학생이 학교를 다니기 위해 멀리 이동하는 것은 당연한 일이 됐습니다. 2016년 서울시교육청 자료에 따르면, 전국 특수학교 재학생 중 통학시간이 30분 이상인 학생은 과반에 가까웠습니다. 특수학교가 적고 분포가 불균형한 점은 장애 학생들이 감수해야 할 불편 요소입니다. 단지 장애를 가졌다는 이유로 이동이 불편한 그들에게 긴 통학거리까지 주어지는 것은, 참 가혹합니다.

이는 안전과도 직결됩니다. 그저 학교를 가기 위해서지만, 그들 앞에 놓인 위험한 상황은 많기만 합니다. 매년 장애 학생들을 태운 통학버스 사고가 잇따라 보도됩니다. 2016년에는 강원도 원주에서 트럭과 추돌해 25명이 부상을 입었고, 2017년에는 부산에서 빗길 사고가 발생했습니다. 또 특수학교에 다니던 한 아이가 통학버스에서 심정지된 채 발견돼 충격을 안기기도 했습니다. 단지 교육받기 위해 학교에 갈 뿐인데, 그조차 그들에게 쉽지 않습니다. 〈교육기본법〉에 따라 그 누구도 교육 앞에서 차별받지 않아야 합니다. 그러나 이미 장애인에게 더 무거운 짐이 얹혀 있으니, 평등은 멀고도 험난해 보입니다. 이들은 단지 교육받을 권리 앞에서 차별받지 않기 위해 혹독한 장벽을 넘어서고 있습니다. 누구나 보장받을 권리라고 여겼건만, 누군가는 보장받기 위해 싸워야하는 현실이 서글프기만 합니다. 자녀의 교육 공간은 자녀와 학부모에게 주어진 당연한 선택지입니다. 학생들의 다양한 교육적 요구를 수용할 수 있는 환경 조성이 이루어졌으면 좋겠습니다.

장애인과 비장애인 한 글자에 달라지는 시선들

우리에게는 낯설고 생소한 학교가 있습니다. 장애를 가진 학생들이 학업을 위해 세상 밖으로 나오고 있습니다. 사회도 예전처럼 특수학교를 이제 나쁘게 보지는 않습니다. 아직도 집값과 땅값이 떨어진다고 해서 반대하는 사람들도 있지만, 요즘의 특수학교는 지역사회와 상생하는 특별한 학교로 발전하고 있기도 합니다.

미디어에서 '김성태', '무릎 호소' 등과 같은 단어들을 쉽게 볼 수 있었습니다. 이런 단어들이 빈번히 올라오는 이유는 서울시 강서구 특수학교 설립 논란 때문이었습니다. 2017년 9월 5일 오후 서울 강서구 탑산초등학교에서 열린 강서구 특수학교 설립 토론회에는 조희연 서울시 교육감과 김성태 서울 강서구 국회의원, 설립 찬성과 설립 반대 각각 30여 명의 학부모

등이 참석했습니다. 설립 찬성 측은 강서구에는 특수학교가 1개 있지만 정원 100명으로 제한돼 있어, 두세 시간이 걸리는 다른 지역 특수학교로 등교하는 불편을 수반해야 한다고 주장했습니다. 또한, 장애 아이 중에는 어쩔 수 없이 집과 가까운 일반 학교에서 수업을 받다가 '학습 방해 대상'으로 낙인찍혀 상처를 받는 아이도 있다고 덧붙였습니다.

반대 측은 세 가지 주장을 들어 특수학교 설립을 반대하였습니다. 특수학교를 설립하려는 부지는 허준 박물관, 한의사협회 주변 입지라는 점을 들어 국립 한방병원을 짓는 것이 좋다는 게 첫 번째 주장이었습니다. 서울에서 15년 동안 한 곳도 지어지지 않은 특수학교를 왜 하필 이곳에 지어야 하는지 의문이라는 게 두 번째 주장이었습니다. 마지막으로 특수학교가 들어오면 집값이 떨어질 수도 있다는 게 세 번째 주장이었습니다.

문제는 해당 부지가 학교용지라 교육청 허가 없이는 용도 변경이 불가능하다는 것입니다. 김성태 국회의원은 지난 국회의원 선거 당시 해당 부지에 국립 한방병원을 짓겠다는 공약을 내세웠습니다. 지역구 유권자들도 한방병원 설립을 통한 지역 개발에 기대감을 가지고 김성태 의원을 지지했지만, 실상은 애초에 학교 외에 다른 시설을 설립할 수 없는 부지였습니다.

또 다른 문제는, 반대 측에서 특수학교를 혐오시설이라고 여길뿐더러, 특수학교가 지역발전을 저해한다고 주장했습니다. 그러나 특수학교가 설립됨에 따라 지역주민들은 많은 편의를 받을 수 있습니다. 특수학교를 개방해 수영장이나 헬스장 등을 이용할 수 있다는 것이 대표적인 사례입니다. 특수학교가 설립되면 순찰이 강화되고 그 지역의 방범 활동이 강화되면서 치안이 더욱 더 안전해지기도 합니다.

집에서 새는 바가지 밖에서도 샙니다

학생들로부터 종종 전화가 걸려옵니다. 전화를 받으면 "몸이 아파서요. 수행평가 못하겠는데요. 어떻게 해야 하나요?"가 학생들의 첫 인사말이곤 합니다. 저는 일단 학생의 용건을 해결해 준 후 전화예절에 대한 충고를 해 주곤 합니다. 저는 단순히 교사에 대한 예우를 갖추지 못한 학생의 예의 없음을 꾸짖은 것이 아닙니다. 교사들은 학생들이 질문을 하거나 이메일이나 전화로 소통하는 것을 즐거워하며 심지어 고맙게 느끼기까지 합니다. 저도 그들 중 하나입니다. 학생들의 전화를 피곤해 하지 않습니다. 양해와 선처를 구해야 하는 입장에 있는 학생이 인사말과 신분을 밝히지 않은 채로 자신의 용건만을 당당하게 물어온 통화로, 저는 한참 하던 일에 방해를 받았을 뿐만 아니라 인격적인 불쾌감 내지는 교사로서 자존심에 상처도 받았습니다. 이런 생각이 '오버'일까요? 저는 고리타분한 보수주의자도 아니며 교사와 학생의 계층구조를 강조하는 사람도 아닙니다. 그러나 이른바 최소한의 예의범절의 소양을 지니고 있는 학생이라면 교사에게 전화를 걸 때 인사말과 신분을 밝히는 것이 기본적인 사람의 됨됨이라고 믿고 있습니다.

예절이란 공공의 장소에서 마땅히 지켜야하는 사회적 규범을 의미합니다. 예절은 사람들과의 관계에서 반드시 필요한 덕목입니다. 특히, 타인에게 피해를 주지 않고 배려하는 것은 물론 호감까지 주어야 한다는 예절의 의미를 비춰볼 때 기본적인 전화예절도 갖추고 있지 못한 우리 학생들의 예절 문화가 심각하다는 생각이 듭니다.

2016년 서울에서 열린 G20 정상 회의 때 서울의 지하철에 붙어있던 예절 캠페인 포스터에 주목해 본 기억이 납니다. 물론 "보신탕을 먹지 말아 달라"는 88올림픽 때의 구호에 비하면 많이 세련되어졌다고 하나 마치 초등학생들에게 횡단보도를 건너는 법을 알려주듯이 영어번역과 함께 쓰인 지나치게 친절한 문구에 얼굴이 뜨거워졌습니다. 하지만 우리 학생들의 무례한 현실을 생각하면 국가적 큰 행사를 준비하는 실무자들의 마음도 어느 정도 이해는 할 수 있을 것 같았습니다. 더구나 속담에 '집에서 새는 바가지 밖에서도 샌다.'는 말이 있듯이 학교라는 작은 사회에서 지켜야하는 예절을 소홀히 하는 학생들이 요즘과 같은 지구촌 한가족 세상에서 인격을 갖춘 호감 가는 이미지를 주는 인물로 긍정적으로 평가될 수 있을까 싶습니다.

우리는 타인의 행동으로 자신이 손해를 보거나 피해를 입는 것을 극도로 꺼려합니다. 그러나 공공장소에서 예절을 서로 지키지 않아 불편했다던가, 불쾌한 감정이 들어 화가 난 경험들이 있을 것입니다. 반대로 모르는 사람에게서 받은 사소한 배려나 양보 때문에 감동받아 한동안 가슴 훈훈해 한 적도 있을 것입니다. 지성의 전당이라고 일컬어지는 대학도 마찬가지입니다.

최근 유행하는 것인지는 몰라도 후드를 머리에 반쯤 걸치고 가방을 그대로 메고 수업을 듣는 무개념 패셔니스타들, 호시탐탐 카톡질을 하는 열등한 스마트들, 커피 캔과 삼각 김밥 봉지를 대놓고 두고 나가는 뻔돌이 뻔순이들, 버스 등 대중교통에서 상상을 초월하는 소음으로 타인에게 피해를 주는 공공의 적들, 개성과 자유를 강조하면서 화장실에서 여전히 두더지를 잡고 있는 이기주의자들, 앞뒤 모두 생략하고 다짜고짜 자신의 용건만을 얘기 하는 무례는 사람됨의 기본을 망각한 일은 아닌가 싶습니다. 실력 이전에 사람됨을 갖춘 사람으로, 개인을 넘어 공공의 질서를 지키고 타인을 배려하고 존중하는 성숙한 사람으로 거듭나야할 것입니다.

인성교육(人性敎育)을 법으로 정하는 나라

2015년 7월 21일자로 '인성교육진흥법'이 시행되었습니다. 이 법은 인간의 존엄과 가치를 보장하고, 건전하고 올바른 인성을 갖춘 국민을 육성하여 국가 사회의 발전에 이바지함을 목적으로 하고 있습니다. 여기서 '인성교육'이란 자신의 내면을 바르고 건전하게 가꾸고 타인·공동체·자연과 더불어 살아가는 데 필요한 인간다운 성품과 역량을 기르는 것을 목적으로 하는 '사람됨의 교육'을 의미합니다. 인성교육의 목표가 되는 예(禮), 효(孝), 정직, 책임, 존중, 배려, 소통, 협동 등을 핵심 가치·덕목으로 강조하고 있습니다.

인성교육을 법으로 정한 지 2년이 되어가는 현시점에서 과연 우리는 진정한 의미의 인성교육을 얼마나 실천하고 있는가 의문을 가져봅니다.

수시로 접하는 뉴스에서 접하는 현실은 안타깝게도 인간으로서 해서는 안 되는 끔찍한 일들이 비일비재합니다. 학교폭력, 성폭력, 데이트폭력, 가정폭력, 심지어 묻지 마 폭행까지 갓난아이부터 나이 든 어르신까지 대상을 가리지 않고 폭력이 난무하는 현실에 살고 있습니다. 어떤 가치관을 가지고 살아야 할지 의문입니다. 인간으로서 지켜야 하는 마지막 한계까지 드러내놓는 사건들이 일어나고 있어 마치 막장 드라마의 한 장면을 보는 것 같습니다.

그렇다면 나와 다른 사람들의 건강과 행복을 위해 우리는 무엇을 해야 할까요? 우리나라는 동방예의지국입니다. 『산해경(山海經)』에 의하면 중국인들은 우리나라를 해 뜨는 동방의 예의지국 또는 군자국(君子國)으로 일컬었다고 합니다. 중국의 공자도 자기의 평생소원이 뗏목이라도 타고 조선에 가서 예의를 배우는 것이라 하였습니다. 우리의 민족성을 가리켜 '어진 사람(仁人)'이니 "사양하기를 좋아하여 다투지 아니한다(好讓不爭)"라고도 했습니다.

우리나라가 인성교육을 법으로 정하게 된 것은 결국 가치관의 혼란에서 비롯되었다고 봅니다. 사람됨의 가치를 알려줄 수 있는 가장 근원적 사회인 가족, 가정이 붕괴되어가고, 인간다움을 배우고 가르칠 수 있는 가족관계인 부모 됨의 의미가 점점 퇴색되어져 가기 때문입니다. 모든 것이 빠르게 보다 빠르게 진행되는 속에서 조금은 무지하고, 방관과 회피한 결과만으로 판단할 수는 없으나, 결국 오늘의 우리는 소외되어가고 있습니다.

이와 같은 현실에서 우리는 사람됨, 즉 인성을 회복할 수 있는 진정한 의미의 인성교육을 해야 합니다. '사람사랑'을 강조해야 합니다. 예, 효, 정직, 책임, 존중, 배려, 소통, 협동을 알고 행할 수 있는 가치교육이 실천

되어져야 합니다. 말로써가 아니라 나부터 스스로 행동으로 보여줄 있는 실천적 문제해결식의 교육이 이루어져야 합니다. 자신을 존중하고 부모를 존경하며 사람들을 진심으로 사랑할 수 있는 참교육을 해야 합니다. 그것이 우리가 하나씩 실천해야 하는 올바른 의미에서 인성교육일 것입니다.

/

교육? 호기심!

/

.

2장

인권과 존엄의
성숙한 교육을 꿈꾸며

유아 스마트폰 중독

얼마 전 지하철을 탔을 때의 일입니다. 갓 돌이 지났을 법한 어린아이가 갑자기 목청껏 울기 시작했습니다. 모두들 놀라 그 아이를 바라보는 순간, 어머니는 주머니에서 스마트폰을 꺼내 무엇인가를 보여 주었습니다. 그러자 그 아이는 언제 울었냐는 듯 조용해졌고 그 조그마한 손으로 스마트폰을 꽉 움켜쥐고 뺏기지 않으려는 자세를 취하면서 스마트폰을 뚫어지게 바라보았습니다. 이런 모습을 어렵지 않게 볼 수 있습니다. 사실 저도 이런 저런 일들로 바쁘고 아이가 넷이다 보니 어린 아들에게 스마트폰을 통한 유튜브 영상을 보여주곤 합니다. 그러면 효과만점입니다. 아들은 눈이 뚫어져라 시청하느라 아비를 귀찮게 하지 않습니다. 스마트폰 덕분에 마음 편리하게 일들을 할 수 있으니 좋지만, 마음 한 켠에 꺼림칙한 것이 사실입니다.

스마트폰 사용에 따른 중독위험이 청소년이 30%대이고, 성인이 15% 대라고 하는데 놀랍게도 3세에서 9세까지 영·유아 스마트폰 위험군이 20%에 가깝다고 합니다. 엄마나 아빠가 잠깐 편하자고 아이에게 스마트폰을 사용하게 하는 것은 훗날 많은 돌이킬 수 없는 고통을 안게 줄지도 모릅니다. 왜냐하면 일단 나이가 어릴수록 중독되기가 쉽습니다. 어린아이는 대뇌의 언어중추기능이 발달되지 않은 상태입니다. 즉 2세에서 5세까지는 언어능력을 획득하는 매우 중요한 시기입니다. 이때 이 기능이 제대로 발달되지 않아서 상대방의 말을 잘 듣고(수용성) 자신의 감정을 표현하는 능력(표현성)이 떨어집니다. 그리고 동일 단어를 반복하여 사용하거나 언어로 의사소통을 하기보다는 표정이나 몸짓, 손짓, 발짓 등 신체언어로 표현하는 경향이 높아서 부모나 교사, 또래 아이들과 의사소통을 잘 못하게 되는 등 관계가 원만하지 못하게 될 수 있습니다.

또한 뇌 부위 중 사고력, 판단력, 기획능력 및 기억력 그리고 감정을 조절하고 집중하며 행동을 조절하는 등의 기능을 주관하는 전두엽이 발달하지 않아 초기에는 주의가 산만하거나 한 가지 물건이나 행동에 집착하는 경우가 생기게 됩니다. 이것이 계속 진행될 경우, 주의가 산만하고 과다활동을 하게 되는 ADHD(주의력결핍과잉행동장애), 틱장애 그리고 각종 발달장애를 보이게 됩니다. 뿐만 아니라 충동조절을 잘 하지 못하여 사소한 욕구라도 충족시키기 위하여 떼를 쓰거나 예측불허의 행동을 하기도 합니다. 제반 판단력이나 추리력이나 기억력 등이 발달하지 않아서 지능도 낮게 되어, 이후 공부를 잘 하지 못할 가능성이 큽니다. 또한 시력장애와 수면장애를 유발하고 스마트폰으로 소통할 때는 편하지만 직접 만나서는 제대로 놀지 못하고 어색한 상태, 함께 있지만 각자 따로 스마트폰만 하고 있는 모습으로 스마트폰을 손에서 놓을 수 없는 증상인 디지털증후 군이 발생할 수 있습니다. 또한 현실에는 무감각해지고 주의력이 크게 떨어져 강한 자극에만 반응을 하거나 빠르고 강한 정보에는 익숙하고 현실의 느리고 약한 자극에는 반응을 하지 않게 되는 '팝콘브레인' 증상을 보이기도 할 것입니다.

이외에도 정서가 매우 불안정하고 불안하며 충동적이고 성격적으로는 자기중심적이고 공격적이고 폭력적인 성향을 갖게 되어 다양한 행동장애를 보일 가능성이 많습니다. 이외에도 일일이 나열할 수 없을 정도의 많은 문제가 생기게 될 것입니다. 따라서 영·유아로 하여금 스마트폰을 사용하도록 하는 것은 아주 위험한 일입니다. 부모들도 아이들이 보는 데서는 스마트폰 사용을 자제해야 합니다. 아이가 좋아한다고 해서 스마트폰을 손에 쥐어 주지 말고 아이와 눈을 맞추며 직접 소통하고 접촉하고 놀아주어야 합니다. 과도한 스마트폰 사용으로 5세 이전에 언어가 잘 발달하지 않았다면 빨리 전문가에게 상담과 치료를 받아야 합니다. 이 때 반드시 부모도 상담 받아야 합니다. 아이를 잘 키우는 일은 참 어려운 일입니다. 기계적인 답은 없습니다. 훌륭한 부모가 되기 위해서는 부모역할에 대한 공부가 필요합니다.

유아교육, 잘못된 어른들의 인식부터 바꿔야

　요즘 태어나는 아이들은 자라서 어른 여섯 명을 부양해야 한다고 합니다. 이러한 저출산 시대에 귀한 아이가 태어나면 어른들은 자신이 낳아 키웠던 자식보다 손주가 훨씬 더 예쁘고 사랑스럽다고 흔히들 말합니다. 그런데 지나치면 모자람만 못하다고 하는 말처럼 이 마음은 아이가 힘들어 할까봐, 아이의 기를 살리기 위해서 라는 이유로 그릇된 행동에도 과잉된 보살핌을 하게 만들기도 합니다.

　유아기 아이는 호기심이 강해서 무엇인가 알아가기 위해 다양한 행동을 끊임없이 합니다. 삶을 터득하기 위해 유아는 스스로 하기를 원하지만, 어른들은 쓸데없는 행동이거나 위험하다는 이유로 간섭과 제제를 가하게 됩니다. 그 결과 유아기에 익혀야 할 생활 속 기본습관까지 어른들에게 의지하는 나약한 성장을 가져오게 됩니다.

유치원이나 어린이집 아침 등원시간 무겁지 않은 유아의 가방조차 어른이 들고 등원을 하는 모습을 쉽게 볼 수 있습니다. 현관에서 헤어지지 못하고 아이의 신발을 벗겨서 신발장에 넣어주고 가방과 겉옷까지 벗겨 장에 놓아주어야 마음이 놓입니다. 그리고는 교실에 들어가서 아이에게 당부한다. 오늘 하루 "공부 잘하고 와" 하며 손을 흔들고 가는 어른들! 유치원이나 어린이집에서 무엇을 배우기를 기대할까하는 궁금증이 생깁니다.

유치원이나 어린이집과 같은 유아교육기관은 무엇을 하는 곳인가요? 기본이 되는 삶을 익히기 위해 놀이와 체험을 통해 생활습관을 익히고, 친구들과 사회생활을 경험하는 인성교육의 첫 장입니다. 바깥놀이에서 주변에 살고 있는 동·식물과 함께 뛰어 놀아야 하는 아이들입니다. 그러나 현실은 어떤가요? 어른들의 잘못된 판단으로 좁은 교실에서 초등학생보다도 더 긴 교육활동에 특성화 활동까지 요구합니다.

학교를 가기위한 준비교육을 시키고도 모자라 심지어 학원까지 보냅니다. 어른들의 강요에 의해 자라는 아이들보다 놀면서 생활하는 아이들은 활동이 마무리되면 옷도 더 지저분해지고 머리도 헝클어져 있을 것입니다. 이것은 하루 생활을 재미있게 활동한 흔적이고 건강하게 자라고 있다는 증거이기도 합니다.

아이들이 좋아하는 곳은 어디일까요? 삶을 알아 가는데 놀면서 터득하는 것이 제일 좋은 교육이고 방법입니다. 희망과 용기를 주고 상상의 나래를 펼칠 수 있는 곳은 바로 놀이터입니다. 아이 스스로 익혀야 할 위험에 대처하는 능력, 놀이의 스릴, 쾌감을 경험하는 곳이 바로 놀이터입니다.

그러나 지금의 놀이터는 안전하지 못하다는 어른들의 잣대로 놀이기구를 제거하거나 축소하다보니 아이들이 찾지 않는 공간이 되거나 한낱 전시용 조형물로 전락해버리기도 했습니다. 그저 전시용 조형물이 되어버린 놀이터. 이제는 어른들이 나서서 놀이터공간에 모래와 물을 지원해 주고 주변의 자연물을 마음껏 이용할 수 있는 환경을 조성하여 주어야 하지 않을까요? 더 안전하게 더 짜임새 있게 말입니다. 아이가 중심이 되는 놀이공간에서 스스로 다양하게 놀이를 생각하고 활동하면서 "야! 신나고 재미있어요." 하는 환호성소리로 놀이터를 찾아오게 말입니다.

이처럼 아이들을 존중한다고 하면서 정작 아이들이 누려야 할 기본생활과 놀이 환경까지도 우리 어른들이 아이의 입장과 눈높이를 고려하지 않고 어른의 시각에서 임의로 정해버리는 일들은 참으로 많습니다. 그동안 획일적인 방법과 틀에 의한 주입식 지식 전달방법은 지양해야합니다. 그리고 놀이를 통해 유아가 중심이 되어 스스로 다양한 체험을 하며 자신감과 자기조절 능력이 싹트도록 하는 방법을 지향해야 합니다. 세 살 버릇이 여든을 넘어 백세 시대 평생 가도록 기본이 바로 설 수 있는 토대를 마련하기 위해서는 어른의 생각과 느낌과 의견을 멈추고 더디더라도 아이들의 눈높이에서 바라보고 아이들의 이야기를 들어보고 나서 지원하는 어른들이 되어야할 것입니다.

학교의 종말, 다시 전인교육의 시대로

"선생님 시(詩)를 왜 배워야 하죠? 대학 진학엔 아무 도움도 안 되는데."
영화 〈죽은 시인의 사회〉의 한 장면입니다. 졸업생 3분의 2가 아이비리그
에 진학하는 명문고 월튼 아카데미에 새로 부임한 교사 존 키팅에게 한
학생이 묻습니다. 입시 공부도 바쁜데 왜 자꾸 시를 읊게 하냐는 것입니
다. 잠시 생각에 잠겼던 키팅이 말합니다.

"여러분이 목표로 삼는 의사·법관·정치인, 다시 말해 의술과 법·정
치 등은 모두 고귀한 일입니다. 그러나 이들은 삶에 필요한 수단과 방법이
지 그 자체가 목적은 아니에요. 대신 시와 사랑, 예술과 낭만은 인생의
목표입니다. 삶의 목적이 되는 것들을 단지 방법을 달성하기 위한 도구로만
생각해선 안 되죠."

이후 키틴은 학교장의 반대에도 윌리엄 예이츠(1865~1939), 로버트 헤릭(1591~1674)처럼 굳이 교과서에도 나오지 않는 시인들을 학생들에게 가르칩니다. 그 유명한 '카르페 디엠(Carpe diem, 현재에 충실하라)'이란 말도 헤릭의 시 '처녀들에게'를 읊으며 나온 말입니다. 하지만 키틴은 입시를 중시하는 월트의 교육이념에 맞지 않는다는 이유로 학교에서 쫓겨나게 됩니다. 대학입시만을 위한 공부가 아니라 인생의 목적을 찾기 위한 공부를 가르쳤던 존 키틴. 학생들은 그를 내쫓은 학교에 항의 표시를 하기 위해 책상에 올라가 키틴이 가르쳤던 시를 읊습니다. 대학입시만을 위한 공부가 아니라 인생의 목적을 찾기 위한 공부를 가르쳤던 존 키틴. 학생들은 그를 내쫓은 학교에 항의 표시를 하기 위해 책상에 올라가 키틴이 가르쳤던 시를 읊습니다.

영화가 개봉된 지 27년이 지났지만 교육 현실은 그때와 큰 차이가 없어 보입니다. 교실은 여전히 입시를 위해 존재하고, 수업은 암기와 지식습득이 주입니다. 키틴의 말처럼 교육을 통해 삶의 목표를 찾아가는 게 아니라 수단과 방법을 얻기 위해 삶의 중요한 가치들을 잊고 사는 듯합니다. 물론 이런 교육 방식이 필요했던 이유도 있습니다. 다수가 선호하는 직업을 얻기 위해선 먼저 좋은 대학에 가야 했고, 입시 성적을 높이려면 시와 예술보다 수학과 영어를 더욱 잘해야 했습니다. 아이들의 꿈이 뭐가 됐든 교사는 그저 "공부만 열심히 하라"고 말하면 됐습니다. 평생 살면서 한번 꺼내볼까 말까 한 지식들을 십수 년간 달달 외우게 하면서 말이죠.

그런데 미래에도 이런 방식이 통할까요? 당장 초중고 교육의 최종 목적지인 대학부터 크게 흔들리고 있습니다. 미래학자 토마스 프레이는 "2030년 세계 대학의 절반이 사라진다."고 예측합니다. 지식의 반감기가 매우 짧아져 대학이 산업의 수요를 따라갈 수 없기 때문입니다. 그나마 지금까진 대학 졸업장이 좋은 일자리를 보장할 거란 믿음이 있었는데, 이젠 그마저도 깨지고 있습니다. 전통적인 대학은 이미 무너지기 시작했습니다. 2014년 개교한 미네르바 스쿨의 인기를 보면 알 수 있습니다. 2017년 봄에 신입생 210명을 뽑았는데 2만 명이 넘게 지원하면서 하버드보다 들어가기 어려운 대학으로 꼽힙니다. 모든 교육은 온라인 강의와 토론으로 이뤄집니다. 교수의 일방적 수업이 아니라 스스로 지식을 탐구하고 협업을 통해 문제해결능력을 키웁니다. 학생들은 4년간 6개국에 위치한 캠퍼스를 돌며 그 나라의 문화를 배우고 세계시민으로서의 감수성을 키웁니다.

초중고교의 교육 방식도 새롭게 변화될 겁니다. 앨빈 토플러(1928~2016)는 『부의 미래』란 책에서 현대의 학교 체제를 산업화 시대의 노동력을 양성하는 곳으로 묘사했습니다. 단일화·표준화·대량화라는 산업 사회의 가치를 실현하기 위해 학교 체제가 최적화 돼 있다는 거였죠. 쉽게 말해 기업이 필요로 하는 훈련된 노동력을 공급하는 게 학교의 최대 목표 중 하나였다는 겁니다.

미래학자 앨빈 토플러(1928~2016)는 현대의 학교 체제를 산업사회에 필요한 노동력을 만들어내는데 최적화 돼 있다고 설명했습니다. 이는 현대의 학교 체제가 처음 생겨난 19세기의 상황을 알면 이해하기 쉽습니다. 근대 국가가 형성되고 산업화가 빨라진 19세기 이후에 선진국들은 앞 다퉈 전 국민을 대상으로 의무교육을 시작합니다. 토플러의 말처럼 산업혁명이 불러온 새로운 사회 구조에 필요한 노동력을 양성해야 했기 때문입니다. 아울러 국가라는 공동체의 이념을 전파하고 그들을 하나로 묶을 수 있는 제도가 필요했는데, 그것이 바로 공교육이었습니다.

우리는 여전히 19세기에 만들어 놓은 학교 체제를 그대로 사용하고 있습니다. 세계적인 미래학자 제레미 리프킨은 "우리의 모든 교육방식은 1차 산업혁명이 있었던 19세기의 방식과 똑같다."고 말합니다. 그는 미래에 대해 "노동자가 거의 없는 세계로 향하고 있고 인간은 더욱 창의적인 일을 위해 진보해야 한다."고 지적합니다. 이 같은 미래를 앞두고 우린 어떤 교육을 준비해야 할까요? 당장 정답을 알 순 없지만 18세기 이전에 우리가 원래부터 해왔던 방식, 즉 산업화 이전의 교육에서 힌트를 얻을 수 있다고 생각합니다. 18세기 이전의 교육은 지금과 매우 달랐습니다. 가장 큰 차이는 교육의 대상이 한정돼 있었다는 거였죠. 과거엔 생산에서 자유로운 소수의 지배계층만 교육의 혜택을 누릴 수 있었습니다. 먹고 살기 위한 노동을 할 필요가 없었기에 인문과 교양, 올바른 매너와 품성 등을 기르는 전인교육이 중심이었습니다. 미래교육 전문가인 찰스 파델의 『21세기 무엇을 가르치고 배워야 하는가』에 따르면 르네상스 이후 근세까지 주요 교과목은 독해 · 작문, 수사학, 역사, 철학, 수학, 음악, 미술, 라틴어 등이었습니다.

현대인의 시각으로 보면 굳이 배우지 않아도 먹고 사는데 큰 지장이 없는 것들입니다. 그러나 이들은 고대 그리스부터 근세까지 서양 문명사 2000년 동안 주요 교과목의 위치에 있었습니다. 비록 곧바로 투입 가능한 노동력을 생산하는 데는 한계가 있었지만 시민의 교양을 갖춘 공동체의 구성원을 양성하고 혁신을 일으킬 수 있는 창의적인 과학자와 예술가, 철학자 등을 만들어낼 수 있었죠. 이는 곧 인간 문명이 발전할 수 있던 기틀이 됐습니다.

아마도 레오나르도 다빈치가 알고 있던 지식의 총량은 오늘 우리보다 훨씬 적을 것입니다. 그러나 그의 상상력과 창의성은 오늘날 천재라고 불리는 사람들보다도 훨씬 뛰어날 겁니다. 다빈치가 만약 현대에서 초중고교를 다니고 대학을 졸업했더라면, 아마도 그가 이룩한 것과 같은 큰 업적을 남기진 못 했을 지도 모릅니다. 그렇다면 미래 사회는 어떻게 될까요? 4차 혁명시대에는 18세기 이전과 같은 전인교육의 중요성이 더욱 커질 것입니다. 19~20세기 산업화 시대에 인간이 해야 했던 노동의 대부분을 인공지능(AI)가 대체하게 될 것이기 때문입니다. 리프킨이 "노동자가 거의 없는 세계", 노동의 종말을 이야기하고 있는 것과 마찬가집니다. 이러한 '신(新) 20대 80의 사회'에선 그 동안 우리가 습득하기 위해 노력했던 도구적 기술들이 필요하지 않습니다. 결국 현재와 같은 학교 체제는 사라질 거란 이야기입니다.

안타깝게도 지금 논의되는 교육 이슈들을 보면, 이런 이야기들을 찾아볼 수가 없습니다. 요즘 가장 뜨거운 논란은 교사를 늘릴 것이냐, 아니면 줄일 것이냐 하는 겁니다. "OECD 수준에 맞춰 교사를 증원해야 한다.", 혹은 "인구 감소로 오히려 줄여야 한다." 등의 논쟁만 벌어지고 있습니다. 그런데 정작 중요한 논의는 빠져 있습니다. 향후 교사의 역할과 학교의 체제가 어떻게 변할지 신경 쓰고 있지 않습니다. 머지않아 주입식 수업과 지식 전달에 익숙한 지금의 교사와 학교 체제는 쓸모없어질 것인데 말입니다.

다시 키틴의 이야기로 돌아가 볼까요? 키틴은 단지 직업을 갖기 위한 교육, 대학에 입학하기 위한 교육을 부정했습니다. 삶의 목적이 아닌, 방식과 도구에만 얽매이는 교육 현실을 '죽은 시인의 사회'라고 표현했습니다. 그렇다면 미래 교육의 방향은, 학교의 모습은 어때야 할까요? 한 가지는 확실합니다. 시인들이 죽어 있지 않은 사회를 만드는 것입니다. AI와 대비되는 인간만의 고유한 특성을 찾는 교육, 개인의 행복과 공동체의 이익을 조화시킬 수 있도록 가르치는 학교가 필요할 겁니다. 미래 교육의 모습이 어떻게 펼쳐질 것이라고 단정할 순 없지만 적어도 지금처럼 공식을 달달 외고, 각종 지식을 머릿속에 쌓아두는 형태의 교육은 아닐 겁니다.

통섭과 창의융합교육만이 살 길입니다

앞으로 세계적인 기업의 자산 가치는 무형자산이 대부분을 차지할 것으로 예상합니다. 그 무형자산의 중심은 지식재산(IP)이 될 것이라고 보는 학자들이 많습니다. 세계 경제가 지식재산을 중심으로 재편되고 있습니다. 창조성이 있느냐 없느냐에 따라 재화의 가치가 달라지기 때문입니다. 인류사를 혁명적으로 변화시킬 가치 중심의 제4차 산업혁명이 앞으로 다가오고 있습니다. 이 물결은 우리 일상을 크게 바꿀 것으로 예견됩니다. 물론 그 중심에는 일자리 문제도 있습니다. 사물인터넷, 인공지능, 뇌바이오공학, 빅데이터와 같은 기술의 융합으로 기존의 일자리는 대부분 사라지고 새로운 형태의 일자리가 창출될 것입니다. 제조업이 주도했던 산업화 시대의 노동과 효율의 가치는 아이디어와 기술의 가치로 대체될 것입니다.

머지않아 닥칠 이런 현실을 감안한다면 교육을 혁신적으로 바꿀 필요가 있습니다. 암기 중심의 중간고사와 기말고사 등을 폐지하고, 학생들의 창의력을 향상시키는 방향으로 교육혁명을 시도해야 할 것입니다. 앞으로 대학도 새로운 아이디어를 활용하는 창업, 연구동아리 등을 적극적으로 육성해 명실 공히 지식재산을 산업화하는 전문가의 산실이 돼야 할 것입니다.

유럽연합의 지식재산 집약산업은 7천 6백만 개의 일자리를 창출하였을 뿐만 아니라 고용의 35%, GDP 40%를 담당하고 있습니다. 미국의 지식재산 집약산업도 4천 5백만 개의 일자리를 창출하고, 고용의 30%, GDP의 35%를 차지하고 있습니다. 이는 앞으로 기존의 산업구조 및 경제 체제 전반에 걸쳐 거대한 변화가 일어난다는 것을 말해줍니다. 이 변화의 핵심 동력은 특허 및 아이디어 같은 무형재산 즉 지식재산이 될 것입니다. 따라서 우리는 새로운 직업을 창출하고, 또 이에 적응하기 위해서 스스로 생각할 줄 아는 '힘'을 가진 인재를 키워내야 합니다. 넘치는 정보의 홍수 속에서 정보를 분석하고 활용하는 방법을 알려주는 것이 아니라 계속 더 많은 정보만 주입하는 기존의 교육 패러다임으로는 이런 인재를 양성할 수 없습니다.

이런 점을 직시하여 우리는 더 늦기 전에, 선도적으로 교육혁명을 시도해야 합니다. 현대가 요구하는 교육의 패러다임은 과학, 기술, 공학, 예술, 수학을 융합한 융합교육입니다. 영남대 철학과는 철학, 역사, 예술, 과학, 공학 분야를 섭렵하는 융합인문학 강의를 실시하고 있습니다. 또 어느 대학에서는 비행기를 뜯어와 실습을 합니다. 언뜻 보기에는 각각 다른 전공

들처럼 보입니다. 과학은 과학자가, 기술은 기술자가, 공학은 공학자가, 수학은 수학자가 다뤄야 할 것 같은데 그게 아닙니다. 가장 놀라운 것은 예술입니다. 이공계와 예술가는 그렇게 큰 연관이 있어 보이지 않는데도, 이것이 이공계 융합교육의 핵심 요소로 당당히 자리 잡고 있습니다. 즉, 기존의 각각 학문 분야라는 틀 안에서 벗어나, 예술, 인문학, 사회학을 과학, 기술, 공학, 수학의 시점과 관점에서 다시 풀어내는 인재를 요구합니다.

미래학자 다니엘 핑크는 제 4차 산업 혁명을 지나면서 하이컨셉 시대, 사업시대, 정보화 시대 다음으로 오는 시대에는, 많은 사람들의 공감을 이끌어 내는 사람들의 시대라고 봤습니다. 그러한 다니엘 핑크가 예견한 사람 중에서 가장 대표적인 인재가 스티븐 잡스입니다. 그만의 감성적인 디자인을 담아낸 아이폰은 완벽하게 창의융합의 결정체였습니다. 이제 우리교육도 과거 미국이나 일본의 뒤를 답습하며 따라간 이공계교육에서 벗어난 선도적인 과학교육 시스템이자 글로벌 시대를 이끌어 나갈 선도적인 교육적 방향 모색이 본격화 될 것입니다.

2018년 현재 고교 1학년들은 문·이과 구분 없이 통합사회와 통합과학 교과서는 영화나 스포츠 등 연성 소재를 매개로 교과별 융합을 시도되는 등 다양한 방식의 교과 간의 통섭과 융합이 눈길을 끌고 있습니다. 통합사회와 통합과학은 문·이과 통합을 시도하는 새 교육과정의 핵심 과목입니다. 사회과학과 자연과학 전반을 아우르고 있어 수업과 평가 방식에 따라 학습 부담은 달라졌습니다.

통합사회에서는 '인권보장과 헌법'이란 단원에서 영화 〈글래디에이터〉를 다루기도 합니다. 로마 시대를 배경으로 주인공 막시무스가 장군에서 노예로 전락한 뒤 황제에게 복수하는 줄거리를 소개하고 질문을 던졌습니다. "영화를 보면서 우리가 인간을 대하는 태도에 대해 고민하고 성찰해 볼 수 있다. 인간은 누구나 태어날 때부터 존중받아야 할 존재인가?' 학생들이 영화를 직접 본 뒤 인간의 존엄성과 인권이 침해된 장면을 골라 토론하도록 유도합니다. '사회정의와 불평등' 단원에서 오래된 거리가 번성해 임대료가 올라가면서 원주민이 내몰리는 젠트리피케이션을 다루고, 건물주와 임차인이 상생하기 위한 방안을 모색하도록 합니다. 19세기 프랑스 사회의 모습을 영화 '레미제라블'로 살펴보고, 대학입시 제도도 소재로 삼아 그 속에 담긴 철학과 정의의 기준을 생각해보게 했습니다. '미래와 지속 가능한 삶' 단원에서는 드론과 인공 지능의 결합이 미래의 삶에 어떤 영향을 끼칠지 예측해 보기도 합니다.

통합과학은 지구과학과 화학, 생물 등 기존 과학 과목을 재구성해 하나로 묶기도 합니다. 물질과 규칙성 단원을 우주 초기의 원소, 무거운 원소의 탄생, 원소와 주기율, 화학 결합의 형성, 화학 결합에 따른 물질의 성질 등의 순서로 구성하는데 기존 과학 과목을 융합해 우리 주변을 구성하는 물질을 공부하도록 합니다. 빅뱅 우주론을 설명하면서 고대 그리스 유물을 소개하기도 합니다. 이육사의 시 '광야' 일부를 발췌해 "우주 탄생의 순간을 표현한 것으로 해석하기도 합니다. '까마득한 날에 하늘이 처음 열리고…' 부분은 태초 순간에 대한 묘사로 생각할 수 있게 합니다.

인류 역사를 신소재 개발의 역사라고 정의하면서 신소재가 인류에 언제나 유익한지 토론하도록 이끕니다. 오늘날 인류는 석기, 청동기, 철기 시대를 거쳐 플라스틱 시대를 살고 있는데 전체 플라스틱의 33%는 바다로 떠내려간다고 하면서 환경오염 이슈를 건드립니다.

지금은 더 깊이 더 시급히
청소년을 사랑할 때입니다

처음에는 믿지 않았습니다. 피범벅이 된 여성이 무릎을 꿇고 있는 사진을 봤을 때 연출된 장면인 줄 알았습니다. 사람이 할 짓이 아니었기 때문이었습니다. 더군다나 2학년 여중생들이 할 일은 더욱더 아니었습니다. 사람다운 게 뭔지 헷갈리기 시작했습니다.

사건의 개요는 이렇습니다. 2017년 9월 1일 부산 엄궁동에 있는 인적 드문 공장 앞, 여중생 A양이 동갑인 B양과 C양에게 끌려간 곳이었습니다. 시간은 밤 9시 10분경이었고, 그들이 공장 앞에서 나온 건 10시 반이 넘어서였습니다. 불과 1시간 반. A양이 둔기에 맞아 뒤통수가 찢어지고, 입안이 엉망진창이 되고, 담뱃불로 등이 지져지고, 얼굴이 부어 눈을 뜰 수조차 없게 된 시간이었습니다. '평소 선배에 대한 태도가 불량하다'는 이유로 다른 여중생을 폭행한 사건이었습니다. 피해자는 뒷머리와 입안 등이 찢어졌으며 온몸이 피범벅이 돼 있었습니다. 가해자들은 이를 사진으로 찍어 SNS에 올렸고, 소년법으로 인해 처벌이 미미할 것임을 알고 행동했다는 식으로 글을 쓰기도 했습니다. 2017년 10월 19일에 열린 재판에서 담당 판사는 가해 여중생들의 잔인한 폭력에 대해 "중국 조폭 영화에나 나오는 것처럼 때렸다."고 말하고 "개돼지도 이렇게 때려서는 안 된다."면서 범죄의 심각성을 환기시킬 정도였습니다. 그러면서 구치소에 있는 동안 피해자의 입장에서 생각하고 반성하라고 말했습니다. 사람들은 B양과 C양의 무참한 폭행과 더불어 그들이 실질적인 처벌을 받지 않을 수도 있다는 사실에 분개했습니다. 여성 청소년이라는 점, 자수했다는 점, 심신미약이었다는 점 등을 들어 처벌 가능성이 적을 것이라는 전망 때문이었습니다.

청소년은 국가와 법의 보호 아래 죄를 지어도 성인보다 죄를 덜 받습니다. 초등학생이 친구의 지갑을 훔쳤던 일이 있었습니다. 성인이 그랬다면 이는 절도죄에 해당됩니다. 하지만 초등학생이라는 이유로 담임선생의 꾸지람만 받은 채 끝났습니다. 그리고 다른 친구를 괴롭히거나 왕따 시키는 경우에도 가해자 학생들은 청소년보호법에 따라 훈방조치 또는 사회봉사로 끝납니다.

청소년보호법은 청소년의 건전한 육성·보호를 위해 제정된 법률로, 아무리 무거운 죄를 지어도 청소년이라는 이유로 보호를 받습니다. 그러다 보니 청소년들이 점차 이를 악용하고 죄의식마저 느끼지 못하게 되는 것 같습니다. 그리고 그렇게 방치한 결과가 부산 여중생 폭행 사건인 것도 같습니다. 시대가 변화하고 사람들의 인식이 변화한 것처럼 청소년들도 더 이상 십여 년 전의 청소년과 같지 않습니다. 이번 사건을 계기로 묻혀 있던 청소년 폭행 사건이 다시 수면 위로 떠올랐고, 우리는 이를 방치해서는 안 됩니다. 청소년보호법도 이제는 일정부분 개정되어야 할 것입니다. 이처럼 최근 들어 소년법을 개정해야 한다는 목소리가 다시 높아지는 이유에는 솜방망이 처벌이 큰 비중을 차지합니다.

여중생 2명을 집단 강간 및 폭행, 금품갈취, 공갈협박한 2004년 밀양 여중생 집단 성폭행 사건, 만 16세 고교 자퇴생이 초등학교 2학년 여아를 유괴, 살해한 인천 초등학생 살인사건은 가해자가 청소년이란 이유로 형벌이 크게 줄어들었습니다. 밀양 여중생 집단 성폭행 사건의 가해자 41명과 공범자 70명 중 10명에게만 징역 장기 4년에서 집행유예 3년이라는 경미한 처벌을 내려졌고, 대다수는 훈방조치로 끝이 났습니다. 인천 초등학생 살인사건의 가해자는 징역 20년을, 공범은 무기징역을 구형받았습니다. 주범이 2017년 만 17세로 소년법을 적용받았기 때문에 만 18세인 공범보다 구형이 약했던 것입니다. 이로 인해 청와대 홈페이지에 '소년법을 개정해 달라'는 청원이 오른 뒤 동참 댓글은 9월 8일 기준만 해도 25만 건이 넘어서며 뜨거운 관심을 받았습니다.

2017년 9월 5일 경찰청이 제출한 '2013 이후 학교폭력 적발 및 조치결과'에 따르면, 2013년부터 2017년 7월까지 학교폭력으로 검거된 청소년은 6만 3천 429명으로 집계됐습니다. 매년 1만 4천여 명이 학교폭력 사범으로 적발된 것입니다. 학교폭력 사범이 2013년에는 1만 7천 385명, 2014년에는 1만 3천 268명, 2015년에는 1만 2천 495명으로 감소세를 보이다가 2016년부터 1만 2천 805명으로 증가했습니다. 학교폭력 이외의 청소년 범죄까지 더한다면 수치는 더욱 많이 늘어난 것입니다. 그러나 전체 학교폭력 사범

가운데 0.01%에 그치는 649명만이 구속된 것이 문제로 제기되고 있습니다. 또한, 절반 이상인 4만 2천 625명이 불구속 처분을 받아 소년법이 청소년 범죄에 면죄부를 주는 게 아니냐는 의견이 분분합니다.

소년법은 '형사처분에 관한 특별조치를 함으로써 소년이 건전하게 성장하도록 돕는 것'을 목적으로 합니다. 청소년들이 지울 수 있는 짐과 넘을 수 있을 만큼의 턱을 만드는 것이라 할 수 있습니다. 이러한 취지로 인해 소년법을 폐지하거나 개정한다면, 청소년들에게는 너무 가혹한 처사일 수도 있고, 한순간 실수를 저질렀다고 해서 길을 끊어버리면 청소년을 괴물로 만들 수도 있습니다. 그러나 이제는 우리나라 현행 소년법이 청소년 범죄의 방아쇠를 당기고 있는 것이 아닌지 생각해볼 때가 왔습니다. 우리나라의 소년법은 피해자가 아닌 피의자를 위한 법처럼 여겨지기도 합니다. 피의자 중심의 소년법은 피해자와 그 가족의 상처를 더욱 깊게 만들수 있습니다. 이런 점을 감안해서 소년법에 대한 깊이 있는 논의와 적절한 법의 개정이 필요해 보입니다.

아울러서 분명히 생각해봐야할 것은 처벌과 법이 만사(萬事)는 아니라는 점입니다. 처벌과 법은 충격적인 효과와 단기간의 효과에는 좋으나 실제적이고 장기적이고 근본적인 해결은 못됩니다. 정말 우리 사회에 청소년범죄가 문제라면 이에 대한 근본을 생각해봐야 합니다. 도대체 어디서 언제부터 이런 문제가 발생한 것인지를 깊이 따져보고 그 근본을 해결해나가야 합니다. 우리의 가정이, 우리 학교교육이, 우리 사회가 청소년들을 이렇게 흉악하게 하는 것은 아닌지요? 교육학을 전공한 교육전문가가 아니더라도 우리는 우리의 교육이 참 되고, 바름과는 거리가 먼 가치를 지향함을 잘 알고 있습니다.

비인간적인 교육현실을 잘 알면서도 애써 외면하면서 내 자식만 잘 되면 된다는 생각에서 벗어나지 못하고 있습니다. 그저 내 자식이 부모 말 잘 듣고 공부 잘해서 성공하면 되는 줄 압니다. 그러나 그렇지 않습니다. 위에서 본 끔찍한 청소년범죄처럼 오늘 우리의 아이들은 아이답지 않은 모습들이 많습니다. 남의 자식 일이라고 비난하고 분개하고 처벌을 주장하는 것에서 그쳐서는 안 됩니다. 내 자식이 잘 되어 경쟁에 밀리고 이리저리 치인 부모와 학교와 사회에 불만을 가진 내 자식 또래들이 내 자식을, 우리의 가정을, 우리 사회를 공격할 수도 있습니다. 그러니 내 자식을 넘어, 우리 자식이라는 의식으로 생각의 폭을 넓힐 필요가 있습니다. 아울러 이제는 더 늦지 전에 오늘 우리의 교육을 개선해 나가야 할 것입니다.

청소년들이 잘못한다고 해서, 그들을 억압하거나 어떤 틀에 넣어선 변화시킬 수 없습니다. 그들이 보다 자유로운 상황에서 스스로 판단하고 선택할 수 있도록 교육해야 합니다. 그러기 위해서는 우리 사회가 우리 교육자와 부모 등의 성인들이 먼저 모범을 제시해야 합니다. 청소년들의 행동 변화는 점진적으로 나타나기에, 교육의 길은 매우 인내심이 필요하고 쉽지 않은 여정입니다. 청소년들이 또래 폭행 등의 옳지 않은 행동을 한다면, 그 문제들은 저마다의 아픔을 표현하는 것일 수 있습니다. 어른들은 그 원인을 파악하고 청소년들이 스스로가 다른 이의 입장에서 생각하고 문제를 바로 잡을 수 있도록 이끌어줘야 합니다. 오늘날의 청소년들은 한편으로는 철저하게 개인적이고 소외돼 있지만, 또 다른 한편으로는 인터넷 등으로 철저히 연결돼 있습니다. 예나 지금이나 청소년들 또한 한 공동체의 일원으로 인정받길 원합니다.

가정은 이러한 청소년들이 편히 머물 수 있는 집이 돼야 하고, 학교는 청소년들을 사랑하고 인정한다는 것을 끊임없이 알려줘야 합니다. 청소년들은 그저 '가르칠' 대상이 아니라 '의견을 내고 함께 배우고 함께 나아갈 동반자'로 대해야 합니다. 그들만의 고유한 사고와 삶의 방식이 있는데, 어른들이 원하는 방식으로 조절, 통제하려 한다면 그들은 더 이상 가정과 학교에 머무르지 않을 것입니다. 청소년들의 목소리를 들을 줄 알고 함께 배우는 자세만이 그들이 가정과 학교 안에서 올바로 머무를 수 있게 해줍니다. 무엇보다 우리 어른들이 청소년들과 대화하는 것을 두려워하지 말고 함께 해야 할 것입니다.

인권과 존엄의 성숙한 교육을 꿈꾸며

뽀롱뽀롱 숲 속 마을에는 뽀로로, 크롱과 에디, 루피, 포비, 해리, 패티 등의 동물친구들이 모여 살고 있었습니다. 호기심 많은 말썽꾸러기 뽀로로와 크롱 때문에 숲 속 마을에서는 항상 크고 작은 소동이 끊이지 않았습니다. 하지만 용감한 뽀로로와 힘 센 포비, 영리한 에디가 사건을 해결합니다. 예쁜 패티와 상냥한 루피, 노래하는 해리, 그리고 로디까지 우리 모두 친한 친구들입니다.

뽀로로는 EBS의 대표적인 어린이 만화입니다. 2003년부터 방영된 이 프로그램은 한 해도 쉬지 않고, 지금까지 최고의 인기를 누리고 있습니다. 캐릭터의 상품화도 성공적이어서 완구 뿐 아니라 온갖 생활용품까지 온통 뽀로로 판입니다. 현재 대한민국에 사는 어린이와 청소년들은 웬만하면 뽀로로의 친구일 것입니다. 그리고 이런 뽀로로의 인기는 필연적으로 유아 및 청소년들의 인식에 큰 영향을 미칩니다.

이런 점에서 알게 모르게 뽀로로에 나오는 내용이 갖는 문제도 생각해 볼 수 있습니다. '뽀로로'의 등장인물 설정에는 '남녀차별'적 요소를 쉽게 찾을 수 있습니다. 첫째 '호기심 많은 말썽꾸러기 뽀로로'와 크롱은 문제의 근본 원인임에도 벌을 받거나 반성하지 않고, 결국 문제해결의 주인공 역할을 해냅니다. 이는 남존여비적인 세계관을 반영한 것으로 비판할 수 있습니다. 즉 남자아이의 장난은 씩씩하고 용감하다고 인정되고, 여자아이는 여자라는 이유만으로 타박의 대상이 됩니다. 둘째, 패티는 명랑한 성격에 리더십이 강하고 운동도 뛰어나지만 예쁜 여자 역할에 머물러 있습니다. 루피 역시 차별적 여성상으로 '요리와 돌보기'를 전담하고 있습니다. 셋째, 뽀로로를 도와서 문제해결에 기여하는 에디와 포비도, 남자가 여자보다 영리하고 힘이 세다는 것을 당연하게 받아들이게 합니다. 마지막으로 뽀로로 마을의 성비 역시 주요 등장인물을 따져봤을 때 남성이 6명, 여성이 2명으로 매우 불균형합니다.

이러한 분석의 결과 인간의 존엄성을 보편적으로 받아들이는 현대 사회에서도 '차별'에 대한 무의식이 여전히 잠재해 있음을 알 수 있습니다. 그러므로 인간 존엄성의 실현을 위해서는 근본적 문제 접근이 필요합니다. 언젠가 지인과 야구 전문 매장에 갔다가 깜짝 놀란 일이 있었습니다. 스트라이크존 한 매장에서 촬영한 여자 선수 캐릭터가 눈에 들어왔습니다. 스크린 야구장에 나오는 여자 선수 캐릭터가 일반 야구복이 아닌 노출이 심한 의상을 입고 있었습니다. 가슴과 엉덩이가 강조된 몸매의 여자선수가 가슴이 깊이 파인 상의와 짧은 바지를 입고 나왔습니다. 여자 캐릭터가 가슴이 깊게 파인 옷을 입은 채 허리를 숙이는 장면이나 짧은 바지를 입고 엉덩이를 내미는 장면은 야구와 어떤 연관도 없는데, 보기가 너무 불편했습니다. 같이 간 여성이 불쾌했을 것 같았습니다. 집에 와서 이에 대해 살펴보니 전국 160개 이상 매장을 둔 스크린 야구 업계 2위 스트라이크존이 여자 야구선수 캐릭터의 체형과 의상을 자극적으로 묘사한다고 합니다. 스트라이크존이 운영하는 스크린 야구장에서 남자 선수 캐릭터는 일반 야구복을 입고 있지만 여자 캐릭터는 몸에 딱 붙고 노출이 심한 개조된 의상을 입고 있습니다.

스트라이크존 스크린 야구는 방마다 배치된 터치스크린으로 게임 참여자들이 각각 소속팀을 정한 뒤 선수 등록을 하고 개인플레이나 팀플레이로 경기를 진행하는 방식입니다. 남자 선수로 등록한 사람이 게임장에 들어설 경우 스크린에 남자 선수 캐릭터가 나오고, 여자 선수로 등록한 사람이 게임장에 들어서면 여자 선수 캐릭터가 나옵니다.

남자 선수 캐릭터는 보통 체형과 큰 체형 두 종류로, '강타자'가 나오는 설정일 경우 체구가 큰 캐릭터가 나옵니다. 하지만 여자 선수는 설정과 무관하게 짧은 팬츠를 입은 한 가지 캐릭터만 있습니다. 실제로 여자야구나 여자소프트볼 선수가 입는 운동복은 남자 선수의 운동복과 차이가 없습니다. 일반적으로 남자 선수처럼 반소매 혹은 긴소매의 일반 상의와 긴 바지를 입습니다. 스크린 야구장은 남녀노소 누구나 야구를 쉽게 할 수 있어 가족 모임이나 회식 장소로 인기를 끌고 있습니다. 여성 캐릭터를 성적으로 표현하려는 의도가 있거나 무의식적으로 여성을 성적인 대상으로 여기는 것은 아닌가 싶습니다.

다음은 고등학교 3학년인 누나와 고등학교 1학년인 남동생의 대화입니다. 이 두 사람이 보여주는 생각의 차이를 여성과 남성의 차이라고 간주할 때, 이 차이가 나타나는 원인을 생물학적 차원과 심리학적 차원에서 성적 차이에 대한 바람직한 태도를 생각해 봅니다.

남매 사이인 두 학생이 TV 프로그램 시청 문제로 다투고 있습니다. 누나는 한창 인기몰이 중인 수목 드라마를 보고 싶고, 남동생은 격투기 중계를 보자고 버티고 있습니다.

누나: 야, 요즘 수목 드라마 보지 않으면 학교에서 친구들하고 할 이야기도 없단 말이야. 그리고 너도 이제 어느 정도 컸으면 분위기도 좀 알고 낭만 같은 것도 느낄 수 있어야 하는 것 아니니?

남동생: 웃기고 있네. 남자가 무슨 분위기야! 낭만이나 사랑 같은 건 여자들이나 하는 거지. 남자는 남자답게 피 터지는 격투기를 봐야지. 아니면 프로축구나 프로야구 선수처럼 남자의 힘을 느낄 수 있는 그런 게 더 좋잖아.

누나: 야! 요즘 여자들이 프로야구 더 좋아하는 것도 모르니? 세상에 남자, 여자 그런 구분하는 건 오래 전의 일이야. 너도 생각하는 거 보니까 구닥다리구나.

남동생: 진짜 웃기네. 남자는 남자고 여자는 여자지. 남자하고 여자 사이에 그런 차이가 없으면 남자 여자 구분은 왜 하냐? 누나는 여자니까 드라마 좋아하는 거고, 난 남자니까 격투기 좋아하는 거지.

남자와 여자의 성적 차별이 아닌 차이는 생물학적 차원과 심리학적 차원에서 모두 설명 가능합니다. 선천적인 신체조건 상의 차이나 유전적 차이는 생물학적 차이에 해당하며, 이런 생물학적 차이에 근거하여 다양한 심리적 차이가 나타날 수 있지만, 심리적 차이는 후천적인 양육 환경에 따라 달리 형성될 수 있습니다. 그러므로 문화권에 따라서 남성적인 것과 여성적인 것의 기준이 달라질 수 있습니다. 특히 생물학적 차이가 성별에 따른 차별로 이어져서는 안 되며, 특히 심리학적 차이는 성장 환경에 따른 각 개인의 선호도에 있어서의 차이로 생물학적 차이와는 별개로 이해되어야 합니다. 이러한 생물학적, 심리학적 차이를 인식하고 성차(性差)보다는 개인차(個人差)의 시각에서 남성과 여성의 차이를 이해하는 것이 타당할 것입니다.

'인간의 존엄성'이라는 보편적 가치의 탐구와 성찰의 기회를 통해서 가치 정립 역량과 타인과의 공감 및 연대 역량을 종합적으로 다루는 교육이 필요합니다. 나아가 비판적 사고에서 출발하여 공감 및 연대 역량으로 이어지는 생각하고 숙고하는 과정을 통한 교육도 필요합니다. 남존여비의 악습을 알아두는 것도 양성평등교육에 유익할 것 같습니다. 남녀불평등 현상은 수렵·채집 사회 이외의 거의 모든 사회에서 일반적으로 나타나고 있지만, 특히 우리나라의 경우에는 조선시대에 유교이념이 널리 퍼지면서 이러한 현상이 남존여비라는 말로 용어화되고 관행이 될 정도로 사회적으로 또는 이념적·도덕적으로 강조되었습니다. 예컨대, 그 당시에는 이러한 관념이 여성에게 어려서부터 주입되었는데, 혼기에 달한 딸을 가진 어버이는 딸에게 침선(針線) 등 가사에서부터 모든 범절을 가르치면서 시부모 공대하는 법, 남편 섬기는 일 등을 일러줄 때는 칠거지악(七去之惡)·

삼종지의(三從之義)·부창부수(夫唱婦隨)·여필종부(女必從夫) 등의 말들을 강조하여 남성을 존대하고 여성인 자신을 비하하도록 하였습니다. 이와 같이 여자들에게 남자 중심의 윤리관과 도덕관을 강제로 훈도함으로써 여성의 세계는 오직 자기에게 허용된 육척사방(六尺四方)의 방이요, 대상 이성은 아버지와 남편과 아들뿐이라는 생각을 심어 주었습니다. 친형제간이라도 남녀가 칠세이면 같이 있을 수 없다고 하여 웃고 이야기할 자유마저 금할 정도였습니다. 이와 같은 분위기에서 여성에게는 개성 발휘 욕구나 기회가 사회에서나 가정에서 모두 있을 수 없어 규수시절 외에는 이름 석 자조차 말살당해야 했고, 남의 아내로서, 그리고 어머니로서의 세계만이 허락되었습니다. ≪역대조선여류시가선≫에 "…… 이곳에 파묻혀서 하는 일은 다만 적자(嫡子)를 낳고, 주부의 책임을 다하고, 방탕하였기 때문에 폐물이 된 남편을 위하여 간호부 구실을 하는 등 굴욕적 직분을 다하는 것뿐이었다……."고 하는 문구가 있는 것을 보면, 그 당시 가정주부의 여성 위치를 짐작할 수 있습니다. 또 여자는 출가해도 호적에는 친가(親家)의 성씨만 오를 뿐 이름이 없고, 관부(官府)에서 호적을 편성할 때에도 여자는 누락되는 일이 많았습니다. 족보에도 여아명(女兒名)을 기재하는 일이 없고, 다만 사위의 이름을 기입하는데 그쳤습니다.

가정에서도 자기주장을 부덕시하고, 집 밖의 일에는 전혀 간섭하지 않는 것을 마땅한 것으로 여겼습니다. 조선시대에 여성의 사회적 지위는 남자의 그것에 비하여 지극히 열등하였으며, 여성은 '알게 할 것이 없고, 다만 좇게 할 것'이라는 유교적 이데올로기가 그 근본이었습니다. '암탉이 울면 집안이 망한다.'는 속담이 있는데, 이것은 곧 여자가 집안에서 좌지우지하여 언권(言權)을 발휘하면 그 집이 망한다는 의미로, 당연히 해야 할 말도 못하도록 아내의 입을 봉하는 데 흔히 사용되던 좋은 구실이었습니다. 또한 우리나라 속담에 '그릇 한 죽도 셀 줄 몰라야 복이 많다.'는 말이 있습니다. 이 속담은 중국 명나라와 청나라 시대의 '여자는 재능이 없는 것으로 덕을 삼는다.'는 말과 일맥상통합니다.

이와 비슷한 것으로 '여편네 소리가 그 집 대문 밖까지 들리면 그 집안은 3대가 멸망한다.'라는 말이 있습니다. 혹시 말을 할 일이 있더라도 절대로 음성을 높여서는 안 된다는 것입니다. '계집은 사흘 동안 매를 때리지 않으면 여우가 되어 산으로 올라간다.'는 속담도 있습니다. 여자는 속박하고 억압해야 된다는 사상에서 나온 말입니다. 그 밖에도 '여자와 사기그릇은 밖으로 내돌리면 못쓴다.', '여자는 문서 없는 종이다.' 등등의 비슷한 속담이 있습니다. 특히 외출 금지·남녀교제 금지 등 내외의 법은 여성에게 감금적인 생활을 강요했습니다. 아름다움은 여성이 갖는 최고의 이상이지만 조선시대에서는 여인이 아름답다는 것까지도 흉이 되고 화근이 된다고 여겼습니다. 미인박명(美人薄命)이라는 말도 있듯이 여자가 예쁘면 팔자가 드세고, 기생감밖에 되지 않는다고들 했으며, 요사스럽다고 경계하기도 했습니다.

또한 여자에 관한 용어에 '안해'라는 말이 있습니다. '안해'는 '집안'에 해당하는 말로, 규방의 침선·방적·육아 또는 세탁·음식조리·봉제사 등을 평생 임무로 삼는다는 뜻에서 비롯되었습니다. 따라서 안해는 안에 있어 세간에서 격리되어 오직 남성을 위하여 감금과 똑같은 상태에 놓인 것을 전제로 하고 있습니다. 부부관계도 평등·우애의 인간관계로 성립, 유지되는 것이 아니라 지배·복종의 종적 관계로 유지되어 왔습니다. 이와 같이 유교의 남존여비사상은 전통사회에서 한국여성의 생애를 지배한 근본개념이었습니다. 더욱이 조선시대의 여성은 경제적 독립이 인정되지 않았으므로 남성에게 예속적 지위를 차지하게 되었으며, 또한 열등의식을 가지게 되었습니다. 조선 여성의 성윤리는 한마디로 순종과 정절이었다고 할 수 있습니다. 우리나라 여자 이름에 순(順)과 정(貞) 자를 많이 쓰는 것도 그 좋은 보기입니다. 종속의 관념은 합리화되어 친화의 덕으로 해석 되었습니다. 어쨌든 조선 여성의 생활 중에 가장 필요한 것은 정렬(貞烈) 이었습니다. 남의 집 남자와 말할 때도 문을 닫고 방 안에서 대답해야 하고, 문을 열고 말하면 행동이 음흉한 여자라 하여 비난을 받았습니다. 부득이 외출할 경우에는 해가 진 뒤 오후 8시부터 10시 사이에 다녀오고, 그것도 '쓰개치마'를 쓰거나 가마를 타고 출입하지 않으면 안 되었습니다. 조선시대 말까지 부녀자는 일생 동안 내방에 갇혀 살며 그의 인격을 인정 받지 못했으니, 벌써 네 살만 되면 어머니 등에 업혀서도 '전의'를 쓰고야 문 밖을 나갔고, '남녀칠세부동석'이라 하여 일곱 살만 되면 본격적인 내외의 법을 지켜야 했습니다. 그리하여 내외가 지나쳐서 심지어는 남편이 자기 형제간의 처(형수·제수)나 처형·처제에게까지도 내외를 하게 되었습니다.

이런 남존여비사상이 우리나라에 정확히 언제부터 있었는지를 말하기는 어렵습니다. 그러나 최근에 이루어진 친족 및 상속 분야의 연구결과에 의하면, 우리나라에서 부계친족제도가 강화되고 남존여비사상이 깊게 뿌리를 내린 것은 17세기 중반 이후라고 합니다. 왜 이 시기에 이런 변화가 일어났는지는 아직 밝혀지지 않았습니다. 고려시대와 조선시대 초기만 해도 딸은 상속에서 차별대우를 받지 않았을 뿐 아니라 부모의 제사를 지내기도 하였습니다. 이 밖에도 딸은 이름을 갖는 등 조선시대 후기의 철저한 남존여비 관습과는 다른 양태를 보였습니다. 이와 같은 역사적인 변천이 밝혀진 것은 최근의 일이지만, 학자들 간에 널리 받아들여지고 있는 견해 입니다.

기술과 소통을 넘어서는 공감

앤디 클락(Andy Clark)은 사람의 마음이 우리 피부 안에 거주하지 않고 다양한 도구와 물리적 환경에 분산되어 있으며 고도로 확장될 수 있다고 말한 바 있습니다. 역사적으로 도구사용은 사람의 지적 기능뿐만 아니라 물리적인 뇌 구조도 변화시켜왔습니다. 현미경을 이용하는 과학자, 지팡이를 이용하는 시각장애인, 장대를 이용하는 높이뛰기 선수, 종이와 연필을 이용하여 곱셈 문제를 해결하는 초등학생은 모두 도구를 사용하여 자신의 능력 범위를 확장하고 있습니다.

사람의 능력은 우리가 사용하는 도구에 의해 더욱 더 확장될 수 있습니다. 최근의 기술발전은 사람의 능력을 더욱 확대하고 있습니다. 이에 따라 사용하는 도구의 유형이 변하면서 새로운 환경에 적응하기 위해 요구되는 정신 능력의 유형 또한 달라지고 있습니다. 인터넷의 발달과 더불어 주의 집중에 어려움을 겪는 사람이 많아졌지만, 여러 가지 일을 동시에 할 수 있는 멀티태스킹[1] 능력이 좋아지고 있습니다.

오늘날 사람들 간에 소통하고 교감할 때도 스마트폰이 큰 역할을 합니다. 요즘처럼 삶에 있어 도구와 기술의 중요성이 주목받는 때도 없는 듯합니다. 이런 시대이다 보니 저와 같은 교육자는 학생들과 원활히 소통하려면 스마트폰을 스마트하게 잘 이용해야만 합니다. 더듬더듬 기능을 익혀서 스마트폰의 주요 기능인 통화나 문자주고받기나 카톡은 문제없이 수행하고 있습니다. 여기에 더해서 인터넷검색도 하고 사진 찍기도 가능하니 저로서는 열심히 적응해낸 성과입니다.

그런데 아날로그 세대라서 그런지, 게으르고 기계치라서 그런지 '기술'을 이용해서 사람들과 소통하는 데 아직도 서툽니다. 스마트폰을 사용하고 있지만 요즘 스마트세대처럼 원활하게 사용하지는 못합니다. 제가 서툴기에 그런 것인지는 몰라도 스마트폰 사용에 대해 만족하기보다는 '꼭 이것이어야만 하는가' 하는 생각이 들곤 합니다. '마음과 마음이 만나기 위해서는 기술의 매개가 꼭 필요한 것일까' 하는 생각이 들곤 합니다. 기술은 우리 삶을 편리하고 풍요롭게 만들어주기도 하지만 사람들 사이의 만남을 단절시키기도 하는 것 같습니다. 우리는 외롭고 힘들 때, 상처받았을 때, 격려가 필요할 때 기술을 이용하여 음악을 듣기도 하고 SNS를 이용하기도 하고 위안이 되는 텍스트를 찾아보기도 합니다. 그러나 이런 활동이

---

1 멀티태스킹(multitasking)은 한 프로그램에서 세 가지 내용의 화면을 동시에 내보내 음성 다중 TV 등을 이용하는 형태를 말합니다. 시청자들이 원하는 것을 선택해 볼 수 있도록 하는 새로운 감각의 방송형태입니다.

그렇게 큰 위안이 되는 것 같지는 않습니다. 누구나 그런 경험이 있을 것입니다. 외롭거나 불안할 때, 힘들 때, 누군가 곁에서 등을 토닥거려주며 놀란 마음을 진정시켜주고 보듬어줄 때 진정한 위안을 얻게 되는 경험 말입니다. 학생들과의 교감과 소통도 이런 방식이어야 하지 않을까 싶습니다.

중요한 것은 기술사용의 주체는 여전히 '사람'이라는 점입니다. 학생과 소통하기 위해서 기술을 사용할 수 있지만, 학생의 마음과 만나기 위해서는 그 이상이 필요합니다. 기술이 우리 삶의 목적을 결정하기보다, 사람이 기술사용의 목적을 결정해야 하지 않을까 싶습니다. 편안한 사람이 그립습니다. 정다운 목소리로 오랫동안 즐겁게 이야기할 수 있는 사람, 서로의 생각을 존중하며 유쾌하게 나의 마음을 전할 수 있는 사람, 기다림이 설레고 만나면 유쾌한 사람, 유유히 흘러가는 강물처럼 변하지 않는 자연스러움을 지닌 그런 사람이 그립습니다.

고교 시절보다 공부 양이 줄어드는 대학의 현실

대학수학능력시험(수능)이 끝나면 누군가에게는 기쁨과 환희, 또 다른 누군가에게는 좌절과 슬픔이 찾아옵니다. 초등학교 입학 후 고등학교까지 12년을 수능에 투자했다고 해도 지나친 말이 아닐 만큼 우리나라에서 수능은 큰 부피를 차지하고 있습니다. 수능이 끝나면 모든 과제가 끝났다고 여기는 것인지, 대학입학식에 앞서 공부에 대한 열정이 겨우내 쌓인 눈이 녹듯 사라집니다. 이는 고등학교를 졸업하고 대학교에 입학하는 대다수의 학생에게 일어나는 일입니다. 아침 7시에 일어나는 성실, 주말이면 독서실로 향하는 발길, 실수 하나에 눈물 삼키던 학생은 어디로 간 것일까요? 교육의 목표로 대입일 뿐인 건가 싶습니다. 대학 입학과 동시에 다른 사람이 되는 우리나라의 교육은 분명 문제입니다.

학생은 같은 학생인데 엄연히 차이나는 공부 양입니다. 고등학교를 졸업하고 대학교에 입학하면서 학생들은 공부에 맞춰져 있던 규칙적인 생활에서 벗어납니다. 입시라는 정해진 목표가 주던 억압과 부담을 졸업하고, 성인이라는 당당한 타이틀을 앞세워 자유롭게 생활할 수 있게 됩니다. 그러나 자율적으로 조율할 수 있는 자신의 시간과는 다르게 정해져 있는 강의 난이도는 학생이 선택할 수 있는 것이 아닙니다. 단번에 높아진 수업 난이도와 자율적인 시간 속에서 학생들이 할 수 있는 선택은 고등학생 시절과 같이 '정해진 시간'만 제대로 보내는 것이었습니다.

고등학생 때는 수업을 다 듣고 난 방과 후 시간에도 두 시간에서 세 시간 정도 자율적으로 공부합니다. 그러나 대학에 입학한 후에는 남는 시간이 많음에도 쉬거나 노는 데만 시간을 허비합니다. 고등학생 시절과 비교해 공부 양이 줄어든 이유는 공부가 의무가 아니기 때문, 꿈이 없기 때문, 귀찮기 때문, 학과가 적성에 맞지 않기 때문, 과제가 많기 때문 등의 이유일 것입니다. 더러는 자신의 학과가 특기와 적성보다는 대학 간판이나 점수에 맞춰 정하다보니 학과 공부가 적성에 맞지 않아 공부를 게을리 하기도 합니다. 또한 고교에 비해 생각보다 많은 과제로 인해 힘겨워 합니다. 또한 이 학과에서 내가 가질 수 있는 직업이 없는 것 같아 공부에 소홀해지기도 합니다. 수업이 없는 자유 시간에 친구들과 카페나 노래방에 가서 친목을 다지거나, 밤이나 새벽 시간에는 함께 술을 마시며 시간을 보내는 대학생들이 많습니다.

대한민국의 높은 교육열과 사교육으로 대학은 서열화 됐습니다. 진학한 대학을 하나의 스펙으로 취급하는 사회 분위기도 학생들로 하여금 자신의 꿈을 찾는 것보단 대학에 진학하는 것을 목표로 공부하게 했습니다.

긴 노력 끝에 대학에 입학한 학생들은 오랜 목표를 이뤘고, 동시에 오랜 목표를 잃었습니다. 지금까지의 삶을 이끌던 꾸준한 목표를 이루고 나서야 학생들은 남은 삶을 좌우하게 될 또 다른 목표에 대해 고민할 수 있었습니다.

고등학교까지 교육과는 다른 낯선 환경에서 학생들이 할 수 있는 선택의 폭은 넓지 않습니다. 정확한 진로를 정하지 않아도 정해진 절차를 밟으면 다음 단계로 나아갈 수 있는 고등학교와 달리, 대학생들에게는 학과 특성에 맞는 직업이 정해져 있습니다. 정해진 과목에서 높은 점수를 얻지 못하면 취직이라는 다음 단계로 나아가지 못할 수도 있습니다. 성적에 맞춰 진학한 학과에서 학생들은 적성에 맞지 않는 공부의 어려움을 뒤늦게 깨닫습니다. 그들은 대학 입학을 목표로 했던 고등학생 시절과 같이 '회사 입사'를 또 다른 목표로 삼거나, '목표가 없는 상태'로 대학생활을 보내는 것을 선택합니다. 때문에 당연히 적성에 맞지 않는 공부에 투자하는 시간이 이전보다 줄어듭니다. 더 좋은 대학이 곧 더 좋은 직장인 현실입니다.

적지 않은 수의 청소년들이 학업에서 스트레스를 느끼고 있습니다. 그렇다면 학생들이 학교에 다니는 이유는 무엇일까요? 학생이 기대하는 교육 목적은 좋은 직업을 갖기 위해서인 것만 같습니다. 즉, 좋은 직업을 갖기 위해서 학생들은 더 좋은 대학을 선호합니다. 더 좋은 대학을 가기 위해서 사교육을 받는 일도 이미 익숙한 일입니다. 결국 '어렸을 때의 사교육'이 학창시절의 사교육으로 이어지고, 더 좋은 직업을 갖기 위해 더 좋은 대학에 들어가려 하는 것과 이어집니다. '한창 뛰어놀 나이'라는 말이 무색하게, 너무나 무미건조해 보이는 일정입니다. 몸은 나가서 뛰어놀고 싶은데, 책상 앞에 앉아만 있어야 한다면 당연히 스트레스를 받을 수밖에 없습니다. 책상 밖으로 뛰쳐나가려 하면, 좋은 대학과 좋은 직장이 발목을 잡습니다. 본인의 마음이나 생각이 스스로에게 '좋은 대학 들어가야지, 좋은 직장 들어가야지'하고 타이르는 경우보다는, 부모형제를 포함한 가족, 교사, 심지어는 친구까지 "지금은 공부해야지"라고 말합니다. 이런 현실로 세상에 정말로 내 편이 없다고 생각해, 극단적인 선택을 하는 학생들이 있습니다. 청소년 사망 원인 1위가 바로 자살입니다.

대부분의 고등학생들이 으레 그렇듯이, '수능'에 모든 것을 겁니다. 물론 수능 점수도 중요하지만, 고등학교부터 '스펙'도 중요합니다. 최근 외국어고등학교(이하 외고)와 자율형사립학교(이하 자사고)의 폐지가 다시 논의되자, 외고나 자사고를 준비하던 학생들은 불안에 빠졌습니다. 외고, 자사고는 내 꿈을 펼칠 무대가 될 수도 있지만, 하나의 스펙으로 작용하는 경우도 적지 않기 때문입니다. 건곤일척(乾坤一擲)처럼, 시험 하나에 지금까지 쌓아온 것들과, 앞으로 쌓을 것들을 모두 걸고 시험에 임하는 수험생들의 여린 어깨는 무거울 수밖에 없습니다.

이처럼 현실은 힘들고 말이 안 되지만 그래도 모든 것은 마음먹기 달렸습니다. 나름의 힘든 과정을 통해 들어온 대학교지만, 여기부터 다시 시작이라는 것을 깨닫기까지 오랜 시간이 걸리지는 않습니다. 대학은 누군가에겐 최고의 배경이 되고, 누군가에겐 그저 목적지에 불과합니다. 오직 대학 입학만을 바라보고 달려온 이들 중에는 너무나 지쳐, 그저 졸업을 향해 터덜터덜 걸어가는 이들도 있습니다. 이들에게 대학은 멋진 배경일까요? 성적에 맞춰 들어갔든, 내 꿈과 다른 학과든, 내가 마음먹기에 따라 바꿀 수 있습니다. 대학을 최고의 배경으로 쓰는 사람은 그만큼 대학을 활용하고 있습니다. 아직 늦지 않았습니다. '목적성'을 찾아봅시다. 목적성이 있다면 다시금 힘차게 뛰어나갈 수 있을 것입니다.

지식의 종말시대,
창의적인 학습력을 키워야 합니다

2018년 올해는 스마트폰이 등장한지 11년째 되는 해입니다. 최초의 스마트폰이 등장했을 때, '어, 이게 휴대 전화라고?' 하며 놀랐던 기억을 생각하면서, 오늘의 스마트폰을 다시 보면 그야말로 격세지감을 느끼게 됩니다. 스마트폰은 11년 동안 혁신적인 변화를 거듭하면서 가속적으로 변화해 왔습니다. 모바일페이, 모바일뱅킹, 인공지능 챗봇(chatbot) 등 일상생활의 중심축이 스마트폰으로 이전되었고, 사회활동이 스마트폰을 중심으로 재편되었습니다. 어린아이에서 고령의 노인에 이르기까지 스마트폰은 생활의 필수품이 되었습니다.

인터넷과 연동하는 스마트폰이 가져온 커다란 변화 중에 하나가 시간과 공간의 장벽을 넘는 정보 검색입니다. 열차 시간표, 뉴스 등 일상생활의 간단한 지식에서부터 줄기세포, 기계학습 등 전문지식에 이르기까지 알고자 하는 지식을 상시 검색할 수 있게 되었습니다. 스마트폰의 등장으로 어학사전, 지도, 백과사전 등이 일찍이 사라졌습니다. 신문, 베스트셀러 소설, 전공서적도 스마트폰으로 대치되고 있습니다. 그동안 지식은 전문가의 전유물이었고 도서관은 전문지식의 거점 역할을 해 왔습니다. 그러나 이제 지식은 전문가가 독점하거나 도서관에서만 구할 수 있는 것이 아니라, 언제 어디서든지 접근할 수 있는 열린 지식이 되었습니다. 스마트폰이 동행하는 지식의 보고 역할을 하고 있기 때문입니다.

이제 새로운 지식은 강의실이나 세미나실에서 교수나 전문가에게서만 배울 수 있는 폐쇄된 지식이 아닙니다. 누구나 스마트폰으로 지식백과, 유튜브, 전문 블로그, 무크 강좌 등에 접근해서 학습할 수 있는 시대가 되었습니다. 지식의 생명주기가 짧아지면서 대학에서 배우는 지식이란 이미 지난 시대의 유산일 뿐입니다. 스마트폰 기술이 가속도로 진화되고 있는 것처럼 지식도 스마트폰 이상으로 빠르게 진화되고 있습니다.

열린 지식, 가속도로 진화하는 지식 시대가 오면서, 스스로 학습하는 창의적 학습력은 무엇보다도 중요해지고 있습니다. 이미 제한된 영역의 전문지식으로 무장한 지능로봇이 의학, 법률, 경제 등 다양한 분야에서 활용되고 있습니다. 스스로 학습하는 로봇도 등장하고 있습니다. 단편적으로 암기한 지식만으로 이런 지능로봇을 당할 수 없습니다. 미래시대의 변화에 능동적으로 적응하고 혁신을 주도하기 위해서는 새로운 지식을 주도적으로 학습하고 창의적으로 문제 해결하는 역량을 갖춰야만 합니다. 아직도 대부분의 학생들이 과거에 받은 교육 프레임 속에서 사고를 하다

보니, 암기 위주의 단순 학습을 벗어나고 있지 못합니다. 학생들이 활동하게 될 미래사회는 현재와는 전혀 다른 사회임을 자각하고 미래지향적인 학습 역량을 키워야 합니다. 학교교육도 지식의 전수가 아닌 자기주도적 학습 역량 강화와 창의적 문제 해결에 중점을 두어야 합니다. 창의적 학습력은 미래로 가는 승차권입니다.

창의 융합 교육과 미래 인재 디자인

　지난 최근 몇 년 동안 우리는 '창조'와 '융합'이라는 말을 많이 듣고 또 썼습니다. 나랏일과 관련된 모든 일이나 문서에 그리고 각종 사업은 물론 교육 현장과 프로그램에서도 이 말이 빠지면 큰일 나는 듯 열심히도 썼습니다. 한국에서 유행이 한번 돌면 그 속도와 파급력이 매우 뜨겁게 달아오르다가 쉽게 잊혔던 일들을 생각해보면, 이 두 단어 역시 '그 길을 가겠구나' 라는 생각을 어렵지 않게 할 수 있습니다. 중요한 것은 이러한 말들이 생겨나고 사라짐의 부침(浮沈)과는 관계없이, 창조와 융합의 의미와 가치가 사라지는 것은 아니라는 점입니다. 왜냐하면 인류는 언제나 창조와 융합이라는 사유의 패턴으로 진화해왔고 영원히 앞으로도 그럴 것이기 때문입니다.

창조와 융합은 우리가 인위적으로 만들어 쓰고 버리는 전략적 구호가 아니라, 사물과 존재들의 관계망 자체의 구조이자 이것을 새롭게 짜는 일 자체를 의미합니다. 앞에서 말했듯, 인류가 창조와 융합의 패턴으로 진화 했다는 것은 곧 이러한 지식의 융합적 네트워크가 구성되는 운동이 멈추지 않고 있다는 것입니다. 서로 만날 수 없었던 사물들과 존재들을 새롭게 접속시켜주는 것, 이것이 창조이고 융합의 운동입니다. 지식의 관점에서 본다면, 다양하고 이질적인 지식과 상상력을 자유롭게 넘나들며 접속하는 정신적 자유와 운동을 함께 내포하는 일입니다. 창조와 융합은 서로를 참조하고 번역하는 존재들이자 즐거운 사유의 양태입니다.

관료주의, 관료제를 뜻하는 Bureaucratism은 'Bureau(책상)' 즉, 책상주의입니다. 도시로 모여들며 밀집 사회 형태로 전화되어 가는 사회를 효율적으로 관리하고, 통제하고, 빠른 속도로 성과를 내며 앞으로 나가는 사회적 시스템에는 각자의 책상 위에서, 그 책상 위의 일만 처리하면 되는 방식으로 체제가 만들어집니다. 관료주의가 갖는 빠른 속도의 의미와 효과가 있지만 이것이 이제 한계에 도달한 듯합니다. 이러한 지식의 패러다임이 이전과는 표고와 깊이가 다른 다양하고 복잡한 이 세계를 이끌고 가기엔 힘이 부치는 것입니다. 더 이상의 새로운 가치를 만들어내기가 힘에 버거워졌습니다.

현대를 살아가는 우리는 다시 곰곰이 생각해 봅니다. 잠시 잊었던 창조와 융합의 패턴으로 사유하고 궁리하는 것이 필요하지 않을까 말입니다. 서구의 역사가 중세시대의 굴레를 벗고 자신들의 정신적 원형이자 문화적 자산이었던 그리스와 로마의 시간을 다시 살고자 했던 르네상스의 시대를 우리 현대인들이 다시 살아가려는 노력일 수도 있는 상황입니다. 먼저 교육 부분의 의미 있는 변화와 혁신들이 보이고 있습니다. 지식의 경계를 나누는 학제간의 벽을 허물기 위한 노력들이 미국과 유럽의 대학에서 시작되어 융합적 교육과 연구가 일반화되어 가고 있는 상황입니다. 아쉽게도 한국 대학의 학제간 융합은 지식 융합의 근본적인 고민에 근거하여 이루어진 것이 아니라, 그저 무늬뿐인 융합이고 교육부의 교육 사업을 따기 위한 도구적 융합인 경우가 너무 많기는 하지만, 이러한 다학제적인 교육시스템의 혁신과 교육현장의 지식 생산 패러다임도 변하고 있습니다. 학생들로 하여금 문제를 발견하도록 유도하고 그것을 해결하는 과정에서 자연스럽게 능동적인 지식탐구, 융합, 생산, 순환, 공유의 과정을 거치도록 하는 프로젝트기반교육 프로그램이 점차 진화하고 있습니다.

세상에 죽어있는 지식은 없습니다. 그 지식의 새로운 생명의 힘을 부여하지 않는 죽어 있는 교육시스템과 안일한 교수법만이 있을 뿐입니다. 이것을 극복하려는 움직임이 점차 성과를 얻고 있고 확장돼 가고 있습니다. 자연스럽게 새로운 지식이 창출되고, 그것이 구체적 현실과 만나며 의미를 획득하기에 굳이 창의와 융합이라는 말을 구호처럼 외칠 필요가 없습니다.

그렇다면 다시 시작되는 21세기 인문과 기술의 융합을 통한 르네상스를 보고자 할 때, 우리의 지성적 훈련을 어디서부터 시작해야 할까요? 먼저, 편견 없이 확장된 시각으로 이 상황에 다가가고 이해하는 일 자체가 중요하지 않을까 싶습니다. 때로는 경쾌하면서도 복잡하고, 때로는 심오하면서도 유머를 잃지 않고, 때로는 분열적이면서도 보이지 않던 잠재성을 열어주는 구체적인 콘텐츠들의 상상력과 통찰에 다가가는 일이 중요합니다. 현재 문화의 큰 흐름에서 좀 더 유연한 태도가 필요하지 않을까 싶습니다.

학제적, 인문학적 접근이 의미가 없다는 것이 아닙니다. 언제나 그것은 정당하고 학문의 책임은 그것을 온전히 질 것입니다. 다만 현재 우리가 유연하게 고민해 볼 수 있는 정신과 태도는 이러한 동시대적 모습들을 적절한 거리에서 함께 가면서도, 미래적 비전을 공유하고 열어줄 수 있는 유쾌한 속도를 낼 줄 아는 융합적 상상력, 그리고 그 속도를 즐기면서도 냉철한 사유와 윤리의 긴장을 놓치지 않는 지성적 훈련입니다. 왜냐하면 인문기술융합 콘텐츠는 개념적으로 규정되고 학제적으로 정의를 기다리지 않고 자신의 길을 가고 있기 때문입니다. 학문들의 경계를 넘나드는 탈경계적 지식과 창의적 상상력이 한 데 모이는 콘텐츠들을 기획하고 구현하는 작업을 하고 있다면, 그것이 곧 인문기술융합콘텐츠 작업을 하고 있는 것입니다. 그것을 실천하는 사람이 곧 인문기술융합자입니다. 개념적 규정보다는 새로운 문화사회적 행위들을 속도감 있게 대응하는 일이 우리에게 필요합니다.

인문학과 기술은 결국 둘 다 인간과 세계를 통찰하는 정신적 운동들입니다. 이들이 만나 창조적인 작업을 할 수 있다면, 그것은 의미 있고 건강한 가치를 실현하는 일로 마땅히 수렴되어야 할 것입니다. 이미 테크놀로지를 뜻하던 'Techne'는 무엇인가 이런저런 다른 것들을 꼬아 만들어내는 행위를 뜻하는 어원을 갖고 있습니다. 서로 이질적인 것들을 배타적으로 등 돌리게 하는 것이 아닙니다. 이를 한 데 모아 융합하여 서로 만나게 하고 몸 섞게 만들어 창조적인 일을 실현하고 새로운 가치를 생성시키는 행위가 바로 기술의 속성입니다.

'창의'를 중심으로 획기적이고 혁신적인 교육의 체질을 강화하고, 공학을 무기로 하면서도 그것의 활용의 폭과 깊이를 더욱 넓고 깊게 해줄 수 있는 인문학과 예술을 함께 사유하는 융합교육이 절실하게 필요합니다. 미래 인재교육은 바로 이러한 시대적 요청에 답하면서 변화하는 환경을 선도적으로 이끌고 나갈 수 있는 인재를 양성하는 데에 있습니다. 새로운 시대를 선도할 인재들은 누가 손잡아 이끄는 대로 끌려가는 것이 아닌, 자기 스스로 주도적으로 고민하고 시도하며 거기서 맛보는 실패 역시 뜨거운 경험으로 체험하면서 공학적 근성을 몸에 익히는 인재들입니다.

'창의'라는 덕목과 역량은 그저 낭만적으로 길러지는 것이 아닙니다. 상상력은 자유롭게 운영하면서도 구체적인 현실의 문제를 정교하고 치밀하게 풀어나가려는 의지와 자기주도적 역량에서 비로소 나옵니다. 이 과정에서 학생들은 존재와 사물들의 새로운 관계망을 쉼 없이 구축하게 됩니다. 동시에 자연스러운 융합의 태도를 배우고 익히게 됩니다. 따라서 창의융합교육은 단순한 슬로건이 아닌, 진지하고도 치밀하게 시도되어야 하는 교육문화의 혁신이 전제되는 일입니다. 새로운 지식의 생산과 가치창조는 다학제 간의 결코 쉽지 않은 경계 넘나들기와 고도로 성숙한 지식의 교환과 공유의 과정을 반드시 거치게 됩니다. 이 과정을 학생들이 체현할 수 있도록 유도하고 방향을 제시해야 하는 것이 미래 인재교육의 핵심입니다. 창의와 융합의 패턴으로 새로운 가치와 의미를 생산해야하는 것입니다.

창의적 인재를 어떻게,
학문융합의 방향과 교육적용

　1776년 아담 스미스가 『국부론』[1]에서 분업이 가져온 놀랄만한 생산성 향상을 찬미한 이래, 세계는 세분화되고 전문화된 영역에서 지식과 기술을 습득하는 데 주력해왔습니다. 오늘날 전문화된 분업 체계의 발전은 스미스 시대의 사람들조차 상상하기 어려운 부와 삶의 편리를 창출해냈습니다. 그 모두가 농부, 엔지니어, 의사 등과 같이 한 분야에 전념한 전문가들

---

1 《국부의 본질과 원인에 관한 연구》(國富의 本質과 原因에 關한 硏究, An Inquiry into the Nature and Causes of the Wealth of Nations), 또는 《국부론》(國富論, The Wealth of Nations)은 계몽주의 시대인 1776년 3월 9일에 출판된, 영국의 경제학자 애덤 스미스의 주요 저작입니다. 이 책은 무엇이 국가의 부를 형성하는가에 대한 세계 최초의 설명 중의 하나이며, 오늘날 고전 경제학의 기초적인 저작으로 여겨지고 있습니다.

덕택이라 해도 지나친 말이 아닙니다. 그러나 분업화 · 전문화가 늘 좋은 결과만 낳는다고 말할 수는 없습니다. 일찍이 베버는 현대 사회 발전의 근본 추동력을 합리화로 정의하며 분업화와 전문화가 인간 사고와 영혼을 옥죄는 쇠우리(iron cage)가 될 수 있다고 주장했습니다. 즉, 사람들이 한 분야에만 몰두하도록 강제되면, 그들이 가진 사고방식과 가치 지향의 다양한 잠재력이 억압되고 그러면 세상을 좀 더 깊고 넓게 이해하는 창의적 사고와 그에 바탕을 둔 학문적, 사회적 소통도 어려워진다는 것입니다.

우리가 21세기를 맞이하며 학문 융합이나 통섭, 학제 간 연구에 관심을 갖게 된 것도 이런 맥락에서라고 생각합니다. 지난 세기 우리가 이뤄낸 산업화와 경제 발전은 어떤 측면에서는 쉬운 일이었는지도 모릅니다. 선진국에서 이미 개발해놓은 지식과 기술을 배우고 따라 하기만 해도 그들

이 책은 산업혁명 태동기의 경제를 반영하여 노동분업, 생산, 자유시장 등 광범위한 주제를 다루고 있습니다. 한국어로는 1978년 유인호가, 1992년 김수행이 번역하였습니다. 총 5편으로 이루어져 있고, 제1편은 노동 생산력의 증대 원인, 제2편에서는 자본 축적의 원칙, 제3편에서는 경제발전의 여러 단계, 제4편에선 중농주의(重農主義)와 중상주의(重商主義)의 비판, 제5편에선 재정 문제를 논합니다. 이 책을 관통하는 중요한 주제는 경제 체제는 자동적이며, 지속적으로 자유로운 상태에 놓였을 때 그 자신을 통제할 수 있다는 것입니다. 이러한 개념은 종종 보이지 않는 손이라 일컬어집니다. 독점과 세금 우선권, 로비 집단, 다른 사람의 비용으로 어떤 경제 일원에게 늘어나는 "특권"은 경제 체제가 스스로 통제할 수 있는 능력과, 생산성을 극대화할 수 있는 능력을 위협합니다. 또한 이 책은 빈자를 어떻게 대우해야 하는지, 일터가 다른 지위의 사람들을 위해 그들을 무력하게 하여 어떻게 정신적으로 파괴하는지를 설명합니다. 스미스의 경제 이론의 최대 공적은 자본주의 사회를 상품 생산의 구조로서 다룬 점에 있으며, 자유 경쟁에 의한 자본의 축적과 분업(分業)의 발전이 생산력을 상승시켜 모든 사람의 복지를 증대시킨다는 것이 스미스의 주된 주장이었습니다. 이론적으로 스미스는 아직 몇 가지 혼란이 있고, 특히 상품의 가치를 결정하는 것이 투하(投下) 노동량이냐 지배(支配) 노동량이냐, 생산적 노동이란 무엇인가, 화폐의 본질은 무엇인가 하는 점은 애매하나, 이러한 혼란을 통해서 오히려 자본가 · 노동자 · 지주라는 3계급의 관계가 명백해져서 잉여가치 생산과 그의 착취(搾取)에 관해서도 시사(示唆)를 남겼습니다.

의 업적을 쉽게 따라잡을 수 있었기 때문입니다. 그러나 그런 추격 단계를 넘어 점점 더 빠르게 변화하면서 더 많은 가치들이 각축하는 디지털 세계화 시대에는 우리 스스로 목표를 정하고 그것을 성취할 방법을 찾는 창의적 사고가 어느 때보다 크게 요구됩니다.

대학은 단순히 알아야 할 것들을 가르치고 배우는 곳만이 아닙니다. 대학을 일컫는 '큰 배움'에는 자기 시대에 부응하는 새로운 가치를 창출하는 의미도 포함되어 있다고 생각합니다. 그렇다면 우리의 학교는 어떻게 시대적 요구에 부응하는 창의적 인재를 길러낼 수 있을까요? 여러 방안이 있겠지만, 학문 융합과 창의적 사고의 토대가 되는 소통의 의미부터 짚어봤으면 합니다. 세 차원으로 나눠 이야기해보겠습니다.

첫째, 수평적 소통입니다. 학문 융합이 의미를 가지려면, 그저 주어진 과제에 따라 단순히 다른 분과 학문을 묶는 이른바 '블록 쌓기' 식으로 그쳐서는 곤란합니다. 융합의 기본 전제는 개별 학문이 그들 나름의 연구 목표와 방법론을 가지면서도 다른 한편으로 인간과 세계에 대한 이해증진이라는 근본 목표를 공유한다는 데 있습니다. 따라서 융합적 사고와 연구는 각각의 분과 학문이 어떤 방법으로 어떤 성취를 이뤄냈는지 서로 의견을 나누는 데서 활성화될 수 있습니다. 즉, 교수나 교사라면 연구실이나 교무실에만 갇혀있지 말고, 서로 만나 지금 수행하는 연구가 무엇이고 어디에서 어려움에 봉착했는지 이야기를 나누는 것부터 시작하면 됩니다. 학생들도 그룹스터디나 동아리 활동에서 비슷한 얘기를 나눌 수 있습니다. 좀 더 격식을 갖춘 대화와 토론을 원한다면, 소통연구 워크숍이나 토의를 활용해도 좋습니다.

둘째, 수직적 소통입니다. 수평적 소통과 달리 교수자와 학생자 간의 소통은 예상외로 드문 일처럼 보입니다. 강의 시간을 제외하면 학습자와 교수자가 학문적 이슈든, 사회적 이슈든 함께 모여 진지하게 대화하고 토론할 장을 찾아보기 어렵습니다. 강의실에서조차도 학생 수가 많거나 대형 강의라면 역시 소통의 기회는 크게 줄어듭니다. 만약 학생들이 자기 세대의 제약을 넘어 좀 더 창조적이고 개방적인 사고와 지혜를 배우고 싶다면, 우선 학문과 인생의 선배 교수자를 활용했으면 좋겠습니다. 달리 선생이 아닙니다. 앞에 태어난 사람들의 연륜과 성과를 무시한 창의란 헛된 공상에 불과할 가능성이 높습니다. 물론 학생에게 교수자는 여전히 어려운 존재일 수 있습니다. 하지만 학생들과의 대화에서 자신들도 배웁니다.

셋째, 학교와 사회 간의 소통입니다. 과거 대학생은 민주화 운동의 주역으로, 교수자는 시대의 양심으로 존중받던 때가 있었습니다. 그런데 민주화 이후 지금에서는 학습자이든 교수자이든 자기 공부, 자기 과제에만 몰두해 상아탑 밖 사람들의 삶과 생각을 보고 듣는데 꽤나 무관심한 듯합니다. 학교에서 가르치고 배우는 정보와 지식과 지혜가 학교 안에서만 돌고 돈다면 얼마나 독창적인 생각이 자라날까요? 그래서 여러 산학연합 프로젝트도 좋지만, 학생들이 다양한 계층과 직업에 있는 사람들과 만나 대화하는 기회를 만들어 봤으면 좋겠습니다. 사제동행 봉사활동도 좋을 것입니다. 학생들은 단지 봉사와 나눔의 기쁨만 얻는 것이 아니라 탈북 주민, 독거노인, 저소득·다문화 가정 자녀들과 만나 그들의 생활과 생각을 듣고, 느끼고 배우기도 합니다. 그런 경험이 창의적이고 개방적인 사고의 토대가 될 것입니다.

소통이 학문 융합과 창의적 인재 양성의 방향이라면, 실제 교육 현장에서는 아이디어 차원에서 '키워드 강의(Keyword Lectures)'를 제안하고 싶습니다. 키워드 강의는 특정 소재를 중심으로 여러 분과 학문의 교수자와 연구자들이 강의를 함께 진행하는 방법입니다. 예를 들면, 철도를 키워드로 삼았을 때 우선 철도나 기차, 전철을 다룬 문학을 가르칠 수 있습니다. 누구나 아는 〈설국열차〉, 〈은하철도 999〉, 〈안나 카레리나〉 말고도 강의에서 다룰 수 있는 많은 작품들이 있을 것입니다. 또한 역사학적 관점에서 산업 혁명 시대 철도가 가져온 변화를 탐구할 수 있고, 기술공학에서는 증기 기관의 원리뿐 아니라 오늘날 최신 고속열차의 작동 원리를 가르칠 수 있습니다. 이뿐 아니라 경영경제학에서는 철도산업의 관점에서 그 현황과 '유라시아 대륙철도' 같은 발전 잠재력을 말할 수 있고, 현장의 목소리를 듣기 위해 실제 철도기관사를 강사로 초빙할 수도 있습니다. 이렇게 되면 '철도'라는 키워드 하나만으로 문학, 역사, 산업과 기술, 실제 현장의 다섯 가지 분야를 망라하는 강의를 구성할 수 있습니다. 이런 잠재력을 가진 소재 또는 키워드는 무궁무진합니다.

시대는 창의적 인재를 요구하고 있습니다. 지금 시대가 창의적 인재를 요구한다면, 다차원적인 소통과 새로운 강의로 그런 인재를 키울 방법을 함께 모색해야 합니다. 그러면 언젠가는 자기 전문 분야뿐 아니라 다른 분야에 대해서도 무지하지 '않기를' 선택한 학습자들이 우리 사회를 더욱 풍요롭게 할 것입니다.

분량도 적고 내용도 틀린 교과서 속의 '노동'

매년 5월 1일은 메이데이(May-day)로 우리나라에선 '근로자(노동자)의 날'로 불립니다. 메이데이는 노동자의 열악한 근로조건을 개선하고 지위를 향상시키기 위해 각국의 노동자들이 연대의식을 다지는 날입니다. 메이데이를 맞아 한국사회에서 어떻게 노동교육이 이뤄져 왔는지 '학교'를 중심으로 살폈습니다. 많은 전문가는 학교 노동교육의 필요성을 역설했고, 그 과정에서 학교 노동교육 개념을 설명하기 위한 논의가 지속됐습니다. 이러한 결과를 종합하면 '학교 노동교육'은 학교에서 학생을 대상으로 노동에 대한 지식과 태도를 가르치는 교육활동이라 정의할 수 있습니다. 노동교육은 보통 사회과 교과에서 이뤄졌습니다.

법 조항만 나열한 노동 교육은 문제가 있습니다. 교과서에 담긴 노동

교육의 영역은 크게 지식 영역, 기능 영역, 그리고 가치 및 태도 영역으로 나뉩니다. 1981년부터 1987년까지의 제4차 교육과정이 중점적으로 다룬 영역은 지식 영역으로 63.4%의 비중을 차지했습니다. 기능 영역이 27.7%로 그 뒤를 이었고, 가치 및 태도 영역이 8.8%의 비중을 보였습니다. 제4차 교육과정은 주로 노동의 철학과 역사에 대한 단순히 이론 중심의 기계적 설명에 치우쳤습니다. 교과서에 기술된 대부분은 노동의 역사에 관련된 내용으로서 산업구조의 변화에 따른 생산방식 및 노동형태의 변화의 단순 설명이 많았습니다. 노동자 권리에 대한 내용은 법률적 이해에 맞춘 선언적 설명의 나열에 불과했습니다. 다음은 제4차 교육과정의 고등학교 사회 I 182쪽에 나온 내용입니다.

> 우리 헌법은 제30조 1항에 '모든 국민은 근로의 권리를 가진다.'라고 함으로써 근로의 권리를 선언함과 동시에, 제31조 제1항에서는 "근로자는 근로 조건의 향상을 위하여 자주적인 단결권, 단체 교섭권 및 단체 행동권을 가진다."라고 함으로써 노동 3권을 보장하고 있다. 이와 같이 헌법에 보장된 근로의 권리와 노동 3권을 노동 기본권이라 한다. (생략)

노동 개념도 잘못 담겨 있습니다. 1998년부터 2008년까지의 제7차 교육과정의 경우엔 지식 영역이 42.4%로 감소하고 기능 영역이 34.7%, 가치 및 태도 영역이 22.9%로 비중이 증가했습니다. 특히 초등학교 사회 교과서의 경우는 기능 영역이 가장 큰 비중을 차지했습니다. 결과적으로 4차에 비해 7차 사회 교과서는 비교적 지식 영역 위주에서 벗어났습니다. 특히 7차 교육과정에서는 노동문제 중 여성, 청소년, 그리고 외국인 노동문제를 처음으로 다뤘고, 진로 탐색 부분도 새롭게 추가됐습니다. 하지만 제7차 사회과 교과서 또한 중소기업, 생산직과 노무직, 비정규직, 특수근로 형태 종사자 등 다양한 노동환경 변화에 대한 설명이 부족했습니다. 뿐만 아니라 노동조합과 노사관계 내용은 다른 영역에 비해 낮은 비중으로 다뤘습니다. 노동자들을 폭동을 일으키는 폭력적인 존재로 여길 수 있을 만한 여지를 남기기도 했습니다. 교학사 고등학교 2학년 사회 교과서 170쪽에는 다음과 같은 내용이 나옵니다.

사회법이란 본래 사적 생활 관계이던 영역에 국가가 공적으로 개입하면서 생겨난 새로운 법 영역이다. 경제적 약자인 근로자를 보호하려는 노동법 (중략) 다음 사례를 통하여 사회법이 만들어진 배경을 살펴보자.

1. 다음은 사회법이 생겨난 배경을 설명하는 그림들이다. 시대적 순서대로 나열해 보자.

〈삽화〉 자유시장경제제도가 근로자의 행복을 보장하지 못하는 내용
근로자들: 더 이상 못 살겠다. 국가가 나서서 해결해줘라!
국가: 노동자와 사업주 간의 문제를 이대로 방치하다가는 노동자들이 폭동을 일으키겠어.

잘못된 내용도 여전히 존재했습니다. 중앙교육진흥연구소의 고등학교 3학년 사회 교과서를 비롯해 고려출판 고등학교 3학년 사회 교과서, 지학사의 고등학교 정치 교과서 등 여러 교과서는 노동조합을 이익집단으로

분류했습니다. 노동조합은 헌법에서 보장하는 노동 3권에 근거한 조직으로, 일반적 의미의 이익집단과 다릅니다. 그런데도 그 특수성을 교과서상에선 찾아볼 수 없었습니다. 다음은 지학사 고등학교 정치 교과서 86페이지에 나오는 내용입니다.

3. 정당과 이익집단

*소개 글: 2002년 X월 XX일 날씨 맑음.

어제는 버스를 타고 등교하다 길이 막혀 지각을 했다. 그래서 오늘은 지하철을 이용하기로 했다. 그런데 아무리 기다려도 지하철이 오지 않는 것이다. 한참 후, 노조가 파업하여 지하철 운행을 하지 않는다는 방송이 나왔다. 부랴부랴 지하철 역 밖으로 나와 버스를 탔지만 지각을 하고 말았다. 그런데 지하철 노조에서는 왜 파업을 하였을까? 파업하지 않고는 문제 해결이 곤란하였을까? 어른들의 일은 참 알다가도 모를 일이다.

*이익집단은 왜 생겨났을까?

위의 사례에서 지하철 노조는 왜 파업을 했던 것일까?

〈한겨레〉가 2009 교육과정의 사회과 교과서인 '사회', '경제', '법과 정치', '사회문화' 17종을 분석한 결과 전체 4612쪽 중 노동 관련 내용은 83쪽인 2%뿐이었습니다. 이는 한 권당 평균적으로 271쪽 중 6쪽의 분량입니다. 학교 노동교육이 질적 측면과 아울러 양적 측면에서도 아직 부족하다는 점을 보여주는 결과입니다. 서울시는 2017년 4월 29일, '서울시 노동정책

기본계획'을 발표하면서 최우선 과제로 노동교육 강화를 선정했습니다. 기본계획에 따르면 서울시는 서울시교육청에 중·고교 교과과정에서의 노동교육 시간 확대와 정규교과로 편성을 건의했습니다. 뿐만 아니라 2019년까지 11만 9000명의 청소년, 대학생, 그리고 시민을 대상으로 한 현장 중심형 노동교육인 '희망노동아카데미' 사업을 확대했습니다. 노동 정책을 만들고 집행할 수 있는 건 고용노동부 즉, 중앙정부만이 할 수 있어서 서울시와 같은 지방자치단체는 예방적 차원에서 노동 문제에 접근하려 합니다. 미래의 노동자인 학생들에게 하는 노동교육의 필요성을 느낍니다.

이러한 교육과정을 거친 대학생들은 얼마나 노동법에 대해 알까요? 서울연구원이 2013년 서울수도권 지역 50개 대학의 대학생 376명을 대상으로 '대학생 노동 인권 인식 및 근로실태'를 조사한 결과, 노동법 교육 경험이 있다고 대답한 학생은 21%였습니다. 교육을 받은 학생 중에서도 고등학교 수업과 대학교 강좌를 통한 학생은 35.4%였고, 절반 이상은 노동조합 및 시민사회 강좌에서 노동법 교육을 받았습니다. 노동법 교육을 받았던 학생들은 노동법 교육 효능감에 대한 질문에 5.1%만이 도움이 되지 않았다고 대답했고, 노동법 교육을 지인에게 추천할 의향이 있느냐는 질문에 94.9%가 '있다'고 답했습니다. 노동인권교육을 진지하게 논의하고 교육정책을 펼쳤으면 합니다.

나도 꽃피고 너도 꽃피면 온통 꽃밭이 되리

'곳간에서 인심난다'는 옛말이 있습니다. 내 배가 불러야 주위를 돌 볼 여유도 생긴다는 뜻입니다. 먹고 살기 바빴던 시절엔 생계가 최우선이었습니다. 자기 앞가림도 못하면서 남의 처지를 걱정하는 사람은 오지랖이 넓다며 손가락질 당했습니다. 가진 자가 베풀지 않는다고 함부로 비난하지도 않았습니다. 가난은 업보고 숙명이라고 생각했습니다. 그럼에도 예로부터 인심 후하기로 둘째가라면 서러운 사람들이 있었습니다. 경주 최 부자 집[1]은 가진 재력만큼이나 인심도 후했습니다. 배고픈 사람들을 위

---

1 12대에 걸쳐 300년 동안 1만석의 재산을 유지한 전 세계에서도 그 유례를 찾아보기 힘든 경주 최 부자 집의 이야기입니다. 이들이 칭송을 받는 것은 단순 부를 많이 축적했고 그것을 오래 유지했기 때문이 아니라 많은 선행과 독립운동의 후원자 역할을 통하여

해 기꺼이 자신들의 곳간 문을 활짝 열었습니다. 보릿고개나 흉년이 들 때면 전국에서 몰려온 걸인(乞人)과 식객(食客)들로 북적였지만 내치지 않고 인정을 베풀었습니다. 오늘날 사회 고위층에 요구되는 도덕적 의무 즉, 오블리스 노블리제의 전형을 보여주는 이들이었습니다.

오늘날 우리는 생활이 윤택해지고 삶에 여유가 생기면서 독존(獨存)이 아닌 공생(共生)이 화두로 떠오리고 있습니다. 지속가능한 공동체의 상생 방법으로 봉사, 나눔, 자선, 기부가 주목받기 시작했습니다. 오늘날 기부 문화는 국가나 도시의 선진화를 가름하는 중요한 척도로 인식되고 있습니다. 민간을 통해 공공의 부족한 부분을 보완해 나갑니다. 선진국일수록 기부를 장려하는 법규가 잘 마련돼 있습니다. 또한 기부문화가 보편적 정서로 자리 잡아 교육, 복지 등 다양한 분야에서 모금이 활발하게 이뤄집니다.

기부의 여러 형태 중 사회복지에 이어 가장 활발한 분야는 지역 인재

지도층으로서 모범을 보였기 때문입니다. 최 부잣집은 춘궁기나 보릿고개가 되면 한 달에 약 100석 정도의 쌀을 이웃에게 나누어 주었고, 흉년이 심할 때에는 약 800석이 들어가는 큰 창고가 바닥이 날 정도로 구제에 힘썼습니다. 최 부잣집이 1년에 소비하는 쌀의 양은 대략 3000석. 이중 1000석은 식구들 양식, 그 다음 1000석은 과객들 식사대접, 나머지 1000석은 빈민구제에 사용했습니다. 1910년 경술국치(庚戌國恥)후, 최 부자 집 안의 마지막 12대 최준은 국권회복을 꾀하는 독립 운동을 하다가 구속되기도 했습니다. 이후 무역업체로 위장한 백상상회를 만들어 임시정부에 독립자금을 보냈습니다. 항상 결손처리를 적자로 해서 자금을 만들어서 보냈습니다. 최준의 두 동생도 독립운동에 나서 둘째 최완은 대동청년단을 거쳐 상해임시정부에 참여했습니다. 동생 최완은 부친 이 사망했다는 일경의 거짓 편지를 받고 귀국했다가 체포되어 고문 끝에 순국했습니다. 1945년 광복 후 김구는 최준을 청하여 보내준 독립자금내역서를 보여주며 감사해했습 니다. 해방 이후 최준은 미래를 위한 육영사업을 하고자, 전 재산을 희사해서 1947년 대구대학을 설립했습니다. 1961년 5.16 후에 대학 설치령이 강화되며 대학 운영이 어려 워졌습니다. 그래서 당시 최고 부자였던 이병철에게 아무런 대가도 받지 않고 대구대를 넘겼습니다. 그러나 이병철은 곧 대학 운영에 손을 떼게 되고, 1967년 대구대는 대구의 청구대와 합병되어 영남대학교가 되었습니다.

육성을 위한 장학 사업입니다. 교육이야말로 미래를 위한 가장 확실한 투자라는 사실은 동서고금을 관통하는 진리입니다. 우수한 인재를 발굴 육성하고 경제적 어려움에 처한 학생들에게 교육의 기회를 제공하고자 장학재단을 운영하는 곳들이 있습니다. 코흘리개 아이부터, 백발노인까지, 환경미화원부터 건실한 기업까지 작게는 1천원부터 많게는 기천만원까지 각양각색의 개미군단이 만들어낸 기금으로 운영합니다.

일회성으로 지급되는 장학금이 얼마나 도움이 되겠냐 하겠지만 형편이 어려운 누군가에게는 한줄기 빛이 될 수 있습니다. 뿐만 아니라 격려와 성원이 담긴 장학금은 성취동기를 높이는 훌륭한 자극제가 되기에 충분합니다. 더 큰 그림을 그리자면 장학금을 받고 잘 성장한 젊은이들이 가정과 지역과 국가와 인류 발전의 튼실한 주춧돌이 되는 구조를 정착하는 것입니다. 기부(寄附)는 나만이 아닌 우리 모두를 위한 실천이고 지금만이 아닌 다음 세대를 위한 투자이며 물질문명에 의해 손상된 공동체를 회복하는 방법입니다. 어떠한 이유로든 중단되어서는 안 될 일입니다.

십시일반(十匙一飯) 모아진 기금으로 장학회가 이어집니다. 꾸준한 낙숫물이 바위를 뚫습니다. 다수의 의지가 집약되면 기적은 생각보다 쉽게 일어납니다. 아직도 우리 주변에는 수돗물로 허기진 배를 채우는 아이들, 홀로 쓸쓸이 죽음을 맞는 노인들, 가난에 발목 잡혀 꿈을 접는 청소년들이 많습니다. 이들의 절망을 희망으로 바꿔 줄 기적은 우리의 작은 관심과 배려로부터 시작됩니다. 이웃에 대한 따뜻한 관심과 온정이 필요한 때입니다. 나하나 꽃피어 풀밭이 달라지겠냐고 말하지 맙시다. 네가 꽃피고 나도 꽃피면 결국 풀밭이 온통 꽃밭이 되는 것 아니랍니다.

성은 단순히 돈으로 사고팔 수 없습니다

　얼마 전에 10대 여중생 A양이 성매매 알선 조직의 꾐에 빠져 조건만남을 하다 후천성면역결핍증(에이즈)에 걸린 것으로 확인돼 사람들에게 충격을 준 적이 있었습니다. 경찰 조사 결과, A양이 피임 도구 없이 수십 차례 성매매를 했던 점을 토대로 에이즈에 걸린 남성들로부터 감염된 것으로 보고 있습니다. 또, 에이즈에 감염된 상태에서 지속적으로 성매매한 것을 고려해 성 매수 남성 전원에 대한 조사가 불가피했습니다.

　이 사건을 계기로 청소년 성매매는 사회문제로 다시 불거졌습니다. 경찰청이 발표한 자료에 의하면, 2013년 823명이었던 청소년 성매매 사범은 2015년 710명으로 줄어드는 듯했지만, 2016년 1천 21명으로 급증했습니다. 성매매 실태는 우리가 생각하고 있는 것보다 훨씬 심각했던 셈입니다. 그렇다면 왜 이러한 청소년 성매매가 심각해지고 있는 것일까요?

우선, 우리나라의 청소년 성교육이 부족해서가 아닐까 싶습니다. 청소년들의 잘못된 성 의식은 성 윤리와 가치관이 형성되기 전인 초등학생 때부터 형성됩니다. 성적 호기심을 자극하는 매체는 인터넷, 스마트폰 등 다양하고 쉽게 접근할 수 있어서 이들이 잘못된 지식을 가지기 쉽습니다. 그런데 정작 건전한 성 의식을 심어줄 성교육은 제자리걸음 수준입니다. 스웨덴은 13세 이상 청소년들에게 콘돔을 무료로 나눠 주기도 합니다. 호주의 경우 학생은 물론 교사, 부모, 의사까지 확대하여 청소년 성교육을 시행하고 있습니다. 반면, 우리나라는 "호기심을 부추긴다.", "성관계를 조장한다."는 명목 아래 학교에서 피임 교육을 배제하고 있습니다. 이러한 사실은 우리나라의 성교육 수준이 다른 나라에 훨씬 못 미친다는 것을 보여줍니다.

또한, 쉽게 접근할 수 있는 '채팅앱'에 청소년들이 무방비로 노출된 것도 문제입니다. 여성가족부의 '2016 성매매 실태조사' 보고서를 보면, '조건만남'을 경험한 청소년 10명 중 7명이 채팅앱이나 채팅 사이트를 이용했다고 합니다. 성별과 나이를 거짓으로 입력해도 가입할 수 있고, 별다른 인증 절차 없이 누구나 가입이 가능하기 때문에 청소년의 유입을 막을 길이 없습니다.

사회적 울타리의 가장 기초적인 보금자리, 가정이 제대로 된 안전망 역할을 하지 못하는 것이 더 큰 문제입니다. 이는 성매매를 시도하는 청소년의 대다수가 바로 가출 청소년이라는 점에서 확인할 수 있습니다. 여성가족부의 자료에 따르면, 여성 청소년이 가출 시 생활비 마련의 방법으로 조건만남(48.6%)을 선택하는 비율이 높음을 알 수 있습니다. 이것은 경제적인 이유로 쉽게 성매매에 노출될 수 있다는 것을 증명하는 수치입니다.

정부, 지방자치단체, 경찰, 시민, 학부모, 가족 등 사회 구성원 모두가 청소년 성매매가 발생하지 않도록 사회를 정화하고, 유해환경을 감시하는 보호자가 돼야 합니다. 청소년 성을 매수하려는 사람들이 다시는 발을 붙이지 못하도록 끊임없이 노력해야 합니다. 더불어 청소년 성매매 현상을 근절하고 청소년들을 건전하게 육성하기 위해서는, 무엇보다도 성매매에 대해 청소년들이 확실한 문제의식을 가질 수 있게 하고, 올바른 성행동에 대한 가치가 내면화될 수 있도록 지원하는 노력이 필요합니다.

논란이 되었던 이 사건에서 여중생 A양이 성매매를 하게 된 이유는, 친구의 소개로 만난 주모 씨(20세)로부터 성폭행을 당한 후 그의 협박에 못 이겨 성매매를 하게 된 것이라고 합니다. 결국, 이번 사건은 사회의 안전망이 제대로 작동하지 않아서 A양을 궁지로 빠뜨린 것이 아닌가 싶습니다. 미성년자는 아직 도움이 필요하고, 완전히 자랐다고 할 수 없기 때문에 어른들이 보호해주어야 합니다. 하지만 A양의 경우 그러지 못했던 현실이 매우 마음 아픕니다. 청소년 성매매 문제는 바로 우리 사회의 기능적이고, 구조적 문제로 인해 발생한 슬픈 자화상의 단면입니다.

사람과의 관계 속에서
필수적인 능력은 무엇일까요?

아리스토텔레스는 일찍이 인간을 사회적 존재로 정의하였습니다. 이는 인간다운 삶이란 혼자서는 얻기 힘들고 다른 사람과의 상호작용 속에서 이루어져야 한다는 것을 강조한 것입니다. 실제로 인간은 가정, 직장, 동아리, 이익집단 등 다양한 집단을 구성하여 함께 살고 일하는, 즉 사회적인 환경 속에서 생활합니다. 인간의 일상생활은 가족, 친척, 친구, 선후배, 이웃, 경쟁상대 등 거미줄처럼 엮인 연결망 속에서 이루어지며, 그 과정에서 사람들은 때론 협동하고 때론 경쟁하면서 살아갑니다. 경쟁하거나 협동하는 과정에서 상호작용을 잘하는 사람들은 자신이 바라는 바를 얻음으로써 성취감을 맛보거나, 서로 따뜻한 감정을 교류함으로써 인간애를 느끼면서 풍요로운 삶을 살 수 있습니다. 그러나 상호작용을 잘하지 못하는 사람은 다른 사람과의 상호작용 과정에서 얻을 수 있는 따뜻한 감정의 교류나 인간애를 경험하지 못하고 사회에 적응하지 못하는 외톨이로 남게 될 수 있습니다.

그렇다면 다른 사람과 상호작용하면서 살아가는데 필요한 능력은 무엇일까요? 다른 사람의 말을 정확하게 이해하고 자신의 생각이나 의사를 말이나 몸짓 등으로 표현하는 의사소통 능력, 사회적 관습을 이해하는 능력, 적정 수준의 지능 등 다양한 능력을 생각해 볼 수 있습니다. 또한 우리의 삶이 다른 사람들과 때로는 협동하고 때로는 경쟁하면서 진행되는 만큼, 다른 어떤 능력보다 다른 사람의 행동을 이해하고 그들의 행동에 대해 적절하게 반응할 수 있는 능력이 필요할 것입니다. 예를 들어 경쟁 상대자가 자신에게 중요한 정보를 주었다면 그 사람이 더 이상 경쟁하지 말자는 뜻으로 그러한 행동을 했는지, 아니면 이번에는 자신이 양보할 테니 다음에는 네가 양보하라는 뜻에서 그러한 행동을 했는지 등을 추론할 수 있어야 합니다.

또한 그러한 상대방의 의도를 고려하여 적절하게 자신의 반응을 결정할 수 있어야 합니다. 이와 같이 다른 사람이 행한 행동의 의미를 이해하고 이에 적절하게 반응하기 위해서는, 사람의 행동을 그 사람의 마음과 관련하여 이해하는 능력이 필요합니다. 행동을 마음과 관련하여 이해하기 위해서는 '믿음, 소망, 의도와 같은 마음상태가 행동을 유발한다'는 지식을 가지고 있어야 합니다. 이러한 지식을 '마음이론'이라고 합니다. 또 마음이론을 활용하여 행동에서 마음을 읽는 것을 '마음읽기'라고 합니다.

마음읽기 능력이 친사회적 행동이나 친밀한 또래관계 형성뿐만 아니라

남을 괴롭히는 행동과도 관련이 있습니다. 사회적 상호작용을 하기 위해 다른 사람의 마음을 읽고 이해하는 능력이 필요합니다. 이를 고려한 교육적 방안이 논의되었으면 좋겠습니다. 이것이 바로 최근 논의되고 있는 인성교육의 정신이어야 하지 않을까 싶습니다.

아는 게 아니라 사는 게 참교육

　인도 독립의 아버지, 마하트마 간디는 1869년, 유복한 관리의 아들로 태어났습니다. 영국에서 변호사 자격증을 받았고, 영국 식민지였던 남아 프리카 공화국에서 일했습니다. 당시 남아공에는 대략 7만 명의 인도사람들이 살고 있었는데, 그들은 백인들에 의해 고통스런 삶을 살고 있었습니다. 인종적인 차별을 받았고, 세금도 폭탄수준이었습니다. 이런 차별과 불평등에 저항하면서 간디는 정치운동가로 변신했고, 비폭력·무저항 독립투쟁을 펼치면서 본격적으로 인도 독립운동에 앞장섰습니다. 1925년, 56세 되던 해, 간디는 〈청년인도〉라는 잡지에 그 유명한 "사회를 병들게 하는 7대 사회악"이라는 제목의 글을 기고했습니다. 그 내용입니다.

　첫째, 원칙 없는 정치(Politics without principle)입니다. 정치에 원칙이

없으면 그 자체가 악이 된다는 말입니다. 그렇다면 정치에 있어서 제일 원칙이 무엇입니까? 그것은 헌법입니다. 헌법1조 1항과 2항은 이렇게 되어 있습니다. "대한민국은 민주공화국이다. 대한민국의 주권은 국민에게 있고, 모든 권력은 국민으로부터 나온다." 대한민국은 민주적인 절차에 따라 운영되고, 국민이 이 나라의 주인입니다. 대통령을 위시한 정치인은 그러므로 국민의 심부름꾼입니다. 이걸 어기면 정치가 사회악이 됩니다.

둘째, 노동 없는 부(Wealth without work)입니다. 땀 흘리지 않고 얻은 소득, 이것이 사회의 악입니다. 셋째는 양심 없는 쾌락(Pleasure without conscience)입니다. 우리가 살고 있는 자본주의는 그 뿌리가 탐욕입니다. 자본주의는 양심에 의해 견제되어야 합니다. 넷째는 인격 없는 교육(Knowledge without character)입니다. 이론이나 지식은 결코 사람을 바꾸지 못합니다. 진실한 마음과 따뜻한 가슴만이 생명을 변화시킬 수 있습니다. 그것 없는 교육은 결국 사육이 되어 악을 낳을 뿐입니다. 다섯째는 도덕성 없는 상거래(Commerce without morality)입니다. 서로 간에 신뢰와 원칙이 있을 때 상거래는 건강해 집니다. 여섯째는 인간성 없는 과학(Science without humanity)입니다. 과학에 인간에 대한 사랑이 없다면 그 자체가 사회악이 될 뿐입니다. 21세기 초, Y2K의 악몽을 우리는 기억하고 있습니다. 일곱째는 희생 없는 신앙(Worship without sacrifice)입니다. 자기 희생이 없는 종교는 그 자체로 사회악이 됩니다. 타락한 종교와 편협한 종교가 보여준 폐단과 미숙한 행태를 우리는 너무나 많이 보아 왔습니다.

2014년 1월, 박근혜 전 대통령이 인도를 방문했습니다. 그 때 마하트마 간디 추모공원을 찾았고, 간디의 7대 사회악에 대한 설명을 들었습니다. 그리고 방명록에 이렇게 글을 남겼습니다. "마하트마 간디가 생전에 추구했던 정의롭고, 평화로운 인류사회가 구현되기를 원합니다." 분명 박근혜 전 대통령은 7대 악에 대한 이야기를 들었고 알고 있었습니다. 알고 있는 이야기들이고, 공감하는 내용들이었습니다. 그런데 이른바 국정농단사태가 벌어졌고 그로 인해 대통령 탄핵과 파면과 구속이 진행되었습니다. 무엇이 잘못된 것일까요? 머리로는 알지만, 그걸 지키려는 마음이 없었던 것은 아닐까요?

오늘 우리 교육이 지나치게 지식위주로 치닫고 있음을 누구나 다 아는 현실입니다. 이런 교육은 도덕교육도 마찬가지입니다. 그러니 도덕교과 점수가 우수한 사람이 곧 도덕적인 사람됨인가하는 것에는 일치점을 찾기가 어렵습니다. 이해서는 안 됩니다. 이제 더 이상 지식교육으로 그치는 도덕교육과 봉사활동소양교육과 사회통합교육(장애인, 다문화, 평등, 인권, 평화교육)을 반성하고 몸에 밴 습관이 되고 생활화가 되도록 하는 교육을 펼쳐 나가야할 것입니다.

칭찬과 격려의 힘

  최근 인기 있는 TV 프로그램 중 하나가 '복면가왕'입니다. 이 프로그램은 출연자의 직업, 성별 등을 배제하고 오로지 목소리 하나만으로 음악에 대한 열정과 진정성을 보여줌으로써, 그 사람에 대한 편견과 선입견을 깨고자 하는 취지로 제작되었다고 합니다. 얼마 전에는 복면가왕에서 모 개그우먼이 도전자로 나온 적이 있었습니다. 가면 속에서 흘러나오는 목소리와 노래 실력에 판정단은 오랜 경험을 가진 가수라고 극찬을 아끼지 않았습니다. 하지만 가면을 벗고 등장한 사람이 음악활동과 상관없는 우리에게 친숙한 개그우먼이라는 사실에 그 자리에 있던 사람 모두 깜짝 놀랐습니다. 그들은 우리에게 항상 웃음과 재미를 선사하고 있어, 원로 가수라 느껴질 정도로 목소리에 풍부한 감수성을 품고 있을 것이라고는 생각지 못했습니다. 이처럼 우리는 일상생활 속에서 단순히 보이는 기존의 이미지로 인해서 다른 우수한 측면을 지나치는 경우가 많이 있습니다. 이를 심리학에서는 첫머리효과(primacy effect)라고 합니다. 즉, 처음에 입력된 정보인 첫인상이 나중에 습득하는 정보보다 그 사람에 대한 평가에 더 큰 비중을 차지한다는 것입니다. 이런 선입견으로 인해 우리는 중요한 것을 놓치곤 합니다. 미국에서 있었던 일입니다.

테디라는 사람과 그를 가르친 초등학교 어느 여자 선생의 이야기입니다. 이 일을 접하면서 선입견이 얼마나 무서운지, 칭찬과 격려가 얼마나 위대한 것인지 다시 한 번 깨닫게 되었습니다. 미국에 톰슨이라는 초등학교 여자 선생님이 있었습니다. 개학 날 담임을 맡은 5학년 반 아이들 앞에 선 그녀는 아이들에게 거짓말을 했습니다. 아이들을 둘러보고 모두를 똑같이 사랑한다고 말했던 것입니다. 그러나 바로 첫 줄에 구부정하니 앉아 있는 작은 남자 아이 테디가 있는 이상 그것은 불가능했습니다.

톰슨 선생은 그 전부터 테디를 지켜보며 테디가 다른 아이들과 잘 어울리지 않을 뿐만 아니라 옷도 단정치 못하며 잘 씻지도 않는다는 걸 알게 되었습니다. 테디를 보면 불쾌할 때가 많았습니다. 끝내는 테디가 낸 시험지에 큰 X표시를 하고 위에 커다란 F자를 써넣는 것이 즐겁기까지 한 지경에 이르렀습니다. 톰슨 선생이 있던 학교에서는, 담임선생이 아이들의 지난 생활기록부를 다 보도록 되어 있었습니다. 그러나 그녀는 테디에 대한 개인적인 감정으로 미루고 미루었습니다.

사막에 사는 식물, 선인장처럼 자신의 환경에서 완벽하게 적응한 식물도 드물 것입니다. 사막이란 곳은 매우 덥고, 한 달 이상씩 비가 내리지 않아서 좀처럼 물을 구하기 힘든 곳입니다. 그런 선인장의 가시는 본래 잎이었다고 합니다. 사막의 뜨거운 햇볕은 많은 수분을 증발시켰기 때문에 사막에서 살아남기 위해 잎을 작고 좁게 만들다 보니 차츰 가시로 변했다고 합니다. 수분의 증발을 막기 위해서 잎 대신에 가시를 갖게 된 것입니다. 딱딱하고 가느다란 가시는 수분을 밖으로 거의 빼앗기지 않기 때문에 사막에 사는 선인장에겐 안성맞춤입니다. 또한, 가시는 동물로부터 자신을 보호하는 역할을 합니다. 사막에서는 동물들이 식물을 통해 수분을 섭취하기도 합니다. 선인장의 가시는 이들의 접근을 어렵게 만드는 보호장치 역할을 하기도 합니다. 가시는 날카롭고 뾰족하여 절로 눈살을 찌푸리게 합니다. 우리는 상대방에게서 가시를 발견하고는 쉽게 비난하곤 합니다. 다른 사람들을 위해 그 가시를 "없애라", "잘라라"라고도 말합니다. 그런데 누구도 상대방에게 그 가시가 왜 생겼는지, 어떤 의미인지는 알려고 하지 않습니다. 어쩌면 그 가시는 그 상대를 지켜주는 도구일지도 모르는데 말입니다. 혹시 주위에 가시 같은 사람이 있다면 비난하기 전에 먼저 이해하려고 노력해봅시다. 사람이 사람을 헤아릴 수 있는 것은 눈도 아니고, 지성도 아닙니다. 오직 마음뿐입니다.

톰슨 선생은 주저주저하다가 마지막에야 마지못해 보게 되었습니다. 톰슨 선생은 테디의 생활기록부를 보고는 깜짝 놀랐습니다. 테디의 1학년 담임 선생님은 이렇게 썼습니다. "잘 웃고 밝은 아이임. 일을 깔끔하게 잘 마무리하고 예절이 바름. 함께 있으면 즐거운 아이임." 2학년 담임선생은 이렇게 썼습니다. "반 친구들이 좋아하는 훌륭한 학생임. 어머니가 불치병을 앓고 있음. 가정생활이 어려울 것으로 보임." 3학년 담임선생은 이렇게 썼습니다. "어머니가 돌아가셔서 마음고생을 많이 함. 최선을 다하지만 아버지가 별로 관심이 없음. 어떤 조치가 없으면 곧 가정생활이 학교생활에 까지 영향을 미칠 것임." 테디의 4학년 담임선생은 이렇게 썼습니다. "내성적이고 학교에 관심이 없음. 친구가 많지 않고 수업시간에 잠을 자기도 함." 여기까지 읽은 선생은 비로소 문제를 깨달았고 한없이 부끄러워졌습니다.

12월 성탄절 즈음해서 반 아이들이 화려한 종이와 예쁜 리본으로 포장한 크리스마스 선물을 가져왔습니다. 아이들의 선물중, 테디의 선물은 식료품 봉투의 두꺼운 갈색 종이로 어설프게 포장되어 있는 것을 보고는 더욱 부끄러워졌습니다. 톰슨 선생은 애써 다른 선물을 제쳐두고 테디의 선물부터 포장을 뜯었습니다. 알이 몇 개 빠진 가짜 다이아몬드 팔찌와 사분의 일만 차 있는 향수병이 나오자, 아이들 몇이 웃음을 터뜨렸습니다. 그러나 그녀가 팔찌를 차면서 "정말 예쁘다."며 감탄하고, 향수를 손목에 조금 뿌리자 아이들의 웃음이 잦아들었습니다. 테디 스토다드는 그날 방과후에 남아서 이렇게 말했습니다. "선생님, 오늘 꼭 우리 엄마에게서 나던 향기가 났어요." 그녀는 아이들이 돌아간 후 한 시간을 울었습니다. 바로 그날 그녀는 읽기, 쓰기, 국어, 산수 가르치기를 그만두었습니다. 그리고 아이들을 진정으로 가르치기 시작했습니다. 톰슨 선생은 테디를 특별히 대했습니다. 테디에게 공부를 가르쳐줄 때면 테디의 눈빛이 살아나는 듯했습니다. 그녀가 격려하면 할수록 더 빨리 반응했습니다. 그 해 연말이 되자 테디는 반에서 가장 공부를 잘하는 아이가 되었고, 모두를 똑같이 사랑하겠다는 거짓말에도 가장 귀여워하는 학생이 되었습니다.

1년 후에 그녀는 교무실 문 아래에서 테디가 쓴 쪽지를 발견했습니다. 거기에는 그녀가 자신에게 평생 최고의 교사였다고 쓰여 있었습니다. 6년이 흘러 그녀는 테디에게서 또 쪽지를 받았습니다. 고교를 반 2등으로 졸업했다고 쓰여 있었고, 아직도 그녀가 자기 평생 최고의 선생님인 것은 변함이 없다고 쓰여 있었습니다. 4년이 더 흘러 또 한 통의 편지가 왔습니다. 이번에는 대학 졸업 후에 공부를 더 하기로 마음먹었다고 쓰여 있었습니다. 이번에도 그녀가 평생 최고의 선생님이었고 자신이 가장 좋아하는 선생님이라 쓰여 있었습니다. 하지만 이번에는 이름이 조금 더 길었습니다. 편지에는 'Dr. 테디 스토다드 박사'라고 사인되어 있었습니다.

이야기는 여기서 끝나지 않았습니다. 그해 봄에 또 한 통의 편지가 왔습니다. 테디는 사랑하는 여자를 만나 결혼하게 되었다고 합니다. 아버지는 몇 년 전에 돌아가셨으며, 톰슨 선생님에게 신랑의 어머니가 앉는 자리에 앉아줄 수 있는지를 물었습니다. 그녀는 기꺼이 좋다고 화답했습니다. 그런 다음 어찌 되었을까요? 그녀는 가짜 다이아몬드가 몇 개 빠진 그 팔찌를 차고, 어머니와 함께 보낸 마지막 크리스마스에 어머니가 뿌렸었다는 그 향수를 뿌렸습니다. 이들이 서로 포옹하고 난 뒤 이제 어엿한 의사가 된 테디 스토다드는 톰슨 선생에게 귓속말로 속삭였습니다. "선생님, 절 믿어주셔서 감사합니다. 제가 중요한 사람이라고 생각할 수 있게 해주셔서, 그리고 제가 훌륭한 일을 해낼 수 있다는 걸 알게 해주셔서 정말 감사합니다." 톰슨 선생은 또 눈물을 흘리며 속삭였습니다. "테디, 너는 완전히 잘못 알고 있구나. 내가 훌륭한 일을 해낼 수 있다는 걸 알려준 사람이 바로 너란다. 널 만나기 전까지는 가르치는 법을 전혀 몰랐거든."

칭찬과 격려로 행복을 만드는 교육을 꿈꿔 봅니다. 톰슨 선생은 테디에게 심오한 지식을 가르치거나 거창한 교육방법을 쓴 게 아닙니다. 마음으로, 진심으로 다가간 것입니다. 미국의 한 사회학과 교수가 학생들에게 과제를 냈다고 합니다. 볼티모어의 유명 한 빈민가에 사는 청소년 200명의 생활환경을 조사한 뒤, 그들의 미래에 대한 평가서를 내는 일이었습니다. 학생들의 평가는 동일했습니다. "이들에게는 절대로 미래가 없습니다. 기회가 주어지지 않았기 때문입니다."라는 내용이었습니다. 25년이 지났습니다. 다른 교수가 이 연구 결과에 흥미를 느꼈습니다.

그는 자신의 제자들에게 다시 과제를 냈습니다. "25년 전의 청소년들이 지금은 어떻게 살고 있는지 조사하라"는 것이었습니다. 그 결과 놀라운 사실이 밝혀졌습니다. 사망하거나 이사를 간 20명을 뺀 180명 중 176명이 대단히 성공적인 인생을 살고 있었습니다. 변호사, 의사, 사업가 등 상류층 인사들도 많았던 것이었습니다. 교수는 그 이유가 무엇인지를 찾아보라고 지시했습니다. 학생들의 대답은 한결같이 어느 여자 선생 덕분이라고 했습니다. 수소문 끝에 그 여 선생을 찾아낸 교수가 물었습니다. "도대체 어떤 교육 방법을 썼는지요?" 여 선생의 대답은 정말 간단했습니다. "나는 단지 그 아이들을 진심으로 사랑했을 뿐입니다."

이 이야기는 『영혼을 위한 닭고기 수프』라는 책에 소개된 일화입니다. 진짜 사랑하면 인생이 변합니다. 사랑만이 사람을 변화시킵니다. 진실한 마음 그것이 상처투성이의 상한 마음의 테디를 힘차게 날아오르도록 한 것입니다.

어느 학교의 이야기입니다. 머리 모양이 이상하다는 이유로 따돌림을 당하던 소녀가 있었습니다. 선생은 슬퍼하는 소녀에게 "괜찮아, 예뻐!"이렇게 말하면서 격려했지만 부족하다고 생각했습니다. 다음날 선생은 더 큰 행동으로 소녀를 응원했습니다. 소녀와 머리 모양을 똑같이 하고 학교에 출근한 것입니다. 선생을 보고 놀란 소녀는 선생에게 안기며 "아름다워요."라고 말했고, 선생은 소녀를 안아주며 "오늘 나는 너처럼 예쁘단다."라고 답했습니다. 소녀를 위해 머리 모양을 바꾼 선생님처럼 같이 공감하고 함께 웃는 교육이 되면 좋겠습니다. 칭찬이 위인을 만듭니다.

프랑스 어느 마을에 보클랭이라는 어린 소년이 있었습니다. 가난한 농부의 아들로 태어난 보클랭은 공부에 재능이 있었지만 차림이 말쑥하지 못하고 더러워서 언제나 놀림을 받았습니다. 어린 마음에 상처를 받은 보클랭은 말수가 점점 줄어들었고, 공부에도 소홀히 하기 시작했습니다. 이를 주의 깊게 살펴본 선생은 이런 변화를 눈치 채고 보클랭을 불러 말했습니다. "너는 선생님이 가르친 어떤 학생들보다도 총명하단다. 열심히 공부하기만 한다면, 분명히 뛰어난 인물이 될 거야. 그러니 상처받지 말고 열심히 노력해보자꾸나." 선생의 칭찬을 들은 보클랭은 다시 열심히 공부했습니다. 이후에도 선생은 보클랭에게 계속 칭찬을 해주었습니다. 결국, 보클랭의 재능은 점점 꽃을 피웠습니다. 보클랭은 그 후 선생의 칭찬이라는 큰 힘으로 성장하여 파리 대학교수와 새로운 원소인 '크로뮴'을 발견한 유명한 화학자가 되었습니다. 어느 부자의 대화입니다.

아버지: 에디슨은 너 나이 때 전기를 발명했다 너는 지금껏 뭐하냐?
아들: 아버지 그런 소리 마세요 링컨은 아버지 나이에 대통령 했어요~

칭찬은 고래도 춤을 추게 합니다. 이왕 할 거면 비교보다 용기를 주며 많이 웃자고요. 진정한 칭찬은 타고난 재능을 일깨워주고 고난을 극복하는 힘을 주어서 한 사람의 인생을 훌륭하게 변화시킬 수 있습니다. 그러니 칭찬합시다. 우리 오늘 칭찬합시다. 칭찬 속에서 자란 아이는 감사할 줄 압니다.

칭찬과 꾸짖음에도 지혜가 필요하답니다

　칭찬의 좋은 점은 부모와의 관계가 좋아진다는 점입니다. 또한 아이에게 올바른 행동을 심어주기 위한 가장 효과적인 방법입니다. 베스트셀러였던『칭찬은 고래도 춤추게 한다』는 칭찬을 통해 커다란 범고래를 훈련시키는 내용을 소개하고 있습니다. 사실 이와 같은 방법은 소아청소년 정신과 전문의가 적용하고 있는 아이들의 '행동요법', 특히 '긍정적 강화요법'을 말하는 것이기도 합니다. 그리고 긍정적인 강화 요법을 꼭 치료 현장에서만이 아니라 일상생활 전반에 걸쳐서 적용시킬 수 있는 방법이 바로 칭찬입니다. 긍정적인 강화요법의 핵심 개념은 바로 '칭찬'이기 때문입니다. 고래도 춤을 추게 하는 칭찬을 우리 아이들에게 보다 더 많이 그리고 효과적으로 적절하게 사용한다면, 우리 아이들이 밝고 훌륭하게 자라 날 수 있습니다.

칭찬은 의학적으로도 효과가 있습니다. 칭찬은 아이를 기분 좋게 만들어 아이를 건강하게 만듭니다. 이것은 의학적으로 복잡한 연쇄반응 과정인 동시에 선순환 고리의 형성 과정입니다. 만약 자녀를 칭찬했다고 가정해 봅시다. 제일 먼저 아이의 감정이 반응을 보입니다. 바로 기분이 좋아집니다. 이때 아이의 뇌 속에서 '도파민(dopamine)'이라는 신경전달물질이 분비되면서 쾌감을 느끼게 됩니다. 이것이 아이의 혈액에서 '인터루킨(interleukin)' 등 각종 면역강화물질의 분비를 촉진시킵니다. 이는 다시 뇌로 피드백 되어 불필요한 스트레스 호르몬(코르티솔, cortisol)의 분비를 억제시킵니다. 그 결과 아이의 몸을 긴장시키고 흥분시키는 교감신경계의 활성을 억제하여 결국 아이의 몸은 편안한 상태로 놓이게 됩니다. 다시 말해 칭찬을 많이 받은 아이는 면역체계가 활성화되어 잔병에 걸릴 위험이 낮아지고, 자율신경계가 늘 편안한 상태에 있어 최적의 신체 상태를 유지하기 때문에, 건강한 몸을 유지할 수 있습니다.

칭찬의 효과는 많이 알려져 있습니다. 그럼 무턱대고 무조건 칭찬하면 되는 것일까요? 아닙니다. 잘못된 칭찬은 안 하니만 못합니다. 칭찬은 무엇이고, 어떤 것이 옳은 칭찬인지, 또 꾸짖을 때는 어떻게 해야 하는지 생각해 봅니다. 칭찬에도 지혜가 필요합니다. 부모가 지나치게 감정적으로 흥분해서 칭찬하는 것은 그다지 바람직하지 않습니다. 아이에게 심리적 부담을 안겨다 줄 수 있기 때문입니다. 과정보다는 결과를 중요하게 여기는 칭찬은 옳지 않습니다. 과정을 중요하게 여겨야 합니다. 여기에는 아이의 노력이 중요하다는 메시지가 들어 있습니다. 가령 100점을 받았다고 칭찬을 하는 것보다는 열심히 공부했다고 칭찬하는 것이 좋습니다. 선물이나 돈으로 칭찬을 한다고 착각하면 안 됩니다.

칭찬은 주로 부모의 말과 행동으로 이루어지는 것이지 물질적인 보상을 뜻하는 것이 아닙니다. 부모의 칭찬 자체가 아이를 기분 좋게 만드는 보상입니다. 아이는 물질적 보상이 제공되지 않는 상황에서는 아무 것도 하지 않으려고 할 수 있습니다. 흥정 과정의 칭찬 또한 금물입니다. 심부름을 시키려고 또는 부모가 원하는 행동을 아이에게 시키려고 흥정을 하는 부모가 있습니다. 협박이나 강압보다는 나아보일지 모르지만 칭찬의 목적이 부모의 욕구 충족이 아닌 아이의 올바른 행동 심기에 있음을 잊지 말아야 합니다. 특성을 칭찬하는 것도 좋지 않습니다. 아이에게 "너는 머리가 참 좋다." "똑똑하다." "예쁘다." 등의 칭찬을 하게 되면, 아이는 자신이 똑똑해 보이지 않을까봐 어려운 문제 자체를 풀려고 하지 않거나 예뻐 보이지 않을까봐 전전 긍긍할 수 있습니다. 다른 사람과 비교하면서 하는 칭찬도 옳지 않습니다. "너는 ○○보다 공부를 더 잘 해서 칭찬한다." 내지는 "네가 너희 반에서 가장 예뻐. 다른 아이들은 한 명도 너보다 예쁘지 않아." 등의 말입니다. 경쟁의식이 커지면서 잘못된 우월의식을 가질 수도 있고, 반대로 자신보다 뛰어난 아이 앞에서는 열등감을 크게 느끼기도 합니다.

올바른 칭찬의 방법은 즉시 칭찬하는 겁니다. 칭찬은 그 즉시 이루어져야 효과가 있습니다. 기분 좋아진 아이의 마음이 나중의 바람직한 행동을 다짐할 것입니다. 스스로 한 일에 대해서 더욱 많이 칭찬합니다. 칭찬의 양과 질에도 차이가 있으므로 자기 스스로 결정하여 행동으로 옮긴 것에 대해서는 최고의 찬사를 해 줍니다. 상을 줍니다. 스티커 또는 칩(chip)을 이용하여 점차 단계를 세분화하면서 경제적 부담 없이 상을 준다면, 아이로 하여금 바람직한 행동을 유도 해 나갈 수 있습니다. 하지 말라고 한 일을 하지 않았을 때도 칭찬은 필수입니다. 많은 부모들은 자신이 정한 일을 자녀가 잘 따라주었을 때는 칭찬을 잘해 줍니다만 하지 말라고 한 일을 아이가 하지 않고 잘 넘어가 주었을 때는 그냥 당연하게 여기며 무관심하게 지나갑니다. 이것이 바로 지나치기 쉬운 칭찬의 또 다른 한 측면입니다.

꾸짖음에도 지혜가 필요합니다. 자신의 감정 상태에 따라서 꾸짖음의 정도가 차이난다면, 아이는 자신의 잘못을 생각하기보다는 부모의 눈치만 살필 것입니다. 화난 감정을 조절하지 못하여 아이를 때리거나 심한 욕설을 하게 되면 아동학대(신체학대와 정서학대)로 이어질 가능성이 큽니다. 다른 형제자매 혹은 친구들 앞에서 아이를 인격적으로 무시하면서 꾸짖게 되면, 아이는 모멸감으로 인한 심리적 상처를 크게 입게 됩니다. 지나친 위협으로 "쫓아 낼 거야.", "보육원에 보낼 거야.", "너 안 키워." 등은 역시 언어를 통한 정서학대에 해당하므로 주의해야 합니다. 아이는 이로 인해 분리불안장애나 다양한 불안장애가 생겨날 수도 있습니다. 불이익의 제공이 합리적이고 상식적이어야 합니다. 예컨대 아이를 꾸짖으면서 용돈 제한, TV 시청 금지, 외식 기회의 철회 등은 가능한 방법이지만, 밥을 굶긴다거나 혹은 잠을 재우지 않거나 학교를 보내지 않는 등의 행동은 방임과 정서학대에 해당합니다.

지금까지 칭찬을 많이 해야 하는 이유와 어떻게 칭찬하면 좋을까에 대해서 살펴봤습니다. 그러나 아이를 칭찬만 하고 키울 수는 없습니다. 때로는 엄격하게 야단을 쳐야 아이가 올바르게 성장할 수 있습니다. 무작정 화를 내거나 또는 때려서 야단을 치는 것이 아니라 현명하고 효율적으로 야단치는 것이 중요합니다. 이것도 기질에 따라 양육방법이 다릅니다. 순한 아이의 경우입니다. 많은 아이들이 이 부류에 해당합니다. 보통 순한 아이들은 편하게 키울 수 있지만 그렇기 때문에 부모의 관심에서 벗어나기 쉽습니다. 또한 순한 기질의 아이도 환경이 좋지 않고 스트레스를 받으면 문제 행동을 일으킬 수 있습니다. 평소 아이와 친밀감을 쌓을 시간을 자주 마련하고 잘하든 못하든 꾸준히 관심과 사랑을 표현해야 합니다.

까다로운 아이의 경우입니다. 까다로운 아이들은 쉽게 만족할 줄 모르며, 칭얼대거나 짜증내는 방식으로 부정적인 감정 표현을 많이 합니다. 이럴 때 아이를 부모의 뜻에 억지로 맞추려 들면 관계에 문제가 발생하기 쉽고, 심한 경우 더 엇나갈 수 있으니 주의해야 합니다. 아이가 까다롭다면 무엇보다 인내심을 가지고 적절한 방식으로 꾸준히 지도하는 것이 중요합니다. 늦되는 아이의 경우입니다. 주로 긍정적인 감정표현을 하지만, 이런 표현을 하기까지 시간이 걸립니다. 순한 면도 있지만 새로운 환경에서 움츠러들며 적응 기간이 긴 것이 특징입니다. 이런 아이들은 부모가 성급히 원하는 결과를 위해 아이를 다그치면 오히려 반항하여 역효과를 볼 수 있습니다. 늦되는 아이는 부모의 욕심보다 아이의 기질을 파악해 기다려 줘야 합니다. 올바르게 야단치는 방법 10가지입니다.

첫째, 감정적으로 화를 내면서 야단치면 안 됩니다. 이것은 많은 부모들이 가장 많이 저지르는 오류입니다. 무엇을 야단쳐야 할지 명확하게 정하지 않은 채, 쌓이고 쌓인 감정을 일시에 폭발시키면서 화를 내는 야단치기는 부모가 사랑이라는 이름 아래 행하는 '폭력'일 뿐입니다. 그리고 서로에게 아픈 기억으로만 남을 뿐입니다. 원하는 교육의 효과는 어디에도 없습니다. 아이를 단순히 부모의 감정만으로 꾸짖지 맙시다. 감정의 지배를 받는 순간 올바른 훈육은 '휙' 하고 사라져버립니다.

둘째, 지나간 일을 끄집어내면서 야단치면 안 됩니다. 야단맞는 것도 슬프고 서러운데, 지나갔던 과거의 잘못, 게다가 이미 야단맞고 대가를 치렀던 잘못까지 다시 들추어내면서 야단치는 경우가 허다합니다. 분명 아이에게도 자신이 잘못한 행동에 대한 수치심이 있을 텐데, 그 수치심을 크게 자극하는 것은 옳지 않습니다. 아이는 지금 자신의 잘못에 대한 반성보다는 기억하기 싫은 일들을 들추어내면서 자신을 공격하는 부모에 대한 적대감으로 가득 차 있을지도 모릅니다.

셋째, 아이의 잘못된 행동에 대해서만 야단칩니다. 이것은 참으로 어려운 일입니다. 그러나 반드시 그렇게 해야만 합니다. 부모가 자녀를 '야단친다'는 것은 어쩌면 틀린 말일 수도 있습니다. 부모는 자녀의 '잘못된 행동' 또는 '말'에 대해서만 야단을 치는 것이 좋습니다. 아이의 행동을 야단쳐도 아이를 사랑하는 마음은 변함이 없습니다.

넷째, 형제자매 또는 남매를 비교하면서 야단치면 안 됩니다. 아이들이 싫어하는 것 중 하나가 형제자매, 혹은 이웃 친구들과 비교 당하는 것입니다. "형의 절반만이라도 따라가라!", "너는 언니가 되어서 어떻게 동생보다도 못하니?", "네 친구 승진이는 지금 구구단 다 외었다고 하더라. 그런데 너는 지금 뭘 할 수 있니?" 이런 말을 들을 때 아이의 심정은 참담해집니다. 아무리 부모가 선한 동기로, 아이의 경쟁 심리를 자극하여 아이가 잘 되게 하려는 의도가 있었을지언정, 불행하게도 받아들이는 아이는 그렇지 않습니다. 아이는 부모가 자신을 더 이상 사랑하지 않는다고 여길 수도 있습니다. 형제자매라고 할지라도 엄연히 서로 다른 하나의 독립된 인격체입니다. 아이들마다 제각각 생김새가 다르듯이 타고난 재능, 성격, 그리고 관심 사항이 다를 수 있습니다. 부모는 이러한 차이점을 수용해야 합니다.

비교와 경쟁은 어른들에게나 어울리는 말입니다.

　다섯째, 야단을 치기 위한 목적을 분명하게 생각해야 합니다. 많은 부모들이 아이가 잘되기를 바라는 마음에 자녀를 꾸짖는다고 말합니다. 그러나 이와 같은 생각은 목적이 불분명하고 구체적이지가 않습니다. 야단치는 목적은 아이의 문제행동을 교정하여 바람직한 행동으로 바꾸어 나가기 위함입니다. 따라서 야단치는 것은 칭찬하기와도 일맥상통합니다. 목적이 같기 때문입니다. 야단과 칭찬은 같은 목적을 가진, 마치 동전의 앞·뒷면과 같이 서로 다른 방법일 뿐입니다. 동전의 앞·뒷면이 번갈아 가면서 보일 수는 있으나 동시에 보이긴 힘듭니다. 야단과 칭찬은 바로 그러한 관계입니다.

　여섯째, 아이의 인격을 비난하거나 무시하면 안 됩니다. 부모들이 아이를 혼낼 때 잊어버리기 쉬운 것이 있습니다. 자녀는 결코 내 소유물이 아니라는 점입니다. 인간은 태어나는 순간에 존엄성을 부여받은 존재입니다. 아이가 아직 어려서 생각이 미숙하고 인격이 덜 형성되어 있을 뿐이지, 분명 나름대로의 인격이 있는 인격체입니다. 모든 인격체는 존중받아야 한다는 것은 모두가 인식하는 바입니다. 내 아이와 부모인 나는 서로 가장 가까운 사이가 아닌가요? 그러니 아이를 존중하고, 자녀를 인격체로 대해야 합니다. 아이가 자신의 인격이 무시되고 있다고 느끼는 순간, 아이의 마음에서는 참을 수 없는 분노가 치밀어 오른다거나 또는 그것이 지속적으로 억압되어 마음의 병이 될 수도 있습니다.

　일곱째, 고쳐야 할 바람직한 방향을 제시해야 합니다. 아이가 나아가야 할 방향과 바람직한 행동을 구체적으로 일러주면서 야단치는 부모는 정말 훌륭한 부모입니다. 아이를 야단치는 순간에도 훌륭한 부모이자 인생의 위대한 스승이 되는 기회를 절대 놓쳐서는 안 됩니다. 흔히 역사적으로 훌륭했던 위인들의 어린 시절에는 엄격한 부모가 있었다고 합니다. 아마 그들의 부모는 엄격했을 뿐만 아니라 자녀들이 나아가야 할 방향도 분명하게 제시해주었을 것입니다.

여덟째, 시간을 정해놓고 야단을 쳐야 합니다. '야단 시간', '악동의 시간', '반성 시간', '고치기 시간', '벌 시간', '발전 시간' 등. 이와 같이 이름을 붙이는 것만으로도 아이에게 자신의 잘못된 행동에 대해서 생각하는 기회를 제공할 수 있습니다. 이왕이면 아이와 같이 이름을 붙여보면 어떨까요? 기발하고 위트 넘치는 이름일수록 좋습니다. 아이러니컬하게 들릴지 모르지만, 아이는 야단맞는 시간을 좋아하고 즐길 수도 있습니다. 재미난 이름을 다시 한 번 들어 볼 수 있기 때문입니다. 야단맞는 시간이 불안하고 두렵기만 했다면, 아이는 부모가 언성을 높이는 그 순간 생각하는 능력이 얼어붙어 버립니다. 분명히 야단맞는 시간에는 아이에게 듣기 싫은 소리를 하겠지만, 그것은 어디까지나 아이로 하여금 자신의 행동을 성찰하게 하려는 목적에서입니다. 지금 당장 잔뜩 화가 난 감정을 누그러뜨리고 합리적으로 야단치기 위해서는 야단 시간을 따로 만들어서 활용해봅시다.

아홉째, 절대 절대로 때리면 안 됩니다. 우리나라에는 예전부터 '사랑의 매'라는 것이 교육 현장에 늘 존재해왔습니다. 지금은 세월이 많이 지나서 '사랑의 매'도 많이 줄어들었지만, 아직도 부모의 자녀양육, 또는 교사의 학생교육에는 신체적 체벌이 이루어지고 있습니다. 저도 더러 집에서 아이들에게 체벌을 가하기는 합니다만 그럴 때만다 마음이 안 좋습니다. 후회막급입니다. 아이가 부모의 말을 듣게 하는 것도 따지고 보면 하나의 '기술'입니다. 우리가 어느 한 가지 기술을 익히려면 어떻게 하나요? 우선 어느 정도 이론을 공부한 다음에 선생의 설명 또는 시범에 따라서 기술을 시도합니다. 그런 다음에는 반복적으로 연습을 합니다. 그리고 나면 결국 자기 기술이 됩니다. 기초 기술이 습득되면 노력 여하에 따라서 더 많은 기술들을 배워 나갈 수 있습니다. 체벌을 가하지 않고도 자녀의 양육을 훌륭히 해 나가는 부모들은 세련된 양육기술을 가진 사람이라고 볼 수 있습니다. 그렇지 못한 사람들도 공부하고 노력한다면 그와 같은 고급 기술을 습득할 수 있습니다. 양육기술 습득에 있어서 가장 중요한 밑거름이 되는 것이 바로 '칭찬교육'입니다.

열째, 아이의 생각을 들어 봅니다. 야단을 치는데 아이가 자신의 입장을 얘기하려고 하면, 부모들은 흔히 말대꾸한다며 혼내곤 합니다. 그러나 그것은 잘못된 것입니다. 물론 아이가 말대꾸를 할 수도 있겠지만, 합리적인 자신의 입장이나 생각을 말할 수도 있습니다. 따라서 야단을 칠 때 꼭 챙겨야 할 점은 바로 아이의 생각이나 입장을 들어보는 것입니다. 그래야 아이의 행동을 더욱 더 잘 이해할 수 있고, 부모로서 더욱 올바른 방향을 제대로 제시해줄 수 있습니다. 아이의 생각을 들어본 후 다시 부모의 생각을 덧붙이는 겁니다. 그런 다음 다시 아이의 생각을 들어 봅니다. 부모와 자녀가 서로의 생각을 아무 거리낌 없이 솔직하게 털어놓는다면 해결의 실마리는 저절로 보일 것입니다.

살면서 가끔 느끼는 것입니다. 좋은 부모 되기 정말 어렵습니다. 아이를 사랑하는 마음만으로는 아이를 제대로 키울 수 없기 때문입니다. 아동기에 나타나는 낮은 자존감과 자신감의 결여는 부모가 아이 양육에 대한 구체적인 준비 없이 키웠기 때문입니다. 가장 시급한 준비는 아이에게 엄청난 영향을 주는 말을 어떻게 사용할지를 공부하는 일입니다. 부모된 사람은 자식들을 말로 키웁니다. 사랑의 말, 훈계의 말, 꿈꾸게 하는 말...하지만 부모가 하는 사랑의 말이 때때로 자식들에게는 미움의 말로 전달됩니다. 훈계의 말은 반항으로, 꿈꾸게 하는 말은 현실을 모르는 황당한 말로 받아들입니다. '잘 말하는 법'을 공부해야 좋은 부모가 될 수 있을 것입니다.

아이의 자존감을 높여주는 것이 바른 교육의 시작일 것입니다. 스스로를 죽음에서 탄생으로 이끌어낸 엄청난 힘, 사는 내내 자신이 얼마나 소중한 사람인지, 얼마나 훌륭한 사람인지 알려줄 그것. 세상에 태어난 아이의 첫 번째 마음이 바로 '자존감'입니다. 우리는 아이가 태어나면 잘 먹이고 잘 입히는 것이 부모의 역할이라고 생각합니다. 하지만 그것은 절반에 불과하다고 합니다. 나머지 절반은 아이의 첫 번째 마음인 '자존감'을 키워주는 일입니다. 자존감은 "나는 괜찮은 사람이야"라고 스스로 말하고 느끼는 감정입니다.

/

교육? 호기심!

/

3장

새로운 시대에 따른
교육적 의미

창의적 토론식 수업을 합시다

이스라엘은 어릴 때부터 반드시 세 명이 팀을 이루어 서로 토론하도록 교육 받는다고 합니다. 이스라엘에서 '바보'라는 말의 뜻은 질문을 하지 않는 사람이라고 합니다. 소통의 기본은 두 사람의 대화로부터 시작되지만, 둘만의 대화는 쉽게 논쟁과 억측으로 귀결되기 쉽습니다. 그러나 세 사람이 팀을 이루게 되면 상황은 많이 달라집니다. 두 사람이 대화할 때 나머지 한 사람은 경우에 따라서 관객, 심판, 해설자, 중재자, 때로는 제3의 의견 제안자가 될 수 있습니다. 제3의 의견은 나머지 두 사람의 의견을 상생적으로 종합한 것일 수도 있고, 전혀 다른 시각의 혁신적이고 참신한 아이디어일 수도 있습니다. 이것은 작지만 진지한 컨퍼런스이며, 과학적 연구의 구조와 같습니다.

이러한 토론의 반복적 훈련은 토론이 경쟁과 승부를 위한 것이 아닙니다. 주어진 인력과 시간 속에서 관심의 대상이 되는 이슈에 대하여 최대한 효율적으로 분석하고 합리적인 결론에 도달하기 위한 공동의 노력임을 배우게 됩니다. 따지고 보면 거의 모든 과학적 연구들은 이러한 과정을 거쳐 법칙, 규칙, 원리 등의 합의된 공인 명제들을 도출해 내는 것이므로 이스라엘의 토론 교육은 결국 창의적 인재의 기본소양을 체득시켜주는 과정이라고 할 수 있습니다. 이러한 토론의 과정에서 학생이 질문하고 다른 학생이 답을 하도록 유도하는 최상급의 토론식 수업이 필수적인 요소입니다. 타이어 광고문구 중에 이런 것이 있었습니다. '멈출 수 있어야 달릴 수 있다' 토론도 마찬가지입니다. 토론 참여자 모두가 합리성에 입각한 근거와 논리를 가지고 논의에 참여하고, 타인에 대한 의견도 존중해 줄 수 있는 좋은 인성을 가지고 있어야 합니다.

유대인들은 격렬한 토론이 참여자 간에 감정적 파국을 초래하지 않을 수 있으며 충분히 조절되면서도 자유로운 분위기 속에서 생산적인, 때로는 혁신적인 결론이나 방안을 도출해낼 수 있는 효율적인 과정이라는 확신을 가지고 있었습니다. 그렇기 때문에 인성교육이 무례하지 않은 토론의 자세로 존중받을 수 있었습니다. 특히나, 전 세계에 흩어진 채 정부의 보호를 받지 못하는 상황에서 유대인들에게 효율적인 의사결정 방안의 확보는 생존과 직결되어 있는 문제였으므로, 이런 토론 및 소통 능력 개발 및 교육은 그들에게는 필수적인 것이었습니다.

〈탈무드〉는 읽을수록 느낀 점이 새롭습니다. 읽을 때마다 새로운 깨달음이 있고, 하나의 스토리에서 다양한 생각을 들게 합니다. 〈탈무드〉는 유대인들의 자유분방한 생각의 원천이며, 무궁무진한 토론의 주제를 제공하는 책입니다. 〈탈무드〉에 관한 토론을 통해, 선인(先人)들의 교훈을 세대 간에 전달할 뿐만 아니라, 토론이라는 지적 유희 과정을 즐길 수 있는 유능한 토론자를 양산해낼 수 있었을 것입니다. 어찌 보면, 다른 나라 사람들이 보기엔 당황스러울 정도로 이스라엘인들이 자신들의 의견을 자유롭게 개진할 수 있는 것은 유대인의 선천적 특성을 보다 생산적인 방향으로 발현시킬 수 있도록 하는 후천적 토론 학습을 뿌리를 두고 있는 것입니다. 때로는 엉뚱해 보일 수도 있는 의견까지도 수용할 수 있는 그들의 토론과 소통 문화가 부럽습니다.

이제 우리교육도 주입식 일방적인 수업을 토론 중심으로 혁신하고, 교사와 학생 사이에 학습 공명장(空名帳)형성에 노력을 기울여야 할 것입니다. 이것이 교학상장(敎學相長)입니다. 또한 교사가 수업의 질을 높이고 학생 교육에 좀 더 노력하도록 유도해야 합니다. 특히 교육과정이 시대 흐름에 맞게 변용해 융합과목이나 토론수업을 개설 운영하는 교사를 우대해야 합니다. 이를 위해 정기적인 교육과정 워크숍을 열어나가면 좋겠습니다. 매 시간 질문들을 통해 학생들에게 수업 내용의 유용성과 관련성을 인식시킬 수 있습니다.

교사가 질문하고 스스로 답하는 수업은 최하급 수업이고, 교사가 질문하고 학생이 답하는 수업은 조금 발전한 수업입니다. 그리고 학생이 한 질문에 교사가 답하는 수업은 바람직한 수업이라고 볼 수 있습니다. 학생이 질문하고 다른 학생이 답하도록 유도하는 수업은 최상급 수업입니다.

교육강국 핀란드와 갭이어

    핀란드는 이미 20여 년 전부터 교육강국으로 주목받은 나라입니다. 핀란드는 OECD(경제협력개발기구)가 각국 교육정책의 기초자료로 제공하기 위해 2000년부터 15세 학생들을 대상으로 3년 주기로 시행하는 국제학생평가프로그램(PISA)에서 3연속 종합평가 1위를 차지하면서 단숨에 최고의 교육모범국으로 떠올랐습니다. 북유럽에 위치한 한반도의 겨우 1.5배 면적에 인구는 500만명, 자원이라고는 울창한 삼림밖엔 없는 이 나라가 1인당 GDP 4만5000달러(세계16위)에 세계 최고 수준의 사회복지체계를 갖춘 국가로 발돋움한 배경은 핀란드만의 독특한 교육 시스템이라는 평가가 잇달음입니다.

    핀란드의 교육을 요약하자면 평등주의에 입각한 북유럽모델로서 유치원부터 대학원까지 전 과정이 무료입니다. 경쟁이 아닌 협동을 주목표로 의무화한 초중등과정은 9년제 무학년제 종합학교에 보편적 무상급식을 실시하고 있습니다. 무학년제란 학급을 학년별로 편성하지 않고 개별학습 집단으로 편성해 자기수준에 맞는 클래스에서 수업을 받는 것을 일컫습니다. 또한 2~3명의 교사가 함께 시행하는 협력학습이 일반화돼 있고 선행학습이란 말은 아예 존재하지 않습니다. 본인이 원하는 경우 대학원 박사과정까지 무료인데도 정작 대학 진학률은 한국(68%)보다도 낮은 60% 선입니다. 이는 대학교수나 의사, 변호사 등 이른바 전문직 종사자의 세금을 제외한 실질급여가 용접공 등 기술직 종사자보다 크게 높지 않기 때문입니다. 또한 직업에 대한 귀천의식이 없는 데다 직종간 급여 차이가 크지 않아 빈부격차가 적다는 점도 특징입니다. 때문에 대학교수는 공부에 특히 적성이 빼어나거나 관심이 높은 학생이 지망하는 경우가 대부분입니다.

이 나라의 제도 중 또 하나의 특이한 점은 진로탐색년제로 불리는 갭이어(Gap Year)제도가 보편화해 있다는 것입니다. 고등학교를 졸업하면 곧바로 대학에 진학하지 않고 1년 동안 여행이나 인턴십 등을 하며 진로를 탐색하는 제도인 갭이어입니다. 배우 엠마 왓슨, 영국 해리 왕자, 오바마 전 미국 대통령의 딸 말리아 오바마 등이 활용해 주목을 끈 제도입니다.

안타깝게도 우리나라는 전문기술교육원에 재학 중인 학생의 상당수가 전문대졸 이상입니다. 평균 연령은 30대가 가장 많습니다. 직업교육기관 재학생이 대학 졸업 후에야 새로이 진로를 모색하기 위해 '제2의 면학'에 나서고 있는 것입니다. 아마도 이들이 고교 졸업 후 진로탐색을 위한 갭이어 제도가 정착돼 있어 이를 활용했더라면 대학 졸업 후에야 뒤늦게 '패자부활전(?)'에 나서는 시행착오를 범하지 않을 수 있지 않았을까 싶습니다.

주변에서 어려운 대학입시에 합격했다는 소식이 잇따르는 가운데 과연 이들이 진로를 제대로 선택했을까라고 묻고 싶은 생각이 굴뚝같습니다. 다행히 지난 2016년부터 시행중인 중학교 자유학기제에 따른 진로탐색프로그램이 진행되고 있습니다. 미리 진로를 이해하고 탐색하고 결정해나가는 교육이 더욱 활성화되었으면 좋겠습니다.

미래세대에게 언제까지
죽은 수학을 가르칠 것인가요?

수능에서 수학 문제를 보니 이건 좀 문제다 싶었습니다. 90분간 30문제는 너무나 많습니다. 아무리 수학적 재능이 있는 학생이라도 유형별 반복학습이 안 돼 있으면 주어진 시간에 문제를 다 풀 수가 없습니다. 창의적 특성이 있는 학생일수록 반복학습을 싫어합니다. 그런 아이들은 문제를 보고 생각을 하면서 풀게 되는데 반복 훈련이 덜 돼 있으면 속도가 느리고 계산실수가 생기게 마련입니다. 변별력을 위해 문제 수가 많을 수밖에 없다고 하지만, 생각할 겨를도 없이 기계적으로 문제를 풀어야 하는 이런 시험 방식은 분명 문제입니다.

생각 연습의 과정이어야 할 수학 교육은 현행 교육 과정에서 짧은 시간에 많은 문제를 풀어내는 기술로 변질됐습니다. 수학의 본질은 생각의 힘을 키워주는 것입니다. 짧은 시간에 답을 구하는 요령만 익히다 보면 본질을 놓치게 됩니다. 집합론의 창시자인 19세기 독일 수학자 게오르크 칸토아는 수학의 본질이 자유로움에 있다고 했습니다. 공식의 기계적 적용이 아니라 문제의 본질을 보고 해결방안을 찾는다는 뜻입니다. 문항수를 줄이고 서술형으로 가야 합니다.

2005년 노벨 물리학상 수상자인 독일의 테오도어 헨슈 교수는 천재성과는 인연이 먼 평범한 학생이었던 자신을 노벨상 수상자로 만든 것은 '호기심으로 하는 연구'였다고 했습니다. 호기심의 생산성과 대척점에 있는 게 반복 학습입니다. 같은 내용을 반복할수록 흥미는 급격하게 떨어지고 호기심은 어딘가로 사라져버립니다.

우리의 수능시험격인 프랑스의 바칼로레아는 전 과목이 서술형입니다. 시험 관리에 연간 우리 돈 1조원 이상 들어갑니다. 채점의 공정성을 확보하기 위해 방대한 채점 위원단을 구성하고 예상 유형별로 채점 기준을 정하는 일은 간단치 않습니다. 그래도 나폴레옹시대부터 시작된 바칼로레아는 200년의 전통을 이어오고 있습니다. 미국의 SAT 시험에서도 최근 서술형 문제를 늘려가며 인공지능 방식의 채점을 실험하고 있다고 합니다. 이런 방식의 도입까지 고려해서 채점 공정성의 문제를 돌파할 수 있는 가능성이 있습니다.

지난 2015년 한 가지 실험이 진행되었습니다. 서울의 한 고등학교 1학년 중간고사 수학문제와 프랑스 명문 고등학교 1학년 수학문제를 바꿔서 풀게 해봤습니다. 우리나라 학교 시험은 50분에 20문제를 푸는 선다형이었고, 프랑스 학교 시험은 두 시간에 다섯 문제의 서술형이었습니다.

우리나라 학생들은 풀이 과정을 쓰지 못한 채 답만 구하려고 했습니다. 다섯 문제 아래에 소항목들이 있어서 순차적으로 생각을 인도하여 결론에 다다르도록 돕는 역할을 하는데도 활용하지 못했습니다. 반면 프랑스 학생들은 선다형인데도 풀이과정을 써내려가면서 "평생 이렇게 많은 문제를 풀어 본적이 없다"고 고개를 저었습니다. 양쪽 모두 성적이 나쁠 수밖에 없었습니다. 이 실험 하나로 어떤 결론을 내리기는 어렵겠지만, 프랑스가 미국 다음으로 필즈상 수상자를 많이 배출한 반면 우리나라는 아직 한 명도 없다는 사실이 이런 교육 내용의 차이와 전혀 무관하지는 않을 것입니다. 2010년 필즈상 수상자인 세드리크 빌라니 교수는 프랑스 수학의 힘은 전적으로 교육제도와 전통에서 나온다고 했습니다.

핀란드는 전통을 중시하는 프랑스와는 대조적인 사례를 보여줍니다. 시대의 변화를 따라가며 분야 간 벽을 허무는 융합교육 쪽으로 강력한 교육개혁을 시도하고 있습니다. 핀란드 현지에서는 이를 '현상기반 학습'이라고 부릅니다. 자국 기업 노키아의 흥망 경험 때문인지 모르지만 변해야만 살아남는다는 각오가 뚜렷합니다. 가령 중학교 학생들에게 바다에 유조선이 좌초돼 기름이 쏟아진 상황을 주고 해결책을 찾아가게 합니다. 학생들은 유사한 사례를 찾기 위해 역사를 살피고, 기름 제거 방식과 약품을 찾기 위해 화학공부를 합니다. 또 유조선의 인양에 필요한 수학 공부를 하고 생태계의 복원을 위해 생물학도 공부합니다. 실험과 토론도 병행합니다. 이런 과정을 통해 학생들은 각 과목의 공부가 왜 필요한지 저절로 알게 되고 스스로 문제 해결 방식을 찾아가게 됩니다.

1980년대 이후 30여 년 동안 7차례의 교육과정 개편이 있었습니다. 그때마다 수학은 교과내용이 줄어들었습니다. 학생들이 어려워 하니 부담을 덜어 준다는 취지였습니다. 그런데도 수학 어지럼증은 오히려 늘어나고 있습니다. 수학시험을 안보고 대학 갈 수 있는 길도 더 넓어지고 있습니다. 왜 수학은 어렵게만 느껴질까요? 우선은 학생들에게 왜 수학을 배워야 하는지를 제대로 가르쳐주지 않기 때문입니다. 누가 왜 만들었는지에 대한 학문의 역사성과 어디에 쓰이는지에 대한 활용성이 빠져 있어서 생기는 문제입니다. 몇 년 지나면 다 잊어버릴 수학문제들을 왜 이렇게 열심히 가르치고 배워야 하느냐고 반문하는 사람들도 적지 않습니다. 문제들을 해결하면서 터득하는 논리적 사유의 방식에 집중해야 답이 보입니다.

학생들은 어떤 수학 개념의 탄생 배경이나 미래 세상의 역할은 모른 채 반복해서 문제나 풀어야 합니다. 빤한 내용을 끝없이 반복 학습하면서 실수하지 않는 게 중요한 덕목이 되면서 모험은 사치가 되고 말았습니다. 수학에 스토리를 더하고 의미의 생명력을 불어넣어야 합니다.

수학의 출발점은 유용성이었습니다. 원시시대에 사냥감의 수를 세며 수학은 시작됐고, 농사의 절기를 예측하며 정교해졌습니다. 페르시아 시장의 그 복잡한 다단계 물물교환이 수학 없이 어찌 가능했을까요? 그러나 고대 그리스에서 수학은 심미주의 색깔을 띠게 됩니다. 기하학적 비율은 미술과 건축의 핵심이 됐습니다. 플라톤은 기하학을 어디에 쓰느냐고 묻는 제자를 고귀한 것의 가치를 모르는 놈이라고 파문했습니다. 그러다 계몽주의 시대에 수학의 핵심가치는 다시 유용성이 되었다가 19세기 이후 다시 추상화됐습니다. 정보량 폭증의 21세기에 수학의 유용성이 다시 부각되는 건 아마도 변증법적 필연일 것입니다.

세상의 문제를 수학적 방식으로 접근하는 태도를 요즘은 산업수학이라고 부릅니다. 순수수학의 모든 영역을 활용해 다양한 세상 문제들을 해결해냅니다. 빅데이터로 당뇨병을 진단하는 데 위상수학이 돌파구를 만들었고, 인터넷 해킹에 맞서는 주요 무기는 정수론입니다. 기후변화 같은 규모와 복잡도가 너무 커서 수학의 눈으로 보지 않으면 해결 불가능한 문제들이 쏟아져 나오고 있습니다. 수학은 결코 지적 유희를 위한 학문이 아닙니다.

21세기는 지식과잉과 무한정보로 요약됩니다. 방대한 지식과 정보 속에서 우리에게 닥친 문제의 본질을 읽어내고 해결하는 능력이 요구되는 통찰의 시대가 온 것입니다. 지식을 수평적으로 나열하는 게 아니라 계층적으로 분류하는 능력이 통찰입니다. 총론과 그에 속한 각론을 여러 단계로 분류할 수 있으면 자기 앞에 닥친 문제의 본질을 이해하고 그 상위 가치와 하위 지식의 연계가 보입니다. 창의적 사고나 논리적 사고는 통찰력의 핵심 요소입니다. 교과내용을 줄이고 토론과 개별 활동을 통해 창의적 사고를 길러야 한다는 건 옳지 않습니다. 교과 과정은 생각의 재료입니다. 풍성한 재료가 빠진 토론은 겉만 맴도는 말장난이 되고 말 뿐입니다.

1957년 구소련이 인공위성 스푸트니크를 지구 궤도에 진입시키자 미국은 엄청난 충격에 빠져 국가개조 수준의 대응책을 추진합니다. 아이젠하워 대통령은 항공우주국(NASA)과 국방부고등연구계획국(DARPA)을 세우고 케네디 대통령은 교육과정의 대수술을 감행해 수학과 과학을 획기적으로 강화했습니다. 20세기 후반 미국의 국가경쟁력은 이러한 뉴프런티어 개혁에서 왔다고 해도 지나친 말이 아닙니다. 스푸트니크는 미국에 축복이었습니다.

2016년 3월 서울 한복판에서 알파고가 바둑의 최고수를 꺾는 엄청난 일이 벌어졌습니다. 이 충격을 우리는 한국판 스푸트니크의 축복으로 만들고 있을까요? 스마트폰 하나면 웬만한 지식은 즉각 얻을 수 있고 데이터만 있으면 기계가 학습할 수 있는 시대가 우리 눈앞에 펼쳐지고 있습니다. 지식전수형 교육은 수명을 다했습니다. 교육의 키워드는 맞춤형이 아니라 유연함이 되어야 합니다.

단조로운 교과내용을 반복하며 '실수 안하기 전문가'로 길러진 우리 아이들은 미래의 직장에서 난생 처음 보는 문제들의 해결을 요구받게 될 것입니다. 새로운 문제를 해결하는 훈련이 전혀 안된 무방비 상태에서 말입니다. 우리 아이들을 이렇게 미래세계로 내모는 것은 너무 무책임한 것 아닌가 싶습니다.

지금 초등학생의 절반 정도는 사회에 나왔을 때 현재 존재하지 않는 전혀 새로운 직업에 종사하게 될 것입니다. 이들이 어른이 되면 평생 다섯 번 일자리를 바꿀 것이라고 합니다. 직장에서 자신의 부서나 담당업무, 또는 직장 전체가 당장 없어진다고 해도 새로운 영역에서 전문성을 터득해 내는 능력을 갖추지 않으면 안 됩니다. 생각의 힘을 길러야 합니다. 앞으로 연기처럼 사라질 직업과 새로 생겨날 일자리의 종류와 수치에 대한 구체적 추산까지 나오고 있습니다. 이런 상황에서 미래 세대에게 언제까지 죽은 수학을 가르치고 있을까요? 더 늦기 전에 이제는 다양한 수학교육의 사례를 면밀히 검토해보고 미래지향적인 미래 세대를 위한 수학교육을 만들어가야 합니다. 그래야 저와 같이 중학교 1학년 때부터 수학을 포기하는 사람들이 나오지 않을 것입니다.

상상해야 살 수 있는 시대랍니다

대학, 기업, 정부 등 모든 분야에서 4차 산업혁명을 중요시하고 있습니다. 아직 4차 산업혁명이 생활 속으로 깊숙이 침투하지는 않았지만, 이는 4차 산업혁명을 앞서 준비할 필요가 있다는 반증일 것입니다. 그러나 현재 우리나라 교육 상황 전반을 보면 시대에 뒤떨어지는 환경이라는 것을 알 수 있습니다.

4차 산업혁명은 2016년 1월 20일 스위스 다보스에서 열린 '세계경제포럼'에서 처음 언급된 개념입니다. 전 세계 기업인, 정치인, 경제학자 등 전문가 2천여 명이 모여 세계가 맞닥뜨린 과제의 해법을 논하는 자리인 세계경제포럼에서 '과학기술' 분야가 주요 논제로 채택된 것은 처음이었습니다. 세계경제포럼은 '제4차 산업혁명'을 "3차 산업혁명을 기반으로 한

디지털과 바이오산업, 물리학 등의 경계를 융합하는 기술혁명"이라고 정의했습니다.

전문가들은 4차 산업혁명과 관련된 기술은 종전의 혁명과는 비교되지 않을 정도로 빠르고 범위가 넓을 것으로 예측합니다. 4차 산업혁명의 본질 자체가 '융합과 연결'이기 때문입니다. 다시 말해 특정한 분야에 국한되지 않고 끊임없이 새로운 가치를 창출해 내기 때문입니다. 특히, 4차 산업혁명으로 각국 산업은 '파괴적 기술'에 의해 기존의 시스템이 대대적으로 개편될 것으로 예견됩니다. 인공지능, 자율주행자동차, 유전공학 등 기존의 시스템을 붕괴시키고 새로운 시스템을 만들어낼 정도의 위력을 가진 '혁신'이 우리에게 다가오고 있습니다. 이러한 4차 산업혁명의 파도를 파악하면 시대 위에 설 수 있지만, 파도에 휩쓸리면 일자리를 다른 국가나 기업에 빼앗길 수밖에 없습니다. 재능과 기술을 가진 사람과 이를 적극적으로 발굴하고 창조하는 나라는 고속 성장할 수 있지만, 그렇지 못한 나라나 기업은 낙오되고 맙니다.

그렇다면 우리나라는 4차 산업혁명의 움직임 속에서 올바른 교육을 행하고 있는가요? 그렇지 않습니다. 우리나라의 교육시스템은 여전히 암기형 인재를 육성하는 데 초점이 맞춰져 있습니다. 수능시험을 예로 들어봅시다. 대표적 암기 과목인 사회와 과학뿐만 아니라 수학과 영어 과목까지 모조리 외워야 합니다. 사법고시와 행정고시, 의사고시 등에 합격하기 위해서는 관련 서적을 달달 암기하는 수밖에 없습니다. 더 이상 암기라는 능력이 무의미할 뿐만 아니라 소용이 없는데도, 여전히 우리 사회는 암기만 잘하는 인재를 만들어 내는 실정입니다.

4차 산업혁명 시대를 맞이하는 자세를 이세돌과 알파고의 대국에서 찾아 볼 수 있습니다. 이세돌은 네 번째 대국에서 알파고도 예상하지 못한 78수를 두어 승리를 거뒀지만, 승리는 한 번뿐이었습니다. 애초에 예상했던 결과와는 정반대인 참패를 당했습니다. 그러나 우리는 여기서 앞으로 취해야 할 자세를 배웠습니다. 다가올 4차 산업혁명에 있어서 중요한 것은 알파고처럼 그간의 대국 과정을 달달 외우는 것이 아니라, 누구도 예상치 못한 상상력을 펼쳐야 한다는 것입니다. 바둑의 역사와 대국을 '암기'했던 알파고도 인간의, 이세돌의 '상상력'은 예상하지 못해 패배를 맛봐야 했습니다.

4차 산업혁명은 피해 갈 수 없는 시대의 흐름입니다. 이에 도태되지 않고 앞장서기 위해서는 올바른 교육이 밑바탕 돼야 합니다. 우리는 이세돌과 알파고의 대국을 지켜봤고, 다보스 포럼의 예측을 들었고, 우리들의 삶 속으로 점점 기계들이 자리매김하고 있음을 압니다.

경제학자 요셉 슘페터는 약 1세기 전에 이런 말을 했습니다. "우편 마차는 여러 대 연결해도 결코 기차가 될 수 없습니다." 혁신의 본질을 말하고 있습니다. 마차를 개량해 속도가 빨라졌다고 해도 그것은 근본적으로 진화가 아닙니다. 인공지능은 속도를 높일 수 있지만, 기차를 만들 상상력을 갖고 있지는 않습니다. 상상력을 지닌 채 진화하는 존재가 바로 사람입니다. 사람이 더욱 사람답게 살기 위해서는 앞서 이야기한 상상력을 근본으로 해야 할 것입니다.

4차 산업혁명 시대를 지혜롭고 즐겁게 살아갈 수 있도록 학교교육과정을 탄력적으로 운용하는 방안을 찾아나가야 합니다. 배움과 삶이 유기적 일체를 이루도록 하는 참학력을 신장하는 일에 교육의 모든 역량을 집중해야 합니다. 다가오는 4차 산업혁명시대에는 전국의 학생이 동일한 문제를 암기하여 줄 세우는 교육이 아니라 한 명, 한 명의 장점과 특성을 찾아 이에 맞는 역량을 키워가는 맞춤형 지원이 필요합니다. 이를 위해 '한 아이도 놓고 가지 않는 촘촘한 기초학력지원'을 통해 다각적으로 기초학력을 챙겨야하며, 단순한 지식암기를 넘어서 생각할 수 있는 힘을 기르는 역량 중심의 참학력을 키우도록 지원해야 합니다. 단위학교의 기초학력 책임제를 강화하고 학교별 기초학력협의체를 구성해 충분한 진단활동으로 특성에 맞는 기초학력 지원해야 합니다.

최근 4차 산업혁명 시대, 알파고, 인공지능 등의 키워드가 자주 언급되고 있는데 시대가 아무리 발전해도 침범할 수 없는 영역은 '인간의 따뜻한 마음'입니다. 우리의 아이들이 더불어 사는 즐거움을 알고, 주체적으로 자신이 무엇을 추구하며 살아가야 할 지 생각할 수 있는 힘을 길러주어야 합니다. 삶 속에서 민주주의 가치를 익히고 실천하는 교육, 학생과 학부모와 교직원 등의 권리와 참여를 보장하는 교육, 더불어 살아가는 공동체 교육이 더욱 절실한 때입니다. 배움의 즐거움이 살아있고, 질문을 있는 교실을 만들기 위한 정책을 지속적으로 추진해야 합니다. 교육철학자 존 듀이의 말을 되새겨봅니다. "오늘의 아이들을 어제처럼 가르치면 아이들의 미래를 빼앗는 것입니다."

새로운 시대에 따른 교육적 의미

오늘 우리가 경험하는 시대적 전환은 단순한 시간적 흐름에 따른 전환이 아닙니다. 이미 우리가 현실적으로 경험해 왔듯이 삶의 여러 부문에 많은 변화를 요청하고 있습니다. 이러한 변화는 '문명사적 전환'이라고까지 말할 수 있는 정도로 엄청난 것으로 급격하고 총체적인 변화의 징후를 보이고 있습니다. 이러한 변화는 우리가 거부할 수 있는 것도 아니고 회피할 수 있는 것도 아닙니다. 이 변화는 재앙을 안기기만 하는 것도 아니고 행복을 보장해 주는 것도 아닙니다. 또한 우리의 의지와 노력이 아무런 의미를 지니지 못하는 불가항력적인 운명과 같은 것도 아닙니다. 두려움에 사로잡힐 수는 없습니다. 오늘 우리는 이를 바르게 인식하면서 주어진 삶의 방향을 점검하고 창조적인 삶의 몫을 구축해 나가야 합니다.

새로운 시대, 즉 미래 사회를 가리켜 흔히 '지식기반사회'라고 일컫고 있습니다. 이미 그 구체적 징후들을 우리는 적지 않게 경험하고 있습니다. 지식기반사회란 지식을 생산하고, 교환하고, 가공하고, 활용하는 과정에서 발생하는 사회적 가치에 우리의 삶이 크게 의존하는 그러한 사회를 말합니다. 이런 사회는 지식이 자본이나 자원과 같이 생산적 요소가 되며, 가치 창출의 과정에서 몸을 쓰는 일보다 머리를 쓰는 일이 더욱 큰 비중을 차지하는 사회를 말합니다. 이는 정보산업과 생명산업 등의 새로운 영역의 발달만이 아니라 과학과 기술과 생산의 여러 영역에서 진행되는 급격한 전환을 말합니다.

이런 변화는 우리 생활의 구조와 내용을 지속적으로 경신해 나갈 것이고, 사람들로 하여금 끝없이 자신이 지닌 지식과 능력을 새롭게 하기 위한 학습을 요구할 것입니다. 이때의 지식은 정보나 이론, 기술이나 능력 등과 같이 낱낱으로 획득하고 소유하는 것이 아닙니다. 체질화되고 인격화된 태도, 의식, 신념, 사회성, 감성, 가치관 등의 인성적 구조를 포함하는 의미합니다. 지식기반사회는 결국 교육으로 일구어 가는 사회일 수밖에 없습니다. 그러니 교육은 정치나 경제나 문화의 변방에 위치한 보조적 제도가 아니라, 개인의 생활에서나 국가의 운영에서나 모든 가치와 모든 힘을 창조하는 원천의 위치에 있음을 더욱 확실히 할 것입니다. 이제 교육은 전통적인 학교의 교육을 의미하는 것으로 한정될 수 없습니다.

교육은 우리의 삶 어디에나 중요하게 다뤄지고 요구됩니다. "요람에서 무덤"까지 누구에게나 성장의 과제가 남아 있는 한, 교육을 필요로 합니다. 이를 가리켜서, '평생학습사회'라고 말합니다. 이제 교육을 학교교육을 넘어 일평생 성장과 성숙과 변화에 관여하는 것입니다. 교육의 필요를 충족시키는 제도적 조건은 모든 사람에게 주어져 있습니다. 교육은 이제 개인의 성장을 위한 제도만이 아니라, 국가의 역량을 생산하는 기반의 의미를 지니기도 합니다.

교육은 사회국가적인 의미에서 볼 때, 인적자원의 개발과 분리시켜 생각할 수 없습니다. 이제 교육은 전통적인 개념에 더해서 인적자원개발의 영역을 융합하는 것으로 이해되기도 합니다. 인적자원이란 사람이 자원이 된다는 뜻입니다. 사람이 자원이란 말은 사람이 지닌 지식, 능력, 기술, 태도, 신념, 가치관 등의 인성적 요소도 자원의 의미를 지닌다는 것입니다. 이러한 인적자원의 개발은 전통적인 학교중심적 교육의 개념이 생활의 전 영역으로 침투됨을 의미합니다.

앞에서 말한 바와 같이 다가올 미래는 과거와 비교할 수 없을 정도로 변화의 속도가 빠르고, 충격도 클 것입니다. 예측도 어렵습니다. 지금까진 지식을 얼마나 빨리 습득하고 적용할 수 있느냐가 인재의 기준이었습니다. 지금까지의 교육은 입시위주였습니다. 이는 급속히 경제개발을 하려니 어쩔 수 없기도 했습니다. 그러나 이제는 이걸로는 안 됩니다. 자신의 관심 분야에 집중하고, 참신한 아이디어로 새로운 것에 도전할 줄 아는 사람으로 인재상으로 변할 것입니다. 미래에 대비하고 위기를 극복하려면 창의융합형 혁신인재를 키우는 게 무엇보다 중요합니다. 우리는 세계의 어느 문화권에서도 보기 드문 높은 교육열을 지니고 있습니다. 그러나 지나치면 모자람만 못하다는 말처럼 지나친 교육열은 입시과열과 불필요한 비인간적인 경쟁심을 유발하기도 합니다. 이제는 지나친 입시과열과 경쟁에서 벗어나 더불어 함께 살아갈 줄 아는 열린 지성과 감성으로 미래지향적인 인재를 양성하는데 마음을 모으고 지혜를 모아야 합니다. 교육문제는 교육전문가나 교육당국이나 교육자들만이 고민하고 해결해야하는 것이 아닙니다. 우리 모두의 문제입니다.

지혜로운 농부는 아무리 힘들고 어려워도 종자(種子)를 먹거나 팔지는 않습니다. 종자는 미래이고, 희망이기 때문입니다. 교육은 미래이고 희망입니다. 더 늦기 전에 오늘 우리의 교육을 살펴보고 미래지향적인 교육을 만들어가야 합니다. 이를 위해 대학수학능력시험을 개편해야 합니다. 대학입시정책을 제대로 개선하면 고등학교 교육 정상화를 구축해 나갈 수 있습니다. 고등학교 교육정상화를 위한 방안으로 서구처럼 무학년제나 고교학점제 도입도 하나의 방법일 것입니다. 교육혁신을 위한 제도도 중요하지만 무엇보다 교사들의 자발적 참여가 중요합니다. 능력 있는 교사들이 교장이 될 수 있도록 교장공모제를 확대하는 것도 좋겠습니다.

협력과 창의성이 요청되는 시대랍니다

미래사회는 과거처럼 소수의 지도자들이 만들어가는 사회가 아니라, 개개인의 창의적인 지혜와 경험이 융합된 집단지성사회라는 새로운 문화로의 변화가 이루어진 사회일 것입니다. 즉, 혼자 힘으로는 살아갈 수 없는, 다른 사람과의 협력에 의해 살아가야만 하는 시대가 될 것입니다. 흔히, 현대를 '무한경쟁 시대'라고 말합니다. 그런데 경쟁이라는 단어의 의미를 잘못 이해하고 사용하는 경우가 많습니다. 경쟁(competition)이라는 단어는 '만나다, 합치다'라는 의미의 라틴어가 그 어원(語原)입니다. 경쟁의 어원에는 다른 사람을 패배시킴으로써 이긴다는 의미가 들어 있지 않습니다. 어원적 의미의 경쟁은 다른 사람을 이기는 것이 아니라, 함께 노력하여 새롭고 창의적인 무엇을 창출한다는 것입니다.

경쟁한다는 것은 협력을 통해 최선을 추구한다는 의미입니다. 협력을 하려면 소통이 전제되어야 합니다. 우리는 자신과의 소통, 타인과의 소통, 과거와의 소통, 우리가 알지 못하는 다른 문화와 소통 등 다차원적인 소통을 통해, 자신과 주변 세계에 대한 성찰의 폭을 넓힐 수 있습니다. 소통은 과학기술 발전에 치중하다보니 잊고 있었던, 보이지 않는 정신적인 가치의 소중함을 깨닫게 해줍니다. 오늘날 대두되고 있는 인문학적인 소양과 인성의 문제는 협력과 소통을 통해 자연스럽게 해결될 수 있을 것입니다.

자신과의 소통, 타인과의 소통, 세상과의 소통은 의문, 질문에서 시작됩니다. 데카르트의 명제 "나는 생각한다. 고로 나는 존재한다."는 소통의 출발점을 생각하는 나에 두고 있다는 의미일 것입니다. 생각은 나와 주변 모두에 대한 해석으로 확장되고, 해석은 끊임없는 의문과 질문에 대한 대답에 의해 이루어집니다. 해석하는 능력을 키우기 위해서는, 무엇보다 좋은 질문을 던지는 능력을 키워야 합니다.

최근 창의적 발상 기법 중 하나인 스캠퍼(SCAMPER) 기법이 각광받고 있기도 합니다. 스캠퍼(SCAMPER)란 아이디어를 창출하고자하는 체크리스트 입니다. 브레인스토밍 기법을 창안한 오스본(Alex Osborn)의 체크리스트를 에이벌(Bob Eberle)이란 사람이 약자로 재구성하고 발전시킨 것입니다. 이 스캠퍼 기법은 아이디어와 상상력을 자극하는 대표적인 체크리스트 중의 하나로 그 내용이 외우기 쉽고 아이디어 창출에 많은 도움을 주기 때문에 아이디어 발상 관련 교육에 널리 사용되고 있습니다. 그래서 누구나 학교, 직장, 세미나, 워크숍 등에서 한 번 이상 들어 보고 여러 예제를 가지고 연습도 해 본 기억이 있을 것입니다.

창의적으로 사고하는 학생은 스스로 발견하는 것에 더 많은 관심을 가지며, 새로운 아이디어와 도전에 개방적이고, 문제를 더 잘 해결하며, 동료와 협력을 더 잘하고, 효과적으로 학습하며, 자신의 학습에 대해 책임의식을 가지게 됩니다. 창의성 교육을 통해 창의적 사고 능력과 기술을 향상시킬 수 있는데 이러한 창의성 교육에서 필요한 창의적 사고 기법으로 스캠퍼 기법이 학교에서 최근에 많이 활용되고, 연구되고 있습니다. 스캠퍼 (SCAMPER)기법은 7가지의 영어 앞 철자를 따서 말합니다.

S : 대체하기(Substitute) 기존 시각과는 다른 시각으로 생각을 유발하기 위해 기존의 것을 다른 것으로 대체하면 어떻게 될지에 대한 질문으로 다른 무엇으로 '다른 누가', '다른 성분 이라면', 등과 같은 것으로 해석할 수 있다. 예) '나무젓가락'은 '젓가락'의 재질을 나무로 대체해 새롭게 만들어 진 것입니다.

C : 결합(Combine) 두 가지 이상의 것들을 결합해 새로운 것을 유발하기 위한 질문으로 '새로운 무엇과 결합시키면', 등과 같은 것입니다. 예) 복합기는 '복사'와 '팩스' 그리고 '스캔' 등의 기능이 결합된 것입니다.

A : 응용(Adapt) 어떤 것을 다른 분야의 조건이나 목적에 맞게 응용해 볼 수 있도록 생각을 우발하는 질문으로 '이것과 비슷한 것은', '이것과 다른 것이 어떻게 적용될 수 있나', '과거의 것과 비슷한 것은' 등과 같은 것입니다. 예) '벨크로아(일명 찍찍이)'는 식물의 씨앗이(우엉씨) 옷에 붙는 원리를 응용한 것입니다.

M : 변형(Modify), 확대(Magnify), 축소(Minify) 어떤 것의 특성이나 모양

등을 변형하고나 확대 또는 축소하여 새로운 것을 생성할 수 있도록 하는 질문입니다. 예) '아이패드', '갤럭시 탭'은 컴퓨터와 노트북을 간소화해 휴대하기 쉽게 만들어진 것입니다.

P : 다르게 활용하기(Put to other uses) 다른 용도로 사용될 가능성을 생각하도록 하는 질문으로 '다른 사용용도는'과 같은 것입니다. 예) '열차', '유람선'을 이용해 음식점을 만들어 사용할 수 있습니다.

E : 제거(Eliminate) 어떤 것의 일부분을 제거해 봄으로써 새로운 것을 생성해낼 수 있도록 하는 질문으로 '이것을 제거해 버리면', '없어도 할 수 있는 것은', '수를 줄이면', 등과 같은 것입니다. 예) 자동차 지붕을 제거해서 만든 '컨버터블(오픈카)'이 있습니다.

R : 뒤집기(Reverse), 재배열(Rearrange) 주어진 것의 순서나 모양 등을 거꾸로 해 보거나 다시 배열해 보도록 하여 새로운 것을 생성해 내도록 하는 질문으로 '거꾸로 하면', '역할을 바꾸면', '순서를 바꾸면', '원인과 결과를 바꾸면' 등이 있습니다. 예) 마요네즈 용기의 경우 위에서 퍼내는 사고에서 벗어나 바닥과 뚜껑을 뒤집어 마요네즈의 양을 조절하기 쉽고 양이 적어져도 잘 나올 수 있게 만든 것입니다.

스캠퍼(scamper)란 단어의 뜻을 찾아보면 동사로는 '빨리 달리다. 뛰어다니다', 명사로는 '뛰어다니기'란 의미가 있습니다. 걸어만 다니던 사람이 처음부터 막 뛰어다니려면 얼마나 힘이 들겠습니까? 기어만 다니던 사람이 바로 뛰어다닐 수 있을까요? 창의적 사고를 하기 위해서는 꾸준한 연습이 필요합니다. 스캠퍼는 창의적인 사고를 하는 하나의 좋은 도구가 될 수 있을 것입니다.

이처럼 그저 수동적으로 이해하고 받아 적는 식의 시대는 지났습니다. 의문을 품고 질문하는 능력이 중요합니다. 좋은 질문을 할 줄 아는 사람은 세상의 모든 부분에서 '왜?'라는 의문과 질문을 찾아낼 줄 아는 사람입니다. 케빈 켈리의 말입니다. "앞으로는 '교육 받은 사람'의 의미가 '질문하는 법을 훈련 받은 사람'을 뜻하는 말이 될 것입니다." 인터넷, 스마트폰, 인공지능 등의 상용화로 인해서, 미래사회는 학교에서 가르치는 정보들은 힘들게 외울 필요가 없는 시대가 될 것입니다. 4차 산업혁명 시대를 이끌어 갈 창의적 인재는 많은 지식과 정보를 가진 사람이 아니라, 늘 호기심을 갖고 끊임없이 질문하고 협력할 수 있는 능력을 갖춘 사람일 것입니다. 이런 교육과 시대의 변화는 새로운 발상의 전환을 요구합니다. 수동적인 자세가 아니라, 묻고 답을 찾아나가는 적극적인 자세야말로 오늘 우리 시대를 살아가는 바른 자세일 것입니다.

'질문'의 사전적 정의는 '알고자 하는 바를 얻기 위해 물음'입니다. 그러나 고요한 교실이나 강의실 등에서 손을 들고 질문을 던지는 일은 큰 용기가 필요합니다. 질문이란 본래 '모르는 것'을 묻는 행위임에도 혹시 '틀린 질문'을 할까 두렵기 때문입니다. 질문에는 맞고 틀림이 없는데도 말입니다. 질문을 하지 않는 이유는 다양합니다. 질문 때문에 늘어지는 시간이 걱정되거나, 혹은 질문하는 것 자체가 어색해서일 수도 있습니다. 그러나 '질문'은 삶을 살아가는 데 있어 큰 역할을 합니다. 서로 안부를 나눌 때 "어떻게 지내세요?"라고 묻는 것 같은 관심의 표현도 바로 '질문'입니다. '질문'을 풍성하게 채워나갈 때 '세상을 바꾼 질문'들처럼 다양한 각도에서 우리 삶의 참의미를 찾을 수 있을 것입니다. 우리 교육에서 질문하기가 자연스럽고 활발해지면 좋겠습니다.

4차 산업혁명 시대, 밝은 눈으로 미래를

2017년 초부터 봇물 터지듯 4차 산업혁명에 대한 논의가 진행되고 있습니다. 2016년 이세돌 국수와 인공지능 알파고의 바둑 대결이 준 충격을 생각하면 시기를 놓친 듯한 안타까움(晩時之歎)을 금할 수 없습니다. 그 바둑 대결은 잘 활용했다면 사회적으로 4차 산업혁명에 대한 논의를 촉발할 수 있었습니다. 그 논의를 바탕으로 사회적으로는 분위기를 일신(一新)하고 개인적으로는 변화에 대응하는 자세를 갖추도록 추동하는 기회가 될 수 있었습니다. 그런 점에서 한국 사회에 내린 일종의 축복이었습니다. 그러나 우리의 논의는 4차 산업혁명 시대를 주도하는 나라에 비해서 우리 산업이 어떤 수준에 있는가, 어떤 산업에 얼마나 지원하여야 하는가 하는 문제에 집중했을 뿐 그 변화의 폭과 깊이에 대한 논의로 나아가지 못했었습니다. 그렇다면 4차 산업혁명이란 무엇일까요? 1차 산업혁명은 생산에 기계를 도입한 것이었습니다. 2차는 전기에너지를 바탕으로 대량생산체제를 구축한 것이었습니다. 이 혁명들은 우리의 감각으로 포착할 수 있는 것이었기에 현실 세계의 혁명이라고 말할 수 있을 것입니다. 3차는 컴퓨터와 인터넷이라는 가상 세계의 구축을 통한 정보의 축적과 생산 공정의 자동화가 그 내용이었습니다. 3차의 특징은 1·2차와 달리 감각으로 포착할 수 없는 가상공간의 형성에 있다고 할 수 있습니다. 4차는 3차에서 구축된 가상 세계의 기반 위에 축적되는 정보를 현실화하는 것을 의미합니다. 즉, ICT 기반의 가상세계와 물리적인 세계의 결합을 말합니다.

4차 산업혁명을 논할 때 가장 빈번하게 언급되는 것이 인공지능, 로봇, 사물인터넷, 생명공학입니다. 모두 하나 같이 인간의 삶을 근본적으로 바꾸어 놓을 것들입니다. 이미 산업화된 음성인식기술은 인간으로 하여금 굳이 손을 사용하지 않아도 기계를 조작할 수 있게 해주었습니다. 빅데이터를 바탕으로 강화 학습한 인공지능은 교육을 보조하며 환자를 진단하는 데 투입되고 있습니다. 인공지능과 로봇의 결합은 머지않은 장래에 인간이 인간의 언어를 이해하고 인간의 요청에 언어로 답하는 기계와 공존하게 될 것임을 예고하고 있습니다. 기계가 언어를 이해한다는 것은 조만간 언어를 통한 사고의 단계로 발전할 수도 있을 것이란 예상을 가능하게 합니다. 인간의 언어를 이해하는 기계의 출현은 인간으로 하여금 인간과 공동체에 대해 새로운 정의를 내릴 것을 요구할 만큼 기존의 관념을 송두리째 뒤집어 놓은 일입니다.

이제 인간은 기계가 얼마나 인간의 능력에 근접하는가가 아니라, 인간이 기계의 능력을 따라가고 있는가를 물어야 할지도 모릅니다. 인간의 몸과 기계의 결합도 불가능한 꿈은 아닙니다. 진화하는 인공지능과 로봇 기술은 또한 노동을 전혀 새로운 각도에서 바라보게 만들 것입니다. 이미 2016년 세계경제포럼은 인공지능 등이 인간의 노동을 대체하여 2020년이 되면 주요 15개국에서 710만 개의 일자리가 사라질 것이라고 예측한 바 있습니다. 2017년 초에 한국고용정보원은 인공지능과 로봇의 대체 확률이 높은 직업군을 발표한 바 있습니다. 이외에도 여러 기관이 다양한 분야에서 인공지능 등이 인간을 대체할 것이라는 보고서를 냈습니다. 이 보고서들은 또한 개발도상국에서 일자리가 더 빠르게 사라질 것이라는 점도 예측도 싣고 있습니다. 그 반면 새로운 일자리가 얼마나 창출될 지에 대해서는 막연한 예측만이 존재할 뿐입니다.

1차 산업혁명 때처럼 인간은 분명 새로운 일자리를 창출할 것이지만 새로운 일자리가 없어지는 일자리만큼 생겨날 것인지에 대해서는 누구도 자신 있게 답하지 못합니다. 상기한 예측에서 세계경제포럼은 새로 생겨날 일자리를 200만 개 정도로 보고 있습니다. 이러한 예측이 맞는다면 상기했듯 노동은 새로운 가치로 인간에게 다가 올 것입니다. 즉, 노동에 접근할 수 있는 사람과 그렇지 않은 사람 사이에 커다란 사회적 간격이 생길 가능성이 있습니다. 이러한 가능성은 당연히 사회적 분배를 비롯하여 이 사회적 간격을 어떻게 관리할 것인가에 대해서도 미리 논의할 것을 요구합니다. 기술의 진보는 또한 직업의 생성 소멸 주기를 대단히 단축시켜 지금 청소년들이 직업세계에 진입할 때쯤 그들은 평생 최소 일곱 번 이상 새로운 직업에 종사하게 될 것입니다. 이는 그들이 새로운 직업에 적응하기 위해 늘 학습해야 한다는, 즉 평생 학습의 시대에 진입한다는 것을 의미합니다.

4차 산업혁명의 또 다른 특징은 후발 국가들이 선도국가들을 쫓아가기가 대단히 어려울 지도 모른다는 것입니다. 3차 산업혁명까지 후발 국가들은 자원을 잘 조직하고 활용하여 선도국가들을 어느 정도 따라 갈 수 있었습니다. 이 때 가장 중요한 요소가 저렴한 생산 비용이었고, 기술은 특허가 있기는 하였지만 범용지식에 기초한 것이었기에 추격이 가능했습니다. 우리나라와 대만, 싱가포르의 성공은 이러한 방식의 성공사례입니다. 하지만 4차 산업혁명 시대 로봇이 단순노동을 대체하는 상황에서 저렴한 노동력은 더 이상 강점이 되지 못합니다. 성공의 요소는 과학과 기술의 수준이 될 것이기 때문입니다. 그렇다면 현재 우리나라는 어느 수준일까요? 2016년 스위스 UBS은행이 발표한 각국의 4차 산업혁명 적응도에서 우리나라는 세계 25위로 평가되고 있습니다. 그 평가가 정당한 것인지에 대해 논란의 여지가 있지만, 굳이 그 순위를 두고 시비(是非)를 가르는데 힘을 소모하기보다 그 평가를 겸허히 수용하여 발전의 원동력으로 활용하는 것이 보다 유용할 것입니다.

사실 우리나라의 발전 전략에 대한 경종(警鐘)은 이미 오래 전에 울렸습니다. 빠른 추격을 통한 발전전략이 수명을 다하였으므로 선도자(first mover)가 되어야 한다는 지적이 그것입니다. 빠른 추격자는 이미 다른 이가 간 길을 가기 때문에 실패로부터 비교적 안전합니다. 하지만 선도자는 새 길을 열어야 하므로 늘 실패의 위험에 직면해 있습니다. 따라서 그 위험에 정면으로 맞서려는 모험심과 용기가 없으면 결단코 선도적 위치에 오르지 못할 것입니다. 하지만 선도적 위치에 오르면 그로부터 수확하는 과실의 크기는 추격자의 과실에 비할 바가 아닙니다. 결국 우리나라가 갈 길은 분명합니다.

새로운 시대는 새로운 기준과 체제를 요구합니다. 이 새로운 기준과 체제는 다차원적인 접근을 요구합니다. 정치와 교육을 비롯한 국가 체제, 기업의 조직 그리고 개인적인 삶의 정비가 그것입니다. 우리나라가 국가 차원에서 시급히 정비해야 할 것은 교육체제입니다. 결국 인적자원이 그 무엇보다도 성패를 가를 것이기 때문입니다. 개인의 경우 어떤 능력을 배양해야 할 것인가요? 세계경제포럼은 2016년 다음과 같은 열 가지 능력을 4차 산업혁명 시대에 필수능력으로 평가했습니다. 문제해결력(problem solving), 비판적 사고(critical thinking), 창의성(creativity), 인간관리(people management), 타자와의 조화(coordinating with others), 감성지능(emotional intelligence), 판단과 의사결정력(judgement and decision making), 봉사정신(service orientation), 협상력(negotiation), 인지적인 유연성(cognitive flexibility)이 그것입니다. 그러나 자세히 따지고 보면 문제해결력과 비판적인 사고는 창의성의 바탕이며, 타자와의 조화, 감성지능, 판단과 의사결정력, 봉사정신, 협상력은 인간 관리의 기본입니다. 인간 관리를 위해서는 감성 지능을 바탕으로 한 공감과 협력 그리고 협상력이 무엇보다 중요합니다.

이러한 능력을 어떻게 배양할까요? 사회 각 구성체, 특히 교육기관은 역량배양 중심으로 교육을 개편하는 등의 노력을 해야 하겠지만, 개인들로서는 능력 배양에 앞서 새로운 습관을 몸에 익히는 것이 필요합니다. 따지는 마음을 키우고, 스스로 생각하고 사고의 폭을 넓혀나가야 합니다. 맹자가 말한 사단론(四端論)에 나오듯이 따지는 마음인 시비지심(是非之心)은 앎의 기본입니다. 이 자세야 말로 문제의 본질에 접근하는 길입니다. 문제의 본질에 접근해야 해결책을 구할 수 있습니다. 또한 남의 생각이나 의견을 막연히 수용하는 소극적인 자세에서 탈피하여 주체적으로 사고하되 폭넓게 사고하는 습관을 길러야 합니다. 오늘날 세상의 모든 문제는 한 사람의 개인, 또는 하나의 사회, 한 국가에 국한하여 발생하지 않습니다. 그러므로 그 해결책 또한 다양한 이해당사자가 참여한 가운데 구해야 합니다. 황사, 지구 온난화, 미세먼지에서 보듯 환경문제는 어느 한 나라가 해결할 수 없습니다. 구제역 처리 문제도 마찬가지입니다. 이때 자기 사고에 책임을 지는 자세의 확립도 중요합니다.

타인의 입장에서 생각하는 습관을 기르는 것도 중요합니다. 타인의 입장에서 사고하면서 자신의 사고의 틀에 집착하지 않아야 객관성을 획득할 수 있으며 타인의 공감을 얻을 수 있습니다. 이를 위해서 소통의 방식으로 듣기 능력을 길러야 합니다. 자신의 이야기를 개진하기 이전에 타인의 이야기에 먼저 귀 기울이는 자세를 확립하는 것이 필요합니다. 타인과 적극적으로 대화, 소통하고 협력하는 가운데 다양한 의견이 개진되고 그 다양함 가운데 통일성을 구할 때 비로소 조화를 이룰 수 있습니다.

4차 산업혁명이 인간의 삶에 미칠 영향은 이전의 산업혁명이 미친 영향에 비해 대단히 크고, 광범하며, 일정한 면에서 근본적입니다. 그 근본적 변화의 가능성을 직시하며 유럽의회는 인공지능과 로봇 기술의 발전을 일정하게 통제하기 위해 로봇에게 전자 인격이라는 법적 지위를 부여하며 로봇이 인간에게 봉사하도록 만들어야 한다는 결의를 채택하였습니다. 미래를 걱정하는 과학자들은 미국의 아실로마에서 살인 로봇의 개발을 금지하며 신기술에 의한 과실을 골고루 분배할 것을 요구하는 등 23개 조항의 로봇 개발 원칙에 서명하였습니다. 이러한 움직임은 결국 인간이 변화의 주체임을 선언한 것이라고 평가할 수 있을 것입니다. 언제나 앞서서 가는 길을 여는 것은 설레기도 하지만 두려운 일입니다. 하지만 능동적이고 적극적인 자세를 견지하며 길을 찾아 나설 때 미지의 길이 열리고 방향이 잡힐 것입니다. 4차 산업혁명이라는 길을 열어가는 것도 이와 마찬가지입니다. 변화를 능동적이고 적극적으로 수용하며 대비할 때, 미래는 밝게 다가 올 것입니다. 두려움을 거둬내고 4차 산업혁명 시대에 필요한 역량을 갖추어 적극적으로 길을 열어 가야 할 때입니다.

분명 다가올 몇 십 년 동안 우리는 유전공학, 인공지능, 나노기술을 이용해 천국 또는 지옥을 건설할 수 있을 것입니다. 현명한 선택이 가져올 혜택은 어마어마한 반면, 현명하지 못한 결정의 대가는 인류 자체를 소멸에 이르게 할 것입니다. 현명한 선택을 하느냐 마느냐는 우리에게 달려 있습니다. 그렇습니다. 4차 산업혁명 시대라는 전혀 새로운 세계가 펼쳐지고 있습니다. 앞으로 20~30년 뒤 어떤 세계가 펼쳐질지 예측조차하기 어렵습니다. 인간이 만든 기계가 신이 되어 천국도 만들고 지옥도 만들지도 모릅니다. 그럼에도 중심은 '사람'이어야 합니다. 구비구비마다 현명한 선택을 하는 '현명한 사람'이어야 합니다.

새로운 시대에 따른 새로운 진로준비교육

　신한은행은 2018년 들어 시작한 희망퇴직 대상 나이를 만 40세인 78년 생까지로 확 낮췄습니다. 농협은행도 2017년말 만 40세부터 희망퇴직을 실시해 534명이 회사를 그만뒀습니다. 창구를 찾을 필요가 없는 모바일 거래가 크게 확산하면서 인력감축이 시작된 겁니다. 2017년 스마트폰 뱅킹 이용 금액이 11.2% 늘어날 동안 은행 영업점은 4.4%인 264곳이나 문을 닫았습니다. 펀드나 파생상품조차도 모바일에서 가입 가능한 세상입니다. 여기에 대형은행들은 가입자 수가 5백만 명에 육박한 인터넷 전문은행의 도전을 받고 있습니다. 창구 인력을 줄이고 대신 IT 인력을 더 뽑아 직원 구성을 빠르게 재편하고 있는 이유입니다. 인력 재수급은 비용 구조 합리 화라는 측면에서 시장에서도 긍정적으로 평가하기 때문에 장기적으로 이런 추세는 지속할 것으로 보입니다. 은행권의 이런 현상은 4차 산업혁명의 기류가 몰아치는 유통과 제조업 등 다른 분야로도 확산할 것으로 보여 일자리와 내수 경제에 부담스러운 변수로 떠오르고 있습니다.

한국고용정보원(한고원)은 195개 대표 직업의 10년간(2016~2025년) 일자리 전망을 수록한 '2017 한국직업전망'을 2017년 11월 24일 발간했습니다. 한고원은 향후 직업세계에서 나타날 7대 변화 트렌드로 4차 산업혁명 선도 기술직의 고용증가, 4차 산업혁명으로 핵심인재 중심의 인력재편 가속화, 기계화·자동화로 대체가능한 직업의 고용감소, 고령화·저출산 등으로 의료·복지 직업의 고용증가, 경제성장과 글로벌화에 따른 사업서비스 전문직의 고용증가, 안전의식 강화로 안전 관련 직종의 고용증가, ICT 융합에 따른 직업역량 변화를 제시했습니다.

우선 4차 산업혁명에 따라 사물인터넷 제품, 웨어러블 디바이스, 자율주행차, 가상현실, 모바일 등 신산업에서 기술·제품 개발 및 서비스를 담당하는 IT직종과 관련 기술직 및 전문가의 고용성장이 전망됩니다. 응용소프트웨어개발자, 네트워크시스템개발자, 컴퓨터보안전문가, 시스템소프트웨어개발자, 전기·전자공학기술자, 기계공학기술자, 통신공학기술자, 멀티미디어디자이너, 제품디자이너 등이 해당합니다. 핀테크, 로보어드바이저, 인터넷전문은행의 확산으로 출납창구사무원 등과 같은 단순사무원은 물론 증권 및 외환딜러 등의 전문직도 고용 감소가 예상됩니다. 반면 고부가가치 창출이 가능한 보험 및 금융상품개발자 등 핵심전문가에 대한 수요는 증가할 전망입니다. 생산설비의 기계화 및 자동화, 산업용 로봇 및 3D프린팅 기술이 확산됨에 따라 주조원, 단조원, 판금원 및 제관원 등의 일자리는 줄어들 것으로 예상됩니다.

고령화 및 저출산으로 인한 급속한 인구 구조 변화는 의료·복지 분야 직업의 고용 증가로 이어질 전망입니다. 의사, 치과의사, 간호사, 물리 및 작업치료사, 응급구조사, 임상심리사, 사회복지사, 간병인 등의 직업이 대표적인 예입니다. 다만 산부인과 의사는 저출산으로 영상의학과 의사는 빅데이터와 인공지능 활용 확산으로 일자리가 줄어들 가능성이 높습니다. 저출산 및 학령인구 감소로 교사의 일자리도 줄어들 것으로 예상됩니다. 또 농어촌인구의 고령화와 청년층의 이농으로 작물재배종사자와 어업종사자의 수도 감소할 것이라는 전망입니다.

경제 규모 성장과 글로벌화로 경영환경이 복잡해지면서 경영 및 진단전문가(경영컨설턴트), 관세사, 손해사정사, 행사기획자 등 사업서비스 전문가의 고용전망은 긍정적으로 평가됩니다. 국민들의 안전에 대한 요구가 많아지고 정부도 안전 관련 정책을 강화함에 따라 경찰관, 소방관, 경호원 등 안전분야 직업의 일자리 전망도 밝습니다. 4차 산업혁명으로 인해 기존 업무에 정보통신기술(ICT) 스킬이 융합된 업무도 증가할 전망입니다. 예를 들면 용접공의 경우 자동용접 및 로봇용접의 확산으로 프로그래밍 기술이 추가로 요구될 수 있습니다. 치과기공사는 전문성 강화 차원으로 3D 프린팅 기술을 배울 필요가 있습니다. 자동차정비사는 전기자동차 보급이 증가하고 자율주행차가 상용화될 경우 전기전자 관련 업무의 비중이 늘어날 것으로 보입니다. '2017 한국직업전망'은 1999년부터 격년으로 발간되며 청소년 및 구직자가 직업·진로를 탐색하고, 진로상담교사 및 취업상담원이 상담을 하는 데 활용됩니다. 책자는 전국 고교, 공공도서관 및 고용센터 등에 배포되며 취업포털 워크넷(www.work.go.kr)에서 다운로드 할 수 있습니다.

이처럼 4차 산업혁명으로 직업 간에 희비가 엇갈릴 것입니다. 그러나 변화하는 기술 및 환경변화에 대응해 지속적으로 직업능력 개발에 힘쓰는 사람은 직업세계의 불확실성 속에서도 건재할 것입니다.

4차 산업혁명 위기인가, 기회인가?

제4차 산업 혁명은 정보통신 기술(ICT)의 융합으로 이루어낸 혁명 시대를 말합니다. 이 혁명은 지능정보화 사회를 견인합니다. 이는 사물인터넷 (IoT:Internet of Things)센서가 데이터를 수집하여 클라우드(Cloud)에 저장하고, 이렇게 축적된 빅데이터(Big Data)를 분석하여 모바일 기기(Mobile) 등에 서비스로 제공하는 ICBM 융합기술과 인공지능이 결합되면서 가능해집니다. 이러한 기술로 인해 사회전반에 걸쳐 패러다임이 다시 변하게 되었습니다. 교육 분야에서는 교육환경, 학습자 특성, 인재역량 등의 패러다임 변화로 교육제도와 가르치는 방법들에 혁신을 요구하고 있습니다.

알파고와 같이 사람과 대화하듯 지능형 대화가 가능한 로봇교사는 개인별 학습자의 모든 데이터를 분석하여 가장 적절한 교육을 가능하게 합니다. 예를 들면, 벽 전체가 터치스크린으로 둘러싸인 원통형 교실에서 가상 현실을 매개로 각 학생들은 맞춤화된 인공지능 선생님을 만나 학습할 수 있습니다. 또한, 사용자 수준에 맞춘 문제와 풀이를 제공하는 '어댑티브 러닝(Adaptive Learning)', 소셜 학습 플랫폼, 태블릿 PC를 이용한 증강학습과 디지털 교과서, 교육용 게임, 빅데이터 기반의 맞춤형 학습 코칭 등 다양한 배움의 형태들이 학습자에게로 다가오고 있습니다. 이미 새로운 형태의 교육인 '칸 아카데미(Khan Academy)', '무크(MOOC)', 강의실 없는 대학으로 유명한 '미네르바 스쿨'(Minerva School) 등이 운영되고 있습니다. 이러한 교육이 본격화될 경우, 굳이 학교나 특정 장소에 가지 않아도 쉽게 교육 서비스를 제공받게 됩니다.

한편, 요즘 뜨겁게 논의되고 있는 블록체인(Blockchain)기술이 교육에도 적용되어 학위 인증 블록체인이 가능해 질 것입니다. 블록체인 기술은 누가 어디서 언제 어떤 수업을 듣고 무슨 학위를 받았느냐에 대한 정보를 블록화해서 네트워크상의 모든 참여 대학과 기관으로부터 학위 정보를 얻어 학습 내용을 증명하는 에듀블록으로 적용될 수 있습니다. 에듀블록은 제4차 산업혁명시대에 교육 분야의 판도를 바꾸는 핵심요소가 될 것입니다.

교육환경 변화와 함께 가장 혁신적으로 변화하고 있는 것이 바로 학습자입니다. 특히, 정규교육과정의 학습자들은 날 때부터 인터넷을 자연스럽게 접해 IT기술에 익숙함을 느끼고 사교생활에서도 SNS를 자유롭게 사용하는 디지털 원주민입니다. 이들은 2025년까지 노동인구의 75%를 차지하는 세대이며 95%의 시간을 온라인에서 지냅니다. 이들의 생활 방식과 사고, 그리고 소통방법을 이해해야 교육이 가능합니다. 이들의 정보처리 특성은 아날로그 세대와 전혀 다릅니다. 이들에게 적합한 다양한 학습방법이 적용되어야 합니다. 그 대안으로 마이크로 러닝, 협력학습, 프로젝트학습, 게임기반 학습들이 주요하게 논의되고 있습니다. 또한 시대가 요구하는 코딩교육과 메이커교육, 협동과 창의성교육 등을 제안하고 있습니다.

4차 산업혁명 시대의 화두는 교육입니다. 다가오는 지능정보사회에서 모든 인류를 행복하게 만드는 열쇠가 교육이기 때문입니다. 우리가 잘 알지 못하였을 때 두려움과 불안, 혼돈에 방향성을 잡지 못합니다. 그러나 제대로 알고 나면 더 이상 방황하지 않고 모든 변화의 현상들을 다스리며 이를 선한 목적에 잘 활용할 수 있습니다. 변화하는 세상에 두려움보다는 새로운 기회를 부여잡을 수 있는 지혜로움으로 나아가야 합니다. ICT와 인공지능에 의한 교육 환경 변화를 면밀히 살펴보고 디지털 원주민들로 구성된 학습자들의 특성을 감안한 새로운 학습방법들을 이해하고 대처하는 것이 중요합니다.

에듀블럭, 학력인증의 혁명

블록체인은 은행을 거치지 않고 전 세계 누구에게나 해킹의 위험 없이 돈을 직접 보낼 수 있는 제4차 산업혁명의 핵심 기술입니다. 거래에 참여하는 모든 사용자에게 거래 내역을 보내주며 거래 때마다 이를 대조해 데이터 위조를 막는 방식으로서 온라인 가상 화폐인 비트코인이 대표적인 예입니다. 이 기술이 교육에 적용될 때 '학위인증 블록체인'이 가능해집니다. 블록체인 기술을 이용해 누가 어디서 언제 어떤 수업을 듣고 무슨 학위를 받았느냐에 대한 정보가 블록화 되어 네트워크에 연결된 모든 대학과 기관으로부터 학위 정보를 얻게 됩니다. 이에서 보다 확장된 개념인 에듀블럭은 블록체인이 교육의 영역에 도입되면서 새롭게 등장했습니다. 하루가 다르게 새로운 지식이 요구되는 제4차 산업혁명 시대에는 한번 배운 내용을 계속 사용하는 것이 아니라 매일 정보를 습득하고 학습해야 합니다. 즉, 평생교육 시대가 도래되면서 대학 졸업장이나 자격증과 같이 고정된 과거형 정보보다는 전문 분야에 대해 꾸준히 발전하고 변화하는 개인의 능력과 숙련도가 더 중요해졌습니다.

자신이 좋아하는 일을 잘 수행하기 위하여 대학이든 무크(MOOC)든 학원이든 친구이든 상관없이 자신이 원하는 학습을 합니다. 여기서 에듀블럭은 향상된 역량과 숙련도에 대하여 학습 토큰을 부여하고 또한 학습내용과 숙련도를 증명합니다. 에듀블럭이 각 개인의 숙련도와 역량을 증명해주기 때문에 기업은 이를 통해 인재를 채용할 수 있으며 각 개인들은 채용이나 승진에 필요한 인증도구로 활용할 수 있습니다. 나아가 다양한 교육 플랫폼과 연계하여 학습자들의 성취도 추적을 통해 학생들에게 최고의 온라인 코스를 제시할 수도 있습니다.

과거 개인의 숙련도를 증명하는 대부분의 방법이 학교 등 정규기관에서 발급하는 인증서에 의존하였다면 이제는 개인의 온라인, 오프라인 상의 모든 활동이 숙련도 평가에 적용된다는 점에서 에듀블럭은 제4차 산업혁명시대에 교육 분야의 판도를 바꾸는 핵심요소가 될 것입니다. 이러한 에듀블럭이 기업의 인재채용 및 인사관리 부문에서 활용될 때 크게 확대될 것으로 기대됩니다. 기업이 필요로 하는 인재에 대하여 정규 교육기관에서 공급받는 시대에서 이제는 에듀블럭을 통해 인재를 채용하는 시대로 변화할 것입니다. 아직 에듀블럭은 아니지만 미국의 많은 기업의 경우 사원 채용 시, 페이스북의 활동내용을 중요한 심사 기준으로 두고 있습니다. 예컨대 졸업장이나 자격증 등과 같은 정규교육기관의 역량 인증서는 단편적이며 결과만 나타내나 에듀블럭의 경우는 각 개인들의 학습동기뿐만 아니라 스스로 자신을 계발하고 발전시켜가는 노력들을 추적하여 그들의 역량과 학습성과를 볼 수 있기 때문에 채용 시 중요한 툴로 활용할 것입니다.

이러한 채용환경이 정착되면 취업이나 승진을 희망하는 각 개인들은 다양한 경로를 통해 학습을 할 것입니다. 전문분야의 숙련도나 역량을 증명하기 위해 온라인 활동이 더욱 활발할 것이며 이를 지원하기 위한 다양한 교육 플랫폼도 등장할 것입니다. 결국 전통적인 교육기관의 경쟁자는 다양한 온라인 교육플랫폼, 온라인 교육 콘텐츠, 온라인 명강사가 될 것입니다. 이러한 환경을 먼저 준비하는 온라인 티칭 역량을 가진 전문가에게는 기회가 될 것입니다. 교육기관은 온라인 콘텐츠를 확보하고 동시에 온라인에서는 쉽지 않은 프로젝트나 문제기반 교과과정에 중심을 둔 새로운 형태의 교육방안으로 혁신해야 경쟁에서 도태되지 않을 것입니다.

교육의 지각변동 '무크'

　'무크(MOOC : Massiv Open Online Courses)'는 미국에서 시작된 대규모 온라인 공개 강의로서 수강인원에 제한 없이(Massive), 모든 사람이 수강 가능하며(Open), 웹 기반으로(Online) 미리 정의된 학습목표를 위해 구성된 강좌(Course)를 말합니다. 10여 년 전 시작된 'OCW(공개 강의, Open Course Ware)'와의 차별성은 무크도 온라인으로 진행되지만 강의, 시험, 채점, 토론, 수료증 등에서 정규 수업과 똑같이 진행된다는 것입니다. 또한 수업 당 인원수의 제한이 거의 없고 수업료도 거의 무료이며 대학들의 정규 학점으로 인정될 가능성이 점점 높아지고 있다는 점에서 기존 교육 체제의 근간인 학점 인정 권한과 등록금 책정 독점권을 뒤흔들고 있습니다.

　특징적인 것은 공유와 연결주의에 근거하여 개방을 지향하고 있으며 평생교육 관점에서 고등교육의 질을 높이고, 양질의 교육을 보다 많은 사람과 함께 공유한다는 철학에 기반 한다는 것입니다. 현재 전 세계적으로 무크는 500개 이상의 기관이 있다고 추정됩니다. 세계 3대 무크로 꼽히는 에덱스(Edx), 유다시티(Udacity), 코세라(Coursera) 외에도 일본의 스쿠(Schoo), 중국의 쉐탕X(XuetangX), 영국의 퓨처런(FutureLearn) 등이 있습니다.

한국형 무크인 'K-무크'는 2017년 총 293개의 강좌가 등록되어 있으며 2018년까지 총 500개 이상의 강좌를 운영할 예정입니다. 모든 강의는 무료로 제공되며 공학계열부터 상경계열까지 다양한 분야의 과목이 제공되고 있습니다. 또한 입학에 나이제한이 없어 만 14세 이상의 청소년부터 누구나 들을 수 있습니다. 앞으로도 5년 내 세계 유명 대학이 제공하는 무크 강좌는 더욱 늘어날 것으로 보이며 교양수업과 전공 입문 수업은 무크로 대체하는 3년제, 2년제 대학도 생겨날 것입니다. 이렇게 되면, 대학 등록금도 지금보다 4분의 1 혹은 2분의 1 수준으로 줄어들 것입니다.

교육기관과 교육담당자들은 무크를 통해 인류의 집단지성들이 학술 분야 빅 데이터(Big Data)를 생성하고 있음을 인지하고 이를 활용하는 방안에 눈을 떠야 할 것입니다. 먼저 무크과정들을 분석하고 교육수요에 따라 커리큘럼을 새로이 구성하여 학생들에게 안내하기도 하고 수업에서는 부분적으로 무크자료를 활용하는 혼합교육(Blended-Learning)도 실시할 수 있어야 합니다. 이를 위하여 무크 기반 교수학습방법을 익혀야 합니다. 누구나 인터넷 접속만 되면 고등교육을 거의 무료로 받을 수 있다는 것은 교육혁명입니다. 여기서 가장 중요한 것은 왜, 무엇을 배우느냐 그리고 어떻게 가르치고 배우게 할 것이냐의 근본 교육철학의 정립이 중요합니다. 학생들이 이를 스스로 인지하고 학습하는 것은 쉽지 않기 때문에 지식 전달자로서의 교수가 아닌 안내자의 역할이 요구됩니다.

다문화사회에 따른 의식전환 요청시대

최근 한국사회가 눈에 띠게 다문화사회로 변화하는 주된 요인은 '세계화'와 '저출산·고령화에 따른 사회변화'라고 할 수 있습니다. 먼저 세계화란 다양한 집단, 민족, 국가, 기업, 지역, 개인들의 상호작용이 전 지구적으로 확대되고 심화되어 지구가 마치 하나의 마을처럼 되어 가는 이른바 지구촌사회현상을 의미합니다. 이런 세계화가 발생한 주된 요인은 교통통신의 발달과 정치적 장벽의 와해 그리고 WTO로 대변되는 세계시장의 형성일 것입니다. 세계화로 인해 이전에는 아무런 대면 없이 살아가던 다양한 지역, 집단, 민족, 인종, 국가 구성원들이 밀접히 상호작용하게 됨으로써 동일 시간과 공간 안에 서로 다른 문화들이 공존하는 다문화상황이 형성되었습니다. 이에 따라 한국사회도 우리와는 다소 다름(차이)을 지닌 다양한 문화가 유입되고 있습니다. 외국인노동자들의 문화, 국제결혼이민자들의 문화, 북한이탈주민의 문화, 외국기업인들의 문화, 외국 유학생들의 문화 등이 공존하고 있습니다.

또한 저출산·고령화에 따른 노동인구의 부족, 농어촌의 국제결혼 증가 등으로 다문화사회가 낯선 용어가 아닌 사회가 되었습니다. 이제 더 이상 단일민족임을 자랑하며 전통 문화를 유지하고 계승 발전시켜 왔던 사고방식일 수는 없습니다. 이에 따라 한국사회와 학교는 다문화교육이라는 새로운 요구에 직면하게 되었습니다.

최근에는 농촌의 부족한 일손까지도 다문화의 노동력이 아니면 해결되지 않고 있는 형편입니다. 사정은 더 시급해져 가고 있습니다. 이른바 중소기업의 3D업종과 소규모 서비스업계에서는 저임금노동력을 확보하기가 어렵습니다. 그러다보니 아시아권에서 이주하는 이들이 절실히 요청되는 상황입니다. 이제 다문화는 한국사회의 필수불가결한 시대적 요청입니다. 다문화이주민들이 국적을 취득해서 국민주권의 핵심인 투표에 참여하고 있습니다. 또한 소수이기는 하지만 국회의원이나 지자체의 공무원으로 종사하기도 합니다. 농촌마을의 경우는 부녀회장을 이들 다문화 가족들이 맡아서 적극적으로 활동하기도 합니다. 농촌학교의 경우는 전교생 절반이 다문화 가정의 학생인 경우도 있습니다.

한국사회에서 다문화에 대한 논의는 정부, 종교, 시민단체, 교육계, 학술계 등 다양한 곳에서 다양하게 펼쳐지고 있습니다. 정부는 국가이익을 전제로 한 사회통합을 목적으로 이주민을 통제하는 동시에 사회의 구성원으로 동화시키는 전략을 갖고 논의를 진척시켜 나가고 있습니다. 종교는 각각의 종교적 입장에 따라 정부와 비슷한 동화주의를 표방하며 이주민의 사회적응과 선교(포교) 전략을 갖고 논의를 진척시켜 나가고 있습니다. 시민단체는 이주민의 인권과 복지를 위해 정부와 갈등을 빚기도 하고, 정부와 비슷한 입장에서 사회적응을 돕는 논의를 진척시켜 나가고 있습니다. 학술계는 다양한 논의에 대해 비판적인 시각에서 각각의 학문적 입장에 따라 다양한 접근과 해결방안을 모색하고 있습니다. 교육계는 이주민 자녀들의 교육평등적인 차원에서 사회적응과 학생인권적인 차원의 논의를 진척시켜 나가고 있습니다.

이제 우리는 우리사회와 문화에 동화시키는 방식을 넘어 우리도 다문화사회의 하나의 구성원이라는 겸손한 자세로 다문화사회에 적합한 성숙한 자세로 우리 시대, 우리 지역, 우리 교육에서 생각해볼 것들을 현실점검과 다짐의 측면에서 고민해보고 점검해봐야 할 것입니다.

다문화교육 활성화를 위한 논의점

　오늘 우리에게 다문화교육의 중요성은 아무리 강조해도 지나치지 않을 것입니다. 다문화교육 활성화를 위해 다음의 몇 가지는 다문화교육을 담당해온 제가 느낀 논의점들입니다. 이를 함께 공유하면서 논의를 펼쳐나가면 좋겠습니다. 언어는 의미를 담보합니다. 다문화라는 용어가 과연 타당한가요? 다(多)는 많다는 의미입니다. 다양성, 다름이 인정되고 존중된다는 의미로는 좋으나 상호존중의 의미로는 부족한 개념이기도 합니다. 더러는 무지개, 어울림 등으로 쓰는데 이런 용어적인 고민도 필요합니다. 다문화교육을 다문화가정이 대상이라는 오해가 있습니다. 그렇지 않습니다. 다문화교육 대상은 전체입니다. 교장과 교사들을 대상으로 하는 것도 중요합니다. 또한 비다문화학생들의 교육도 중요합니다. 다문화 안에는 한국문화도 포함됩니다. 자칫 한국이 우수해서 한국보다 못한 나라를 받아 들려준 것(은혜 베풂)으로 착각해서는 안 됩니다.

다문화담당자의 비전문성의 문제 해결도 시급합니다. 광역교육청이나 지역교육청에 다문화만 전담하는 장학사나 교사나 직원은 없습니다. 특수교육이나 보건교육은 이를 전공한 전문 인력임에 반해 다문화는 그렇지 않습니다. 더욱이 업무도 여럿 중에 하나일 뿐입니다. 그러다보니 중점업무가 되지 못합니다. 또한 업무 이동 등으로 업무추진의 단절이 우려되기도 합니다. 이는 학교현장도 그렇습니다. 학교현장에서도 다문화담당은 특수, 보건과 달리 전공자도 아니고 업무전담도 아닙니다. 특수교육과 보건교육은 담당자가 반드시 30시간 혹은 60시간을 이수하도록 권장하고 있습니다. 다문화도 담당자교육이 적극 권장되어야 합니다. 몰이해로 실수하거나 잘못 운영하지 않도록 말입니다. 물론 광역교육청 주선으로 민간연수기관에서 원격연수가 무료로 개설되기는 하나 원격연수는 제대로 진행되지 않는 실정입니다. 그냥 사이트에 접속해서 대충 클릭만 해도 이수가 가능하다보니 실질적인 연수가 이루어지지 않는 경우가 많습니다.

또한 업무분장의 이동에 따라 업무연계가 안 되기도 합니다. 다문화담당교사에게는 특수나 보건교사에게 주어지는 직무수당이 없고, 혜택도 없습니다. 업무도 순환이다 보니 마지못해 맡기도 합니다. 아무리 좋은 일도 하고 싶어서 해야 효과도 있습니다. 무조건 순환보다는 자청하는 분위기에서 일이 맡겨지는 것도 좋겠습니다. 또한 지원책도 구축되어야 합니다. 매년 교육부와 광역교육청에서 유공자표창이 있기는 하지만 다문화중점학교 교사 이외에 이 표창을 받기는 어렵습니다. 이를 개선해서 두루 다문화교육진흥을 위해 노고를 아끼지 않는 교사에게 표창이든 지원책을 강구해 나가는 것도 좋겠습니다.

다문화교육 예산 확충도 중요합니다. 현재 다문화관련 예산책정은 단위학교 재정에서 알아서 책정하고 있습니다. 학교재정이 시설유지비용과 학교교육에 필요한 여러 사업들을 하다 보니 다문화교육예산은 중요성에서 밀립니다. 학교 위클래스(상담실) 사업 중에 하나 정도로 일부로 예산 편성이 되는 정도입니다. 중점학교에만 다문화교육지원비를 집중하다보니 이들 학교 다문화학생은 혜택을 누리나, 그렇지 않은 학교에서는 다문화학생들이 예산지원의 혜택을 받기가 어렵습니다. 다문화중점학교는 전체학교 수에서 볼 때 소수에 불과합니다. 다문화교육중점학교가 아닌 학교들을 위해서는 교육청 단위에서나 지역단위로 묶어서 다문화교육 사업을 펼치는 것도 하나의 방법일 것입니다.

다문화협력시스템 구축도 좋은 방법입니다. 다문화교육 중점학교에는 비교적 다문화학생 등의 숫자가 많아 이들 학교에는 재정과 인적 지원이 많지만 농촌 소규모학교는 전체 학생 수가 적다보니, 다문화학생도 적습니다. 저출산·학령기인구 감소로 학교마다 학생 수가 적어지고 있습니다. 그에 따라 다문화학생들도 학교마다 소수입니다. 다문화중점학교가 아닌 학교에서 다문화학생은 소수이다 보니 존재감도 적습니다. 업무담당 교사에도 다문화업무는 중점이 아니고 예산도 부족하거나 없습니다. 이래저래 다문화교육이 활성화되기는 어렵습니다. 이를 보완하는 방안으로 협력방안 활성화되면 좋겠습니다. 요즘은 대학마다 봉사활동이 필수입니다. 그러니 이를 활용하는 것도 하나의 방법입니다. 대학생은 봉사할 곳이 생겨서 좋고, 학교는 대학생봉사를 통해 교육을 활성화해 나갈 수 있습니다. 지역마다 다문화중점학교가 있고, 다문화가족지원센터가 있고 관련 민간단체들이 있습니다. 유기적인 협력을 통해 교육을 활성화해 나갈 수 있습니다. 이런 관련기관네트워크가 가능하게 교육당국에서 이를 묶어주고 정보교류가 가능한 방안을 제시해주면 좋겠습니다.

다문화사회에 따른 교육적 과제

　다문화교육 정책 목표는 크게 두 가지라고 말할 수 있습니다. 첫째, 다문화가정 학생 및 학부모의 교육역량 강화입니다. 둘째, 한국사회의 다문화 이해 및 수용성 증진입니다. 첫째가 학교교육 현장의 실질적 영역이라면 둘째는 이를 아우르는 사회구조망 구축입니다.

　첫째의 교육정책을 추진하기 위해, '학습단계별·대상별 특성에 따른 맞춤형교육 강화'와 '교육기관 역할 분담 및 지역기관 연계 강화'가 중요합니다. 다문화가정 학생, 학부모, 일반인, 교사 등 모두를 포함하되 대상별 특성에 맞는 통합적인 다문화 이해를 제고할 수 있도록 해야 합니다. 다문화가정 학생의 초기 적응 역량을 강화하기 위해서는 취학 전 인지·언어 수준 강화와 입학 초기의 기초학습 능력(한국어) 등 학습단계별 특성을 고려한 맞춤형 교육을 지원해야합니다. 또한 다문화가정 학부모의 자녀교육 지원 역량을 강화하기 위해서, 다문화가정 학부모의 자녀학교 생활이해 및 상담을 지원해야합니다.

이런 맞춤형교육복지 지원이 효율적·체계적으로 이루어질 수 있도록 교육부, 교육청, 단위학교, 지자체 등이 유기적으로 연계되고 역량분담이 이루어져야합니다. 교육부는 다문화교육 정책을 기획하고, 지역간 연계와 평가 등을 수행합니다. 교육청은 다문화가정 현황, 재정, 기반 등을 고려한 특성화된 실행계획을 수립합니다. 단위학교는 다문화이해교육, 학부모 상담 등 수요자가 원하는 맞춤형 교육을 실시합니다. 지자체는 지역 다문화가족지원센터(복지부), 외국의 지방문화원(문화부), 민간단체 등 지역 내 다문화교육 지원기관을 파악해서 연계·협력이 가능하도록 자원 활용을 극대화할 수 있도록 해야 합니다. 이를 통해 지원기관별 강점을 살린 위탁교육 또는 전문가 공동 활용을 통해, 기관별로 지원의 유사·중복이 아닌, 연계·협력을 통한 시너지가 나타날 수 있을 것입니다.

둘째의 교육정책을 위해서는 사회전반의 통합적 역량을 강화해야 합니다. 이를 위해서는 다문화 교육철학의 기본 이해가 필수입니다. 동화주의는 국가를 하나의 언어, 하나의 문화, 하나의 민족으로 구성되어야 한다는 것을 말합니다. 국민통합 또는 사회통합을 목적으로 직업과 교육의 기회를 정책적으로 지원하고 사회참여를 유도합니다. 사회통합을 목적으로 하는 동화주의의 근거는 언어, 문화, 종교적 차이로 인한 소수의 정치적 및 경제적 불평이 자칫 사회적 불안을 야기할 수 있다고 보는 데 있습니다. 이런 동화주의로는 성숙한 다문화사회에 이룰 수 없습니다. 다문화주의는 다른 문화, 다른 언어, 다른 종교 집단의 정체성을 인정하여 각 종족과

민족의 분열과 갈등을 예방할 수 있다는 측면에서 사회·문화의 통합이데 올로기입니다.

다문화주의에 따른 다문화 교육(multicultural education)은 문화적 다양 성의 존중과 이해를 위한 일련의 교육적 과정을 통해 문화적 차이에서 오는 사회적 차별을 해결하여 민주주의 가치를 실현하기 위한 교육 전략 입니다. 다문화 교육은 민주주의의 가치와 믿음에 기초한 교수·학습 방 법으로 접근하고, 다양한 문화 세계와 상호 독립된 세계에서 문화적 다원 주의를 조성하는 것입니다. 이 때 다문화 교육은 평등주의 운동, 다양한 교육과정 접근, 다문화주의 실현 과정, 편견과 차별에 대한 저항을 포함합 니다.

다문화 교육은 다원주의적 가치 철학에 기초한 비판적 교육학이며, 사 회 변화의 기반으로서 지식, 성찰(reflection), 실천에 초점을 두고 있습니 다. 다문화 교육은 사회정의의 구현을 위한 민주주의 원리를 고양시킵니 다. 다문화 교육은 모든 학생을 위한 기본적 교육이며 종합적 학교개혁 과정입니다. 다문화 교육은 학교에서 인종주의뿐만 아니라 차별의 다른 형태를 거부하고, 학생과 교사, 지역사회가 수용하는 다원주의 즉, 민속과 인종과 언어와 종교와 경제와 성(性) 등의 차이와 다름을 존중하고 지지합 니다. 이를 교사 간, 학생 간, 가족 간의 상호작용뿐만 아니라 학교교육과 정과 교수전략에 반영하게 합니다.

일반 한국학생에게는 다문화이해가 필요하고, 다문화가정 학생에게는 일반 학생과 한국문화에 대한 이해가 필요합니다. 한국문화도 다문화의 한 부분임을 인식하게 하면, 두 집단을 분리해서 따로 가르칠 이유가 없어 집니다. 다문화 교실에서는 일반 한국학생들과 다문화가정 학생들 모두 함께 적응해야 합니다. 공존해야 할 학생들에게 일방적으로 '한국문화에 적응해라' 또는 '문화가정 문화만 고수해라', '한국 사람인 네가 무조건 이해해라, 양보해라'와 같은 태도를 가르치는 것은 바람직하지 않습니다.

일반 한국학생과 다문화가정의 학생이 서로에게 적응하고자 노력하고 존중할 때, 다문화교실의 갈등과 역차별을 해소될 수 있습니다. 학교 내에서 외모, 피부색, 말투, 가정환경 등의 차이로 인한 따돌림과 차별 등을 없애고 서로의 역사, 사회·문화에 대한 경험을 통해 학생 등이 다름을 인정하고 존중할 수 있도록 다문화 이해 교육을 강화해 나가야만 바람직한 다문화사회에 따른 다문화 교육이 실현될 수 있을 것입니다.

로봇교사와 인간교사

　과학자이며 미래학자인 쿠르즈웨일(Kurzweil)은 과학기술 발전 속도가 기하급수적으로 증가하면서 2045년경에는 전 인류의 지적능력보다 뛰어난 초지능 시스템이 등장할 것으로 예상했습니다. 4차 산업혁명이 주목받는 이유 중 하나도 인간의 능력과 고유의 영역이 위협받기 때문입니다. 대표적인 예가 교육 현장에서 인공지능 로봇교사의 등장입니다. 인간 교사만이 할 수 있다고 생각되었던 상당 부분이 로봇 교사에 의해 대체될 수 있습니다. 여기에는 사물 인터넷(IoT), 빅 데이터(Big Data), 인공지능(AI) 등의 과학기술이 사용됩니다. 즉, 학생들의 학습 과정이 디지털 데이터로 전환되고 이 디지털 데이터는 인터넷으로 연결되어 빅 데이터가 되며 인공지능은 빅 데이터를 분석하여 학생들의 학습발달과정에 대한 정보를 제공합니다.

학습과 동시에 평가가 자동적으로 이루어지고 개별 수준에 따른 적시의 피드백이 이루어집니다. 학생들의 학습발달과정에 대한 정보가 축적되면 학생들의 특성이나 성격 등에 대한 파악이 가능해지므로 로봇교사는 학생의 학습 수준에 따라 그에 맞는 강좌를 안내해줄 수 있습니다. 학생의 질문에는 인간교사 대신 친절하게 설명하며 개인의 풍부한 자료를 통해 개별 수준에 맞는 과제를 제공합니다. 로봇교사로 인하여 오프라인에서 현실적으로 한계에 부딪혔던 개별학습의 많은 문제점들이 쉽게 해결될 수 있습니다. 이미 일본은 영어학습을 돕는 보조교사 인공지능 로봇 뮤지오가 중학교에 도입되어 학생들의 발음 교정과 회화 연습을 담당하고 있습니다. 뉴질랜드 고등학교에서는 로봇 수학교사 에이미가 학생들이 수학 문제를 풀 때 왜 실수를 하는지를 이해하고, 부족한 것을 보완하기 위해 학생들이 무엇을 배워야 할지를 가르쳐줍니다. 자폐아동들을 돕는 로봇 마일로는 자폐아들이 감정을 조절하고 공감을 표시하고 사회적 상황에서 적절한 행동을 하게 하는 것을 돕습니다.

인간교사는 지식을 습득하는데 많은 시간이 걸리고 지식의 범위가 한정되어 있을 뿐만 아니라 지식에 대한 오류 가능성이 내재해 있습니다. 하지만 로봇교사는 짧은 시간 안에 많은 지식과 정보를 처리할 수 있고 지식의 범위가 광범위하며 오류 가능성이 낮습니다. 또한, 지식과 이해 수준을 넘어 적용, 분석, 종합, 평가 수준의 능력을 갖춰 저차원적인 사고에서 고차원적인 사고가 가능합니다. 인공지능이나 로봇교사를 통한 교육이 본격화될 경우 굳이 학교나 특정 장소에 가지 않아도 됩니다. 따라서 지식의 전달자의 전통적인 교사나 기존 시스템의 학교는 변화하는 시대에 따라가기 힘들어질 것입니다. 그렇다고 로봇교사에 의해 모든 교육이 이루어지는 것은 아닙니다. 로봇교사는 이상적인 교육을 실현하는데 제기되었던 문제점들을 해결해 주는 지원자가 될 것입니다.

　이제 교육은 인공지능 등 첨단 환경을 중심으로 한 지적교육과 인간과 공동체 사이의 협력과 소통을 강조하는 인성교육으로 구분될 것입니다. 전통적인 교과수업 등은 인공지능 로봇교사가 하고 로봇교사가 다하지 못하는 공감, 연민, 배려 등의 정서를 중심으로 한 인성교육과 협력, 소통, 집단 지성을 강조하는 공동체 중심의 교육은 인간교사가 담당하는 시대가 왔습니다. 인간교사와 로봇교사가 협업하는 수업 형태가 등장할 것입니다. 그래서 인간교사는 미리 협업에 필요한 역량을 개발하고 준비해야합니다. 로봇교사가 인간교사를 완전히 대체하지 못할 것은 분명하나 로봇교사를 활용하는 교사가 그렇지 않는 교사들을 대체할 것은 분명합니다. 따라서 지금과 다른 차원의 교수학습 방법을 서둘러 준비해야 합니다.

교실에서 고래를 만납니다

최근 스마트폰 증강현실 게임 '포켓몬 고'는 게임에 증강현실 기술을 도입하여 포켓몬들이 현실에 나타나있는 듯한 실재감을 제공함으로써 선풍적인 인기를 끌었습니다. 증강현실(Augmented Reality:AR)은 사용자의 실제 환경에 가상의 정보를 더해줌으로써 보다 향상된 몰입감과 현실감을 제공하는 기술입니다. 가상현실(Virtual Reality : VR)은 자신(객체)과 배경·환경이 모두 현실이 아닌 가상의 이미지로 구현되는 기술로 컴퓨터가 구축한 가상공간 속에 사용자를 초대하여 몰입감을 더해줍니다. 이러한 기술은 현실감 있는 정보를 제공하고 동시에 학습자의 직접적인 활동을 가능하게 하여 교육매체로 높은 관심을 받고 있습니다.

국어를 공부할 경우 글쓴이의 이동경로를 따라 경험하면서 글쓴이의 경험과 생각을 보다 생동감 있게 느낄 수 있습니다. 수학에서는 자신이 처한 가상현실에서 수학지식을 이용해 문제를 해결하는 경험을 하게 됩니다. 우주, 해저, 인체·장기여행, 공룡세계 등 직접 가보기 어려운 곳들을 가상으로 방문할 수 있고 많은 비용과 위험성이 따르는 생물실험도 안전하게 할 수 있습니다. 또한, VR을 통해 미술관이나 박물관에 실제 가본 것과 같은 체험을 할 수 있고 실제 작가가 홀로그램으로 등장해 작품을 설명해주는 다양한 가상 경험도 가능합니다.

운동 환경 또한 보다 다양해집니다. 스포츠는 주변 환경을 VR을 통해 다양하게 연출하면 보다 풍부한 훈련이 가능합니다. 음악에서도 공연장을 가상으로 방문할 수 있고, 오케스트라 연주 연습에서도 자신이 연주할 악기의 음성만 제거한 채로 오케스트라와 함께 합주하며 연습할 수 있습니다. 또한, 책 속의 그림이나 사진을 3차원의 가상 객체로 팝업 시키거나 카드나 종이, 카펫 등의 그림 이미지를 팝업 시켜 보다 실제적인 관찰과 이해를 돕는 증강현실 기술들이 널리 활용되고 있습니다.

이와 같이 증강현실이 주목을 받고 있는 가장 큰 이유는 VR/AR을 이용한 교육이 전통적인 교육보다 2.7배의 효과를 보이며, 집중력이 기존보다 100% 향상된다는 연구에 따른 것입니다. 즉, VR/AR 기술이 완전한 경험에 의한 학습(Learning by Doing)을 지원할 수 있을 것으로 기대하기 때문입니다. 이러한 VR/AR교육은 초·중학 교육에서는 학습동기를 부여하고 디지털 사회의 적응 능력을 고취하는데 도움이 되며 고등·대학 교육에서는 현장에서 활용할 수 있는 기술 습득하는데 경험학습을 가능하게 합니다. 또한, 성인을 대상으로 하는 직무능력 교육, 평생교육, 재교육 등에도 활용할 수 있습니다.

그러나 VR 교육이 모두가 긍정적인 것만은 아닙니다. 가상·증강현실 정보 제공에 대한 의존도가 커지고 기억을 외부화하다 보면 사용자의 기억 능력이 감퇴하면서 이른바 '디지털 치매'가 초래될 수도 있습니다. 네트워크가 단절되는 즉시 일상생활 및 업무가 마비될 가능성도 있습니다. 또한, 숙련을 위한 교육이 아닌 인성적인 인문학의 교육의 적용에는 한계를 보일 수 있습니다. 기술과 자본의 편차로 오히려 교육의 빈익빈 부익부의 갈등을 초래할 수 있습니다. 그럼에도 VR/AR을 활용한 교육환경은 결국 우리에게 일상적인 환경으로 다가올 것입니다. 따라서 VR/AR에 대한 이해를 바탕으로 먼저 VR/AR에 가장 적합한 교육과정과 내용이 무엇인지 그리고 새로운 교육방법 및 커리큘럼이 어떠해야 하는지에 관한 충분히 연구해야 합니다. 교육콘텐츠 제작 시 체계적 점검 및 관리가 필요하며, VR/AR 교육확산에 따른 인성을 다루고 개인들의 특성을 고려하는 사항들에 대해서도 지나치지 말고 연구를 해야 할 것입니다. 더불어 수급비용을 낮추는 방안도 강구하여 교육격차 해소에도 기여할 수 있어야 할 것입니다.

학교교육의 자치와 역량

　우리나라 교육의 현실은 아직도 교육의 본질적 문제를 해결하지 못하고 혼돈과 갈등만을 양산하는 분란의 소용돌이에 서 있습니다. 이는 교육의 본질과 가치가 무엇이냐에 대한 보편적 물음에 국가나 사회가 명쾌한 해답을 내 놓지 못하기 때문입니다. 고대 그리스의 교육사상가 아리스토텔레스는 교육의 목적을 '개인으로 하여금 이성적이고 행복한 생활을 영위'하는데 두었습니다. 모든 교육행위의 궁극적 목적을 행복으로 본 것입니다. 이는 그 뿐만이 아닙니다. 동서고금을 막론하고 대부분의 교육 목적이 그러했습니다. 교육의 목적이 인간에게 행복을 갖게 하는 기술이라 생각하고, 교육을 통해 모든 인간이 행복을 누릴 때, 국가도 발전할 수 있다고 봤습니다.

그러나 지금 우리나라 교육은 어떠한가요? 먼저 교육의 본질을 벗어난 경쟁 일변도의 교육제도에서 벗어나지 못하고 있습니다. 학벌 중시 사회구조와 맞물려 공교육의 궤도 이탈과 학교교육의 정체성 상실이 나타나고 있습니다. 교육주체의 한 축인 교사 대다수가 우리 교육의 문제점을 인정하고, 학생들의 행복지수는 OECD 최하위입니다. 2016년 발표한 통계청 사회조사에 따르면 '본인 세대에 비해 자식 세대의 사회경제적 지위가 높아질 가능성'에 대해 비관적 응답이 2006년 27.3%에서 2015년 51.4%로 크게 증가했습니다. 교육의 계층사다리 기능이 약화되고, 오히려 수저계급론을 고착화시키는 수단이 되고 있음을 간접적으로 보여주는 결과로도 해석됩니다.

교육의 정치 이념화와 갈등도 날로 깊어지고 있습니다. 민주교육으로 포장된 왜곡된 논리에 교육의 본질적 특성이 훼손되는 형국입니다. 그 첨단에 교육자치제가 있습니다. 각종 실험주의 교육정책이 학교 현장과 교원들을 자긍심을 흔들고 사기를 떨어뜨리고 있습니다. 교육이 정책적 딜레마에 빠져있기도 합니다. 교육 본질에서 탈선한 지방교육자치는 포퓰리즘 교육정책의 남발로 본질지향의 교육정책과 교육과정의 파행, 국정교과서 논란, 교육이념의 해석차이로 중앙정부와 지방교육자치단체간의 갈등을 초래하며 국가적 · 교육적 반목을 되풀이하고 있기도 합니다. 이런 교육시스템과 정치 · 사회구조는 학교교육의 본질을 외면하는 주된 원인이 되고 있습니다. 이는 결국 학생들이 교육을 통해 진정 행복한 삶의 과정을 만들어가는 역량을 키우는데 심각한 걸림돌이 됩니다.

교육의 본질적 핵심은 바른 인성과 창의성 신장을 통해 가치 있는 삶의 추구에 있습니다. 미래사회는 무한경쟁의 시대, 감성과 창조의 시대, 다원화와 가치중심의 시대입니다. 즉 창의적인 아이디어가 가장 기본적으로 필요한 사회입니다. 그러므로 교육은 학생들에게 미래지향적인 사고능력과 유연성을 갖춘 창의적 인재육성에 관심을 기울어야 합니다. 학교는 학생들에게 진정한 '끼와 꿈'을 지속적으로 찾아가는 창조적 역량을 증진시켜야 합니다. 또한 교육을 책임지고 있는 정부 및 지방교육자치단체는 교육의 본질에 충실한 교육정책을 입안, 지원해야 합니다. 이제 간섭과 통제의 교육, 교육의 정치화에서 탈피해야 합니다.

흔히 학교를 자라나는 아동. 청소년에게 민주시민으로서 소양을 갖추도록 교육하는 민주주의 훈련장이라고 말하곤 합니다. 이게 맞는 말이 되려면 학교는 그 어떤 집단보다도 민주적으로 운영되어야 합니다. 민주적이지 못한 곳에서 민주시민을 양성할 수는 없습니다. 또한 흔히 학교를 교육공동체라고 말하곤 합니다. 교육공동체란 교직원, 학생, 학부모 등 학교의 구성주체들이 교육에 대한 뜻을 함께 하고 공동의 노력을 경주하며, 또한 책임을 공유하는 집단을 말합니다. 민주주의 사회에서 공동체 구성원들은 자신들과 관련된 일의 결정에 참여함으로써 민주시민으로 성장하게 됩니다. 이처럼 학교는 민주주의 훈련장이면서 교육공동체이므로 민주시민의 양성과 성장이 함께 이루어지는 현장이라는 특성을 갖습니다. 학교의 이러한 특성을 잘 표현해주는 것이 학교자치입니다. 학교자치는 학교가 교직원, 학부모, 학생 등 구성원들의 자발적 참여를 통해 교육운영과 관련된 일을 민주적으로 결정하고 실행해 나가는 것을 말합니다.

학교자치가 잘 이루어지고 있는 학교에서는 민주적 의사결정 구조가 구축되어 있습니다. 수평적인 토론문화가 정착된 가운데 학교운영의 권한이 분산되고 구성원들은 실질적 참여가 보장되어 주인의식을 갖습니다.

교사들은 교육전문가로서 교육활동이나 학교운영에 대해 충분한 정보를 알 수 있게 되고, 교육의 전문성을 침해하지 않는 범위 내에서 최대한의 참여가 보장됩니다. 이들 구성원들은 의사결정의 과정에서 서로 다른 이해관계를 가질 수도 있고, 또한 그것을 자유스럽게 표출할 수 있게 됩니다. 만일 이해관계가 대립하는 경우에는 설득, 협상 등 민주적 절차를 통해 합의하게 됩니다. 이렇게 되면 교장이 교사를 대할 때, 교사가 학생을 대할 때, 학부모와 학생이 교사를 대할 때 서로의 영역을 존중하게 됩니다. 교사의 전문적인 영역에 대한 존중을 통해 교권(敎權)도 자연스럽게 신장될 것이며, 학생자치활동 존중을 통해 학생인권도 보호될 것입니다. 교사, 학생, 학부모, 관리자간 상호존중을 통해 민주시민으로서 성장하게 될 것입니다. 학교자치는 민주시민 양성과 성장의 동력이 될 것입니다.

봉사활동, 누구를 위한 활동인가요

우리사회에서 선거철이 되면 가장 주요 쟁점으로 떠오르는 단어가 '복지'입니다. 정치권에서 복지에 대한 논쟁을 뜨겁게 하면서 사회복지에 대한 국민들의 관심과 욕구도 증가하고 있습니다. 사회복지에 대한 사회적 인식의 확대와 함께 봉사활동에 대한 국민적 관심이 크게 증가했습니다. 연예인들의 자원봉사활동뿐만 아니라 유명 인사들의 재능기부 형식의 봉사활동도 보편화되는 추세에 있습니다. 이와 같이 자원봉사활동이 사회적으로 확대되는 현상에 크게 기여한 것 중의 하나는 학교에서 요구하는 학생들의 자원봉사경험입니다. 그러나 학교에서 학생들에게 요구했던 자원봉사경험은 '점수' 또는 '스펙'으로 연결되면서 그 본질이 퇴색되고 있는 게 사실입니다. 자원봉사활동은 취업을 위한 수단이 분명히 아님에도 현재 교육현장에서 학생들이 참여하는 자원봉사활동은 '목적'이 아닌 '수단'으로 활용되고 있습니다.

자원봉사활동은 말 그대로 스스로 원해서 하는 봉사활동으로, 스스로 나눔을 실천하는 순수한 활동으로 의미를 부여해야 합니다. 자원봉사활동을 통해서 자신을 돌아볼 수 있는 시간을 갖고, 사회적으로 소외된 이웃을 되돌아 볼 수 있는 시각을 형성해야합니다. 또한 소외된 대상과 교류하면서 봉사의 진정한 의미를 깨달을 수 있어야 합니다. 그러나 자원봉사활동이 점차적으로 '하고 싶은 활동'보다는 '해야만 하는 활동'이 되면서 진정한 봉사활동의 의미와 봉사활동으로 얻어지는 삶의 가치를 깨닫지 못하는 안타까운 현상이 나타나고 있습니다. 현재 만연해 있는 자원봉사활동 경력은 과연 누구를 위한 것인가요? 청소년과 청년들은 스스로 물어봐야 할 것입니다. 스펙을 쌓기 위해 만들어 둔 봉사활동 경험은 봉사활동 대상을 위한 것이 아니고, 자신을 위한 것도 아닙니다. 취업을 위한 수단으로 전락해버린 자원봉사활동 경험은 봉사활동 경력을 요구했던 상급학교나 기업을 위한 충분조건일 뿐입니다. 수단화된 봉사활동을 위해 투자했던 자신의 시간과 땀은 이력서의 한 줄로 포함될 뿐입니다.

자원봉사활동은 취업을 위한 이력서 한 줄에 추가되는 '스펙'이 아니라 자신의 삶과 인생을 진지하게 고민해보고 함께 사는 사회에 대해 생각해 볼 수 있는 소중한 자산(資産)이 되어야 합니다. 자원봉사활동은 사회적으로 소외된 이웃을 위한 활동으로, 표면적으로는 봉사대상을 위한 활동으로 인식될 수 있지만 진정으로 자원봉사를 경험한 사람들은 모두 '자신'을 위한 활동이었으며 봉사를 통해서 더 많은 것을 얻었다고 이야기합니다.

자원봉사활동은 궁극적으로 봉사자 자신을 위하고, 자신이 더 크게 성장할 수 있도록 해주는 것입니다. 자원봉사활동은 봉사활동 자체가 목적이 되어야 하며, 봉사활동을 통해서 스스로를 발전시킬 수 있도록 노력해야 합니다. 자신이 어떠한 인간인지 진지하게 고민할 수 있게 만드는 소중한 경험입니다. 봉사활동은 그 누구도 아닌 바로 자신을 성장시킬 수 있는 소중한 경험으로 만들어야 합니다. 순수하게 봉사활동 경험을 쌓아간다면 어느 순간 자신이 크게 성장해 있음을 느끼게 됩니다. 자원봉사활동은 우리 삶을 성숙으로 이끌어갈 나이테에 포함되는 것입니다. 삶의 진정한 의미를 봉사활동을 통해서 분명히 발견할 수 있을 것입니다.

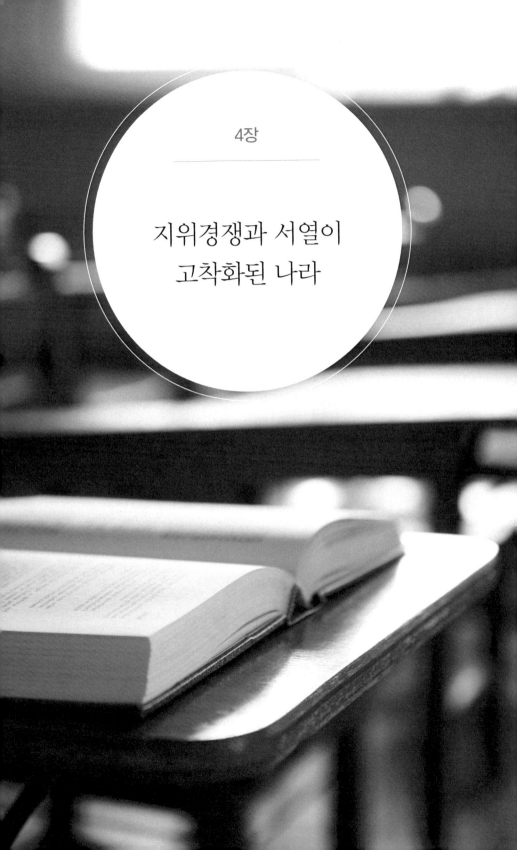

4장

지위경쟁과 서열이
고착화된 나라

무엇을 위한 시험인가요

어느 작은 마을 한 초등학교에 젊은 교사가 부임했습니다. 어느 날 수업을 마친 선생님이 학생들에게 말했습니다. "오늘은 시험을 보는 날이에요. 절대로 남의 것을 보거나, 보여주면 안 돼!" 그러나 시험이 시작되고 얼마 안 돼 두 아이가 머리를 맞대고 수군거리기 시작했습니다. 아이들은 한 곳에 모여 이 문제의 답이 이것이다, 아니다 하며 시끌벅적하게 토론을 하는 상황이 되었습니다. 그 모습을 본 선생님이 아이들에게 호통을 쳤습니다. "너희들 시험시간에 이게 무슨 짓이야? 다들 제자리로 돌아가!" 그러자 한 아이가 의아한 표정을 지으며 말했습니다. "선생님, 저희 마을의 어른들이 항상 말씀하신 건데요. 살다 보면 어려운 일을 많이 겪게 될 텐데, 그럴 때마다 혼자 해결하려고 하지 말고 여럿이 지혜를 모아 해결하라고 하셨어요. 오늘 시험 문제를 풀다 보니 어려운 문제가 있어서 마을 어른들 말씀대로 한 것뿐인데 저희가 잘못한 건가요?"

학교에서 진행되는 각종 시험은 문제에 대한 최선의 해결책을 찾는 것보다 남과 경쟁하여 이겨야 한다는 의미가 더 커진 것 같습니다. 대표적인 것이 수학능력시험이나 각종 채용시험입니다. 다른 사람과의 경쟁에서 앞서야 한다는 부담으로 내 옆의 친구가 경쟁자로 여겨지는 것이 가슴 아픈 현실입니다. 우리 아이들이 시험이라는 제도가 갖는 현실은 어쩔 수 없지만 가능한 대로 사람을 죽이고 배척하는 마음의 자세를 버리고 문제를 제대로 이해해서 최선의 해결책을 찾고, 어제의 나보다 성장하는 나를 발견하는 의미 있는 시간으로 시험에 임하면 좋겠습니다. 우리 모두를 합친 것보다 현명한 사람은 아무도 없습니다. 살다보면 어려운 문제에 어찌할 바를 모를 때가 있습니다. 그럴 때 지혜를 모으는 협력과 공유와 공감의 자세로 살아갔으면 좋겠습니다.

아름다움이란 단어는 사전에 '빛깔, 소리, 목소리, 모양 따위가 마음에 좋은 느낌을 자아 낼 만큼 곱거나 예쁨. 또는 하는 일이나 마음씨 따위가 훌륭하고 갸륵하며 착하고 인정스럽다'라고 정의 내려져 있습니다. 하지만 아름다움의 뜻은 이 외에도 많은 의미를 내포하고 있습니다. 사람들은 눈앞에 펼쳐지는 많은 현상에 대해서 아름답다고 표현하는 경우가 많습니다. 그래서 아름다워지기 위해 노력을 많이 합니다. 아름다워지기 위해서 화장을 하고, 머리를 손질하고, 자신에게 어울리는 옷을 골라 입는 등 자신의 아름다움을 최대한 발휘할 수 있도록 자신을 가꾸기도 합니다.

아름다움은 크게 외적인 아름다움과 내적인 아름다움 두 가지로 분류할 수 있습니다. 외적인 아름다움이란, 말 그대로 눈에 보이는 아름다움입니다. 꽃이나 경치, 바다 그밖에 조화를 이루는 자연을 바라볼 때 아름답다는 탄성을 지르기도 합니다. 비나 눈이 내리는 모습, 잘 꾸며진 집 등을 보고도 아름답다고 표현합니다. 또한 사람의 겉모습을 보고도 예쁘다, 귀엽다 등등의 표현을 하는데 이 모든 표현을 아울러 아름답다고 말합니다. 내적인 아름다움은 그 사람의 인간애가 기본이 되는 됨됨이와 성숙미 등을 말합니다. 사람이 갖추어야 할 가장 사람다운 모습을 볼 때 아름답다는 말이 아깝지 않을 것입니다.

진정한 아름다움이란 무엇일까요? 물론 외적으로 깔끔하고 멋진 것도 아름답지만 자신의 일에 최선을 다하는 모습에서부터 주변을 돌볼 줄 아는 모습, 언제나 자신 있고 당당한 모습, 사람을 대할 때 상대를 배려하는 매너, 그리고 늘 활짝 웃는 웃음 등등이 진정한 아름다움입니다. 남을 위해 희생하는 것 또한 아름다움입니다. 아픈 친구를 도와주는 것, 무거운 짐을 든 할머니의 짐을 들어주는 청춘의 모습, 양보하는 모습 등 아름다운 모습은 우리 주변에서 많이 볼 수 있습니다. 학교에 등교하는 모습, 열심히 수업 듣는 모습, 도서관에서 공부하는 모습, 운동하며 땀 흘리는 모습 등 아름다운 모습은 우리 주변에서도 찾아 볼 수 있습니다.

아름다움을 판단하는 것은 어떠한 기준이 정해져 있는 것이 아니라 자신의 가치와 생각, 마음가짐에 따라 달라지는 것입니다. 각 분야에서 뛰어난 성과를 거두고 있는 사람들도, 묵묵히 자기 일에 최선을 다하는 사람들도 모두 아름답습니다. 아직은 단단하지 않고, 헤매기도 하지만 그래도 포기하지 않고 미래를 꿈꾸는 이들의 모습 또한 아름답습니다. 때로는 실수하고 넘어지고 분노를 표출하기도 하지만 기다려주고 믿어주고 함께한다면 아름답게 피어날 꽃봉오리들도 아름답습니다.

대학에서 무엇을 배울 것인가?

제가 고등학교 다닐 때, 생물 선생님은 고등학교 생물과 중학교 생물은 천지 차이여서 그걸 아무리 설명해봤자 못 알아들으니 〈○○생물〉이라는 참고서를 사서 무조건 외우라고 지시했습니다. 그리고 시험성적이 80점 이하인 학생들은 대걸레 자루로 엉덩이를 5대씩 맞을 것이라는 엄포가 떨어졌습니다. 저는 죽어라 참고서를 외운 덕분에 엉덩이가 부어오르는 재앙은 피할 수 있었지만 도대체 뭔 소리인지는 여전히 모른 채 졸업했습니다.

대학에 입학한 후 〈자연과학개론〉 시간에 생물학분야 교수의 강의를 들으면서 비로소 조각조각 흩어져 있던 참고서의 내용이 제 머릿속에서 꿰맞춰지는 것을 느꼈습니다. 대학에서 배운다는 것이 뭔지 어렴풋하게나

마 실감하게 되는 순간이었습니다. 오늘날에는 상상도 할 수 없는 제 경험담은 대학의 배움이 그 이전의 것과 다를 수 있음을 보여줍니다. 우선 초중고교에서는 "왜?"라는 물음을 유보시킬 때가 많습니다. 교과서에 실린 내용이 전적으로 옳다는 것이 전제된 채 그것을 얼마나 많이, 얼마나 정확하게 습득해서 대학입시를 치르느냐에 초점이 맞춰지다 보니 교과서의 내용이 틀릴 수도 있고 비판받을 여지가 있다는 것은 꿈에도 생각하지 못합니다.

하지만 대학의 배움은, 인간의 지식이 오류가능하기에 지금까지 당연하게 받아들여 온 이론도 뒤집어지는 '혁명'이 일어날 수 있다는 전제에서 출발합니다. 이것은 기존의 지식을 맹신하는 태도를 버리고 비판적인 관점에서 바라볼 것을 요구합니다. 비판적으로 사고하는 법을 대학에서 배워야 하는 이유가 여기에 있습니다.

일반적인 역사 못지않게 철학사 역시 '도전과 응전'의 연속이라고 할 수 있습니다. 우리는 대표적인 예로 스승인 플라톤의 이데아론을 비판하고 독자적인 형이상학 체계를 구축한 아리스토텔레스를 들 수 있습니다. 만약 아리스토텔레스가 플라톤이 가르쳐 준 내용을 절대불변의 진리인 양 신봉했다면 아리스토텔레스의 독창적인 철학은 빛을 보지 못했을 것이고, 인류 지성사의 발전은 늦춰졌을 것입니다. 반면에 플라톤은 자기의 철학을 비판적인 시각으로 바라볼 수 있도록 제자를 가르쳤다는 점에서 뛰어난 스승이라는 칭송을 받기에 합당합니다. 그러면 어떻게 이런 비판적 시각이 가능할까요? 우선 제자의 입장에서는 주체적으로 사고하겠다는 의식이 선행되어야 합니다. 스승에게서 가르침을 받더라도 나 역시 스승을 비롯해서 그가 소개하는 사람들과 대등하게 생각할 수 있는 존재라는 자각과 자존감이 있어야 그들을 비판할 엄두를 낼 수 있습니다.

우리사회는 학생들의 학문적인 자존감을 키워주지 못하는 교육체계를 구축해 왔습니다. 열악한 교육환경 탓일 수도 있고, 수직적인 지휘체계에 따른 상명하복을 강조한 일제와 군사정권의 영향도 컸을 것입니다. 또한 경전의 글자와 구절을 해석하는 데에 주력했던 서당식 교육법의 유산이기도 할 것입니다. 하지만 대학에서는 더 이상 이런 틀에 속박되어 사유의 노예로 살지 않아도 됩니다. 오히려 그런 노예는 우리 학계에서 점차 도태되는 추세에 있습니다. 따라서 대학에서는 자기가 사고의 주체이며, 인간이 만든 모든 이론에는 허점이 있을 수 있다는 의식을 가지고 접근하는 태도를 배워야 합니다.

그런데 비판하기 위해서는 비판의 대상을 정확하게 파악하고 이해하는 것이 선행되어야 합니다. 우리가 누군가의 주장이나 이론에 대해 문제점을 찾아내지 못하는 이유는 그 내용을 정확히 이해하지 못했기 때문입니다. 따라서 비판적 사고력을 갖추기 위해서는 기존의 지식을 정확하게 파악하는 노력이 수반되어야 합니다. 무술을 배우러 도사를 찾아갔더니 하늘을 훨훨 날고 단칼에 적을 베는 방법을 가르쳐 주지는 않고 여러 해 동안 장작 패고 물 긷는 잡일만 시키더라는 이야기는 무협소설의 단골 메뉴입니다. 비록 이것이 소설이나 영화의 한 대목이지만 학문의 세계에도 해당됩니다. 입력된 것이 없으면 출력도 없듯이 기존의 지식체계를 습득하는 인고(忍苦)의 과정을 거치지 않고서는 예리한 비판의 칼날을 휘두를 수 없다는 점도 명심해야 합니다.

어떤 주장을 비판적인 관점에서 본다는 것은 그 주장과 다르게 생각한다는 것을 의미합니다. 따라서 비판적 사고력을 습득하기 위해서는 다양성을 수용하는 열린 사고의 소유자가 되어야 하며, 다르게 생각하는 것이 허용되려면 그 사회의 구성원들이 다양성을 존중하는 풍토가 조성되어야 합니다. 전통적으로 대학은 한 사회 내에서 사상의 자유와 다양성이 극대화되고 보장되는 공동체이기에 학생들은 대학에서 이질적인 세계관의 공존을 체득해야 합니다. 이런 점에서 자기와 반대의견을 가진 사람을 걸핏하면 종북세력으로 매도하거나 인신공격을 가하는 일부 정치인이나 언론인은 대학에서 제대로 배우지 못한 사례로 봐도 무리는 아닐 것입니다.

미국 대학생들은 대부분 부모를 떠나 기숙사나 캠퍼스 부근에서 사는 덕분에 저녁 시간에 많이 열리는 다양한 강연회나 모임에 참석할 수 있습니다. 대학이 다양한 이념과 가치가 공존하고 상호간에 치열한 논쟁이 벌어지는 지성의 용광로가 되어야 하고, 학생들은 거기서 다양성을 인정하고 존중하는 태도와 관점을 배워야 함을 보여주는 단적인 사례입니다. 끝으로 대학에서는 존경받는 리더십을 배워야 합니다. 과거에 비해 대학이 대중교육기관이 되는 경향이 강해졌지만, 대학이 우리사회의 지도자를 양성하는 역할을 수행해야 한다는 점에 대해서는 이론의 여지가 없습니다. 리더십을 제대로 갖추지 못한 사람들이 지도자의 자리를 차지하는 사회나 집단은 수많은 시행착오의 대가를 치르느라 불행할 수밖에 없기에 대학은 학생들이 리더십을 배우는 마당이 되어야 합니다.

《논어(論語)》에 나오는 말입니다. "군자는 의(義)에 밝고, 소인은 이(利)에 밝다." 자신의 사욕에 따라 움직이는 사람은 지도자의 자격이 없습니다. 대학시절에 옳고 그름을 따져서 행동하는 법을 배우고 사회적 약자들과 더불어 사는 길을 모색하는 의식을 갖추지 않으면, 존경받는 지도자가 될 수 없을 것입니다. 고위공직자 인사청문회에서 적나라하게 드러난 것처럼 탐욕스럽고 이기적인 인간들이 우리사회의 지도자가 되는 일은 더이상 반복되어서는 안 됩니다. 로마제국에서 개선장군이 행진할 때에 노예로 하여금 그의 뒤에서 "당신도 죽는다는 것을 기억하라!(Memento mori!)"고 외치게 했다는 이야기가 있습니다. 삶과 죽음에 대한 근원적인 성찰을 통해 인격적으로 원숙하고 겸허한 지도자가 되는 길, 이것 역시 대학에서 배워야 할 과제일 것입니다.

교양 필수과정으로 지정해 인식 높여야

인권은 인류보편의 가치이자 철학입니다. 1945년 유엔이 창립되면서 이 가치와 철학은 인류의 모든 영역의 기준과 토대를 제공하며 확대 적용되고 있습니다. 1980년대 후반 인권교육의 개념이 태동하고 인권증진 활동으로서의 인권교육의 중요성과 필요성은 세계적으로 확산되고 있습니다. 인권교육이 필요한 이유는 인권이 인류가 추구하는 보편적 가치이자 철학임을 천명하고 헌법정신 및 법률의 궁극적 목적에 대한 이해를 도모하며 사회에서 인권문화를 향상하기 위함입니다. 즉 인권교육은 인간 교육이자, 인간 조건에 대한 교육, 인간 처우에 대한 교육일 뿐 아니라, 인간이 지향하는 사회 및 국가에 대한 교육이며, 개인 간의 관계 및 사회 각 집단 행동에 대한 척도를 제시하며 인권을 침해할 때 처벌받는다는 사실을 사회 구성원에게 인지 가능케 하는 것이 그 목적입니다.

　한국의 인권교육은 여러 문제에 직면하고 있습니다. 가장 큰 문제는 철학의 부재입니다. 철학 및 사상의 자유가 사회전반에서 경시되고 있으며, 물신주의와 상업주의가 만연하고 폭력과 군사문화의 방만으로 인해 전제주의, 획일주의, 집단주의가 모든 사회영역을 지배하고 있습니다. 천민자본주의, 경제제일주의라는 잘못된 가치가 사회전반의 이성과 양식을 파괴하고 있습니다. 즉 국민 개인의 자유, 평등, 표현, 창의, 이성 등 인간 본성은 철저히 무시되고 있습니다. 이러한 사회토대에서 한국의 인권교육은 비틀대고 있으며, 체계도 없고, 실효성도 의심되며 인권교육 강사 및 교재 등 인권교육을 위한 기본 조건들도 미비한 상태입니다.

　인권교육은 전문성과 인권감수성을 바탕으로 분명한 교육목적의 이행을 위해 실시되어야 하는데, 이는 측은지심(側隱之心)[1]의 상태를 뛰어넘

---

1 측은지심(側隱之心)은 어려움에 처한 사람을 애처롭게 여기는 마음입니다. 다음은 맹자의 사단설(四端說) 가운데서 나오는 말로,《맹자》〈공손추편(公孫丑篇)〉에 있는 말입니다. "불쌍히 여기는 마음이 없는 것은 사람이 아니고, 부끄러운 마음이 없으면 사람이 아니며, 사양하는 마음이 없으면 사람이 아니며, 옳고 그름을 아는 마음이 없으면 사람이 아니다. '불쌍히 여기는 마음'은 어짊의 극치이고, 부끄러움을 아는 마음은 옳음의 극치이고, 사양하는 마음은 예절의 극치이고, 옳고 그름을 아는 마음은 지혜의 극치이다 (無惻隱之心 非人也 無羞惡之心 非人也 無辭讓之心 非人也 無是非之心 非人也. 惻隱之心 仁之端也 羞惡之心 義之端也 辭讓之心 禮之端也 是非之心 智之端也)." 이 말은 맹자가 독창적으로 주창한 인성론으로서 '사단설' 또는 '성선설'(性善說)이라고도 합니다. 성선설이란 사람의 본성은 '선'(善)이라고 보는 학설입니다. 맹자에 따르면 사람의 본성은 의지적인 확충작용에 의해 덕성으로 높일 수 있는 단서를 천부적으로 가지고 있다. 측은(惻隱), 수오(羞惡), 사양(辭讓), 시비(是非)의 마음이 4단(四端)이며, 그것은 각각 인(仁), 의(義), 예(禮), 지(智)의 근원을 이룹니다. 맹자의 정치사상의 핵심은 왕도정치입니다. 이 왕도정치가 가능한 것은 사람의 본성이 선하기 때문에 가능하다는 것입니다. 즉, 사람의 본성은 착하다고 보고, 그 마음을 확대하여 나가면 '인의예지' 네 가지 덕을 완성하여, 다시 이 덕행으로 천하의 백성들을 교화시킴으로써 왕도정치가 실현된다고 보았습니다. 맹자는 왕도정치의 정신을 다음과 같이 말하고 있습니다. "사람은

는 반인권에 대한 단호한 태도, 반인권에 대한 투쟁, 인권활동가들과의 연대를 강조하는 기본자세가 전제되어야 가능합니다. 예를 들면 최근 국회를 통과한 테러방지법, 북한인권법의 반인권적 요소들과 동성애 권리 및 양심적 병역거부권에 대한 인권교육의 태도가 그것입니다. 또한 인권교육은 그 교육방법이 기존의 교육과 대별되어야 하는데 암기 주입식교육이 아니라 교육대상자들의 참여를 통한 인권의식의 공유를 추구해야 합니다.

현재 전국 약 40여개 대학에서 인권관련 교육이 이루어지고 있으나, 법학, 사회학, 국제 관계학적 측면의 인권을 둘러싼 학문적 고찰이 대부분일 정도로 제한적입니다. 인권전문성과 감수성이 부족한 교수 및 강사에 의한 진행, 국제인권법에 대한 일반적 이해 등 인권교육으로 치장된 교육이 대부분이며, 천편일률적이고 지루하여 학생들의 호응을 얻지 못하고 있습니다. 우리의 대학은 UN을 비롯한 국제사회가 강조하고 있는 인권교육의 중요성을 인정하여 모든 대학 구성원들에게 인권교육을 전면적으로 실시

다 사람에게 차마 못하는 마음이 있다. 왕이 먼저 백성에게 차마 못하는 마음이 있으면, 백성에게 차마 못하는 정치가 있다. 백성에게 차마 못하는 정치를 행하면 천하 다스리기를 손바닥 안에서 움직일 수 있다." 여기서 사람에게 차마 못하는 마음이란, 사람에게 해를 가하는 것을 차마 하지 못하여, 사람의 불행을 앉아서 차마 보지 못하는 마음, 이 마음으로 천하를 다스린다면 마치 손바닥 위에서 물건을 굴림과 같이 아주 쉽게 공을 거둘 수 있다는 말입니다. 맹자는 사람에게 차마 못하는 마음은 사람에게 본래 있는 것이라며 성선설을 입증하고 있습니다. 사람들은 다 사람에게 차마 못하는 마음이 있다고 하는 까닭은 이러합니다. "사람들이 어린아이가 막 우물에 빠지는 것을 보면, 다 놀라고 불쌍한 마음을 가진다. 이는 그 어린아이의 부모와 사귀려 함도 아니며, 마을 사람들과 벗들에게 칭찬을 받기 위하여 그러는 까닭도 아니며, 그 원성을 듣기 싫어서 그렇게 하는 것도 아니다." 맹자는 사람들은 다 차마 못하는 마음을 지니고 있다는 것을 앞의 이야기로 설명하고 있습니다. 즉, 어린아이가 위험에 처했을 때 사람들은 누구나 두려워 근심하고 깊이 불쌍히 여기는 마음이 들어, 반드시 달려가 구하려고 하는데, 이는 사람에게 차마 못하는 근본 마음이 본능적으로 행동하게 할 뿐이라는 것입니다.

해야 하며 교양필수과정으로 모든 학생들에게 인권에 대한 기본 인식과 관점을 제공해야 합니다. 또한 대학은 국가인권위원회 및 인권교육단체와 협력하여 대학인권교육에 대한 정책과 방향을 수립하고 이행하기 위한 전향적이며 개방적 태도를 보여야 할 것입니다.

인문학의 변신이 필요할 때입니다

2016년 알파고와 이세돌의 바둑대결 이후 바둑 기사들의 운명을 보며 사람들은 직업의 미래를 걱정하기 시작했습니다. 그 이유는 인류 중 대부분은 잉여인력으로 전락하는 것이 아니냐는 공포 때문이었습니다. 물론 이는 괴담 수준의 억측이라며 일축하는 전문가도 많습니다. 하지만 수명 500세를 꿈꾸며 생명 연장 프로젝트에 투자하는 구글이나 유통 구조를 넘어 시장 자체를 새로 창조하고 있는 것 아닌가 싶은 아마존의 젊은 지도자들을 보면, 솔직히 이들의 눈에 저 같은 사람이 동등한 인간으로 보이기는 할까 싶기도 합니다.

생산성 측면에서 극소수의 인간이 나머지 인류 전체를 합친 것보다 더 중요한 시대가 오고 있습니다. 이런 시대에 대한 예측과 그에 따른 대안모

색은 어제 오늘의 일은 아니었습니다. 산업혁명 시대에 기계로 인해 인간의 노동력에 대한 필요성이 줄어들면서 많은 실업자가 생겼고 그로 인해 러다이트 운동[1]도 일어난 적도 있습니다. 제레미 리프킨 같은 미래학자는 미래에는 기계를 다룰 줄 아는 극소수가 살아남고 기계로 대체가능한 대다수의 사람들은 잉여인간으로 불필요한 인간으로 전락할 수 있음을 경고했습니다.[2] 인류의 일원으로 태어났다는 것만으로도 모든 인간에게

---

1 러다이트 운동(Luddite Movement)은 1810년대 영국에서 일어난 기계 파괴 운동을 말합니다. 1811년 말경 노팅엄 근처에서 시작되어 이듬해에 요크셔, 랭커셔, 더비셔, 레스터셔 등으로 퍼졌습니다. 저임금에 시달리던 영국의 직물 노동자들이 공장에 불을 지르고 기계를 파괴한 사건으로 '기계 파괴 운동'이라고도 합니다. 러다이트 운동은 영국에서 시작된 산업혁명과도 연관이 있습니다. 방적 작업의 기계화로 대량생산이 가능해지면서 많은 숙련공이 일자리를 잃고 실업자가 되었기 때문입니다. 공장에서는 숙련공 대신 적은 임금을 줄 수 있는 비숙련공을 고용했으며 직물공장 노동자들의 임금은 계속 하락했습니다. 반면 식료품 등의 물가는 계속 상승하면서 많은 노동자가 빈곤과 굶주림에 시달렸습니다. 영국 정부가 1799년 제정한 '단결금지법(Combination Act)'도 노동자의 빈곤에 영향을 미쳤습니다. 단결금지법은 노동조합의 결성을 금지하는 법안입니다. 단결금지법으로 인해 노동자들은 단체교섭권을 가질 수 없었으며 임금협상을 위한 파업 등을 진행하지 못했습니다. 결국, 저임금과 빈곤에 시달리던 직물 노동자들이 기계를 파괴하기 시작하면서 러다이트 운동이 시작되었습니다. 러다이트(Luddite)라는 이름은 전설적 인물인 '네드 러드(Ned Ludd)'에서 유래했습니다. 그는 소년 시절인 1770년 후반 2대의 방적기를 파괴한 것으로 알려진 인물입니다. 실존인물인지 가공인물인지는 알 수 없으나 기계를 파괴하던 노동자들은 그의 이름을 자주 언급했으며 로빈 후드에 비유하는 등 영웅으로 여겼습니다. 노동자들은 자신들을 '러드(Ludd)'라 부르기 시작했으며 그들의 지도자는 '러드 왕', '러드 장군'이라 불렸습니다. '러다이트' 즉 '러드들'은 보통 밤에 가면을 쓰고 움직였으며 공장을 습격하고 불을 질렀습니다. 이들은 사람에게는 폭력을 행사하지 않았으므로 종종 지원을 받기도 했습니다. 다만 공장을 운영하는 고용주들과는 적대적 관계가 형성되었습니다. 1812년 러다이트에게 위협을 받았던 호스폴이라는 고용주는 한 무리의 러다이트를 사살했으며, 나중에 이에 대한 앙갚음으로 살해당했습니다. 리버풀 백작 2세 로버트 뱅크스 젱킨슨 내각은 러다이트를 혹독하게 진압했으며 1813년 요크에서 열린 집단재판에서는 많은 사람이 교수형을 받거나 유배되었습니다. 나폴레옹 전쟁에 따른 불황 때문에 1816년에도 비슷한 폭동이 일어났으나 강경진압과 경기회복으로 곧 끝났습니다.

2 제레미 리프킨의 대표 저서 『노동의 종말』은 1996년에 초판이 나왔습니다. 그는 앨빈

인류 문명의 성과에 대해 최소한의 유류분(遺留分)[3]은 보장돼야 한다는 주장, 로마제국의 시민권을 참조하여 인공지능 안드로이드보다 인간의 권리를 보장해야 한다는 주장이 미래의 인권선언이자 헌법이 될 수도 있을 것입니다.

이렇게 급변하는 시대와 사회 속에서 인간의 본질을 묻고 역사를 탐구하고 미래를 대비하는 지혜를 찾는 것이 인문학입니다. 문학적 상상력이란 어쩌면 인류의 마지막 생명줄일지도 모릅니다. 인문학은 좀 진부한 표현처럼 들릴지 모르지만 모든 학문의 뿌리이자 기초가 되는 학문입니다. 이를 감성적으로 표현해 보면, 어머니의 품이자, 마음의 고향과도 같은 존재라고 할 수 있습니다. 평소에는 그 중요성이 잊혀 있다가도 불현듯 그 중요성을 깨닫게 되는 존재가 어머니와 고향이듯, 사회적 문제가 터질 때면 너 나 할 것 없이 인문학적 소양과 교육의 중요성에 대해 목소리를

토플러식의 21세기 정보화 사회에 대한 낙관적 전망을 반박하면서 첨단기술에 이은 정보화사회가 해고, 대량실업은 물론 블루칼라, 화이트칼라를 가리지 않고 전 세계적 노동의 종말을 가져올 것이라고 예측했습니다. 21세기는 블루, 화이트칼라가 아니라 실리콘칼라의 시대라는 것입니다. 그는 미국 및 유럽의 사례를 통해 국가경제가 회복되고 성장하는 것과는 무관하게 실업률이 증가하는, 이른바 '고용 없는 성장'의 현실을 지적하기도 했습니다. 그는 해결책으로 노동의 진정한 의미에 대한 궁극적인 사고의 전환과 결단을 촉구했습니다.

3 유류분은 피상속인의 증여, 유증에 의해서도 침해되지 않는 상속재산의 일정 부분을 말합니다. 일정한 범위의 근친이나 상속인에게 유보해두고 그 한도를 넘는 유증이나 증여가 있을 때는 그 상속인이 반환을 청구할 수 있습니다. 우리나라의 유류분 제도는 사람이 자기의 재산을 자기의 의사에 따라 자유로이 처분할 수 있다는 사상과 재산은 가급적 가족에게 남겨주자는 사상과의 타협에서 성립한 것입니다. 1977년 민법의 일부 개정으로 신설했습니다. 민법상의 상속인은 피상속인의 직계비속·배우자·직계존속·형제자매 등의 근친자에 한한다.(제1112조) 유류분 비율은 피상속인의 직계비속은 그 법정상속분의 1/2, 피상속인의 배우자는 그 법정상속분의 1/2, 피상속인의 직계존속은 그 법정상속분의 1/3, 피상속인의 형제자매는 그 법정상속분의 1/3입니다.

높이곤 합니다.

문학, 역사학, 철학을 핵심분과 학문으로 삼고 종교학, 미학, 고고학, 민속학 등을 포함하고 있는 인문학은 인간의 본성과 정신, 자기표현과 문화를 두루 연구하는 분야입니다. 이처럼 인간과 관련된 모든 것을 품에 안을 수 있는 인문학에 대해 요사이 '인문학의 위기'라는 진단이 내려졌습니다. 인문학의 고사(枯死) 내지는 빈사(瀕死) 현상이 벌써 여러 대학에서 비인기학과의 신입생 정원 감축 혹은 폐과 조치로 그 모습을 점차 드러내고 있습니다. 인문학 관련 학과의 재학생들도 생존과 취업을 위해 전과(轉科)를 신중히 고려하거나 각종 고시 준비에만 열중하고 있습니다. 제가 졸업한 대학의 경우도 윤리교육학 분야 석사와 박사과정이 감원을 거듭하더니 급기야 모집이 중지되었습니다.

강타를 맞은 인문학계는 여러 가지 원인분석을 내놓았습니다. 실용성, 효용성, 유용성을 추구하는 신자유주의 시장경제 논리가 사회에 팽배해 있는 현상을 우선 외부적 원인으로 꼽고 있습니다. 경제성에 따른 손익계산만을 중시할 때 인문학이 설 자리를 잃게 됨은 자연스런 현상일 것입니다. 물신숭배, 배금주의적인 경향이 지배하면서 인류의 정신문화적 산물에 대한 관심이 소홀해졌고, 사람들은 자연과학이나 경제 등 실용학문을 선호하기에 이르게 된 것입니다. 더 나아가 초고속으로 발전하는 정보통신기술과 생명공학기술의 위세도 인문학 분야를 변두리로 밀어내고 있습니다. 맹목적인 진보 사상에 따른 기술적 발전은 인간의 소외와 가치관의 전도라는 커다란 그림자를 드리우고 있습니다. 인간의 빛나는 정신은 점점 그 그늘 속에서 빛을 잃어가고 있는 듯합니다.

그렇지만 "미네르바의 올빼미는 해질 무렵에야 하늘을 난다."는 헤겔의 말처럼 인문학은 이런 위기의 순간에 오히려 본연의 역할과 기능을 발휘할 수 있는 기회를 얻게 되기도 합니다. 인문학은 일찍부터 인간의 감성과 이성의 조화, 참과 거짓의 분별, 행복한 삶을 위한 가치관 형성 등 인성과 관련한 교육을 담당해 왔습니다. 그 이유는 이를 밑바탕으로 반성과 성찰의 능력을 길러주는 것을 주요 목표로 삼았기 때문입니다. 이런 점에서 보면 인문학은 우리의 행복한 삶에 가장 필요한 학문입니다.

그러나 '인문학의 위기'를 타개하기 위해서는 이런 인문학 본연의 정당성을 강조하는 데에만 그쳐서는 안 됩니다. 현대화의 과정에서 기술과 자연과학의 발전이 낳은 소외화 과정을 인문학이 다시 인간적으로 되돌려 놓을 수 있어야합니다. 현대사회가 더욱 현대화할수록 인문학이 더욱 더 필수불가결하게 된다는 테제(These-정치, 사회적 운동의 기본 방침이 되는 강령)는, 인문학의 정당성을 주장하는 만고불변의 진리입니다. 그렇지만 공학기술의 발전에 따라 제기된 '도전'에 대해 "인문학의 위기"를 타개하기 위한 인문학계의 '응전' 자세는 이런 보상적 정당성만으로는 부족합니다. 인문학의 본질이 인간적인 삶을 살기 위한 도덕적인 기준과 반성적인 사고와 비판정신에 있다는 점에는 그 누구도 부인하지 않고 있기 때문입니다.

오늘날 인문학이 겪고 있는 위기의 본질은 급변하는 사회발전과 기술발전, 학문분야의 지형도와 학문풍토의 변화에도 이에 적절히 대응하지 못한 데서 비롯됩니다. 연구방법의 확대, 교육현장의 교육내용과 교수법의 질적 변혁, 그리고 일반 대중과의 만남과 소통의 확장을 위해 인문학계는 노력을 게을리 하지 말아야 합니다. 아니 더욱 치열하게 죽기설기로 노력해야만 합니다. 이런 점들은 인문학계 내부에서 나온 자기반성과 성찰의 결과입니다. 미약하나마 인문학도로서 인문학의 위상을 끌어올리고 앞으로 인문학자에게 요구될 다음의 몇 가지 방향을 제언해보면서 인문학의 재건이랄까 중흥이랄까 거듭남을 기대해 봅니다.

첫째, 학제적 연구의 활성화가 인문학에 필요합니다. 그동안 인문학계는 분과 학문 분야의 전문화를 고수하는 경직성을 보여 왔습니다. 한 우물을 깊이 파고들면 지하수에서 만나리라는 확신을 고집해 왔지만, 학문 분야의 세분화는 오히려 깊이 있는 통합적 연구를 방해하는 결과를 낳게 되었습니다. 인간에 대한 종합적 연구를 위해서는 인문학 분야 분과 학문의 경계를 허물 필요도 있을 뿐만 아니라, 인문학 분야를 넘어서서 자연과학 분야와의 협력도 과감히 시도해야 합니다. 이런 학제적 연구는 서로 상이한 방법론에 근거해 이룩한 연구 성과들을 상호 보완하면서 좀 더 통합적인 결론을 도출하는 데 이바지할 것입니다.

둘째, 다(多)문화시대에 다(多)언어교육이 필요합니다. 인문학 분야의 기초가 되는 것은 언어입니다. 언어는 그 언어를 사용하는 민족의 정서와 사상을 반영하고 있습니다. 글로벌화 하는 세계에서 문화 간 충격을 완화하고, 인류의 정신과 문화에 관한 다양한 업적을 깊이 있게 비교연구하기 위해서는 다언어 습득이 필수불가결합니다. 더 나아가 자국어 및 외국어의 글쓰기 훈련은 자신의 생각을 논리적으로 표현하고 자신의 개성을 표출하게 하는 데 큰 도움을 줄 수 있습니다. 또한 창작으로서 글쓰기는 공학적 기술과 결합된 콘텐츠를 개발할 때 내러티브를 제공할 수 있는 기반이 될 수 있을 것입니다.

셋째, 수준 높은 멀티미디어 활용 능력이 필요합니다. 웹2.0 시대에 인문학은 활자 텍스트에만 머물러 있을 수 없습니다. 인문학의 연구가 종이와 펜만으로 이루어지던 시대는 지나갔습니다. 멀티미디어 시대의 핵심

표현매체인 이미지와 영상까지도 연구범위에 포함시켜야 합니다. 그동안 컴퓨터를 대하면서 수동적인 소비자의 입장에 그쳤다면, 이제는 컴퓨터가 자신의 생각을 글뿐만이 아니라 이미지와 영상물로도 표현하고, 자신의 상상을 가상현실로도 제작할 수 있는 중요한 창작도구라는 인식을 지녀야만 합니다. 활자 중심의 연구에서 매체 중심의 연구로 전이를 위해 인문학 연구자도 각 개인의 컴퓨터 활용 능력을 일정 수준으로 향상시켜야만 합니다. 수준 높은 멀티미디어 활용 능력을 지니게 되면 영상세대의 학생들이 쉽게 접근하고 학습할 수 있는 교육매체를 개발할 뿐만 아니라, 기존의 멀티미디어 자료를 비판적으로 비교 검토할 수 있게 될 것입니다. 더 나아가 자연과학 분야와의 학제적 연구에서도 상호 소통에 무리가 없을 것입니다.

넷째, 멀티미디어 매체를 이용한 인문학적 문화콘텐츠 개발이 필요합니다. 인류 문화에서 축적된 인문학적 자료는 그야말로 방대합니다. 문제는 이런 자료들이 주로 활자 텍스트 형태로 도서관에 쌓여 있다는 점입니다. 인류의 중요한 문화유산들에서 좋은 소재를 발굴함은 물론, 이를 멀티미디어 매체와 접목시켜 문화콘텐츠로 개발하는 기획에 적극 동참하는 데 주력해야 할 것입니다.

다섯째, 인문학의 대중화가 필요합니다. 일반 대중은 인문학 교수들의 '인문학의 위기' 선언을 곱지 않은 시선으로 바라보았습니다. 일반 대중으로서는 인문학적 소양에 대한 갈망이 늘 있었지만, 그것을 충족시켜 줄 만한 적당한 콘텐츠가 없었습니다. 실상 '인문학의 위기'는 '인문학 교수의 위기'로 치부되고 있기도 합니다. 인문학은 일부 전문가나 소수 계층만을 위한 학문연구에 그쳐서는 안 됩니다. 일반 대중과 직접 자리를 함께 할 수 있는 다양한 프로그램을 기획해야 합니다. 또한 일반 대중을 위한 글쓰기뿐만 아니라, 다양한 매체를 활용한 문화콘텐츠개발 작업에도 인문학자들이 적극 뛰어들어야 할 것입니다.

여섯째, 인문학 관련 자료의 데이터베이스화가 필요합니다. 사이버 상에는 수많은 정보들이 떠돌아다니고 있습니다. 인문학자들은 사이버상의 정보를 경시하는 경향이 있습니다. 사실 사이버에서 제공되는 정보들 중 '쓰레기'로 취급되어야 할 것들이 많기도 합니다. 그러나 어차피 우리가 정보화 시대에 사이버 공간에서 수많은 정보를 접할 수밖에 없다면, 인문학 관련 정보에 관해 제대로 된 정보를 제공할 필요가 있습니다. 그동안 축적된 인류의 문화유산들과 인문학적 연구결과들을 데이터베이스화하여 사이버 상에서 효율적으로 관리해 나가야 할 것입니다.

시험공화국인 우리교육 현실

대한민국은 시험공화국이라고 말을 해도 지나치지 않습니다. 대한민국에서 시험을 통하지 않고 얻을 수 있는 것은 아마 없을 것입니다. 항상 시험의 압박 속에서 살아가는 우리에게 시험기간은 어김없이 찾아옵니다. 수업시간에 배운 모든 내용을 다시 정독해야합니다. 아니 암기해야 합니다.

초·중·고 시절 외우는 것을 정말 싫어했습니다. 당시 주입식 교육과 암기는 고등학교 졸업과 함께 마침표를 찍을 것이라 생각하고 졸업만을 기다렸습니다. 늦게 사 대학에 들어가서는 이제는 암기는 그만이라 여기고 대학교육을 기대했습니다. 시험에서 자신의 생각을 서술형으로 논술하고, 특정 문제를 다양한 측면에서 볼 수 있는 시각이 길러지는 수업이 대학에서는 가능할거라 믿었습니다. 그런데 이게 뭐람! 대학교 공부는 고등학교 때보다 더 심한 '단순암기'방식이었습니다. 고등학교 시험에는 응용유형이라도 있었지만, 대학교 시험은 교양과 전공을 막론하고 암기한 것을 그대로 답안지에 토해내는 방식이었습니다.

물론 자신의 생각을 논하는 논술형 문제도 있었지만 답은 정해져 있었습니다. 교수 의견과 다른 생각을 가지고 글을 쓰면 좋은 성적을 받을 수 없었습니다. 이런 상황에서 학생들은 정해진 답을 맞히기 위해 암기하고 교수의 의견에 자신의 생각을 끼워 맞추려는 노력을 합니다. 정해진 답을 제외한 모든 생각은 틀린 것으로 치부되기 때문입니다. 이것은 어느 한 대학만이 아닙니다. 제가 여러 대학을 다녀본 결과 그러했습니다. 이는 신학대에서도 마찬가지였습니다.

얼마 전, 서울대에서 A+를 맞는 학생들의 공부 방법을 찍은 다큐멘터리가 화제가 됐습니다. 해당 다큐멘터리 내용에 따르면 이른바 우리나라 최고의 대학인 서울대학교에서 좋은 성적을 받기 위한 방법은 교수의 강의를 그대로 외우는 것이었습니다. 그들은 교수의 강의를 그대로 녹음해 토씨하나 틀리지 않게 받아 적고, 내용을 간추려 암기했습니다. 이 과정에서 중요한 점은 자신의 생각이 절대 개입돼서는 안 되고, 교수의 강의 내용을 통째로 흡수해야 한다는 것이었습니다. 우리나라 최고 대학이라는 서울대에서도 위와 같은 주입식 교육과 시험이 성행하고 있다는 점은 우리나라 대학사회에 주는 시사점이 명확해집니다. 바로 주입식 교육의 범위가 초 · 중 · 고등학교를 넘어서 이제는 대학교까지 그 입지를 넓히고 있다는 사실입니다.

대학의 주입식교육은 창의적인 인재를 원하는 사회와 기업에 적합하지 않습니다. 또한 비판적 · 창의적 사고를 억압하고 교육자의 생각을 수동적으로 수용하는 법만을 배운 학생들에게 갑자기 창의적이고 적극적인 마인드와 태도를 요구하는 것 역시 무리이자 억지입니다. 정해진 답을 요구하는 교육은 사교육을 조장할 뿐입니다. 사교육에서는 무엇이 핵심인지, 가장 쉬운 암기 방법은 무엇인지를 알려주기 때문입니다. 최근 대학생 사교육이 급격히 늘고 있는 추세를 보면 '학원 만능주의'의 물결은 이미 대학가를 점령했나봅니다. 정답을 찾는 교육은 쓸모가 없습니다. 이런 방식의 교육은 단지 평가만을 목적으로 할 뿐, 성장의 자양분이 되지 못합니다. 앞으로는 학생들이 정해진 답만을 일방적으로 수용하지 않고, 다양한 생각을 창조하고 뚜렷한 주관을 갖도록 하는 새로운 교육과 평가제도가 나와야할 것입니다.

지위경쟁과 서열이 고착화된 나라

　제가 고등학교 3학년 때인가 싶습니다. 주민등록증을 발급받을 때의 일입니다. 이제는 당당하게 어른이 되는 것만 같아 신이 났습니다. 동네 동사무소에서 주민등록증을 발급받으러 뛴 걸음으로 갔습니다. 가슴 벅찬 기대감으로 받은 주민등록증에는 뜻밖의 글귀가 눈에 확 들어왔습니다. '제2국민역'이라는 글귀가 분명하게 박혀 있었습니다. 저는 '이게 무슨 말인가'해서 당시 동사무소 직원에게 물었습니다. 그의 말은 제가 군대를 면제받기에 국민으로서 국방의 의무를 마치지 않기에 그런 것이라고 하였습니다. 그럼 군면제자는 모두가 제2국민역인지를 물은 기억은 없지만 기분이 좋지 않았습니다. 그로부터 간혹 길을 가다보면 검문검색을 하는데 그때마다 주민등록증을 보이기가 어딘지 불편했습니다. 제가 선천적인 심장질환이 있기에 부득이 군면제인건데, 마치 2등국민으로 취급받는 것만 같았습니다.

흔히 쓰는 말이 있습니다. "남자는 군대를 다녀와야 사람 된다." 그럼 저처럼 군 면제자는 사람이 못되는 것인지요? 그렇다면 우리나라의 모든 장애인과 같이 몸과 마음이 불편한 이들과 모든 여성도 그런 건지요? 예전에는 공무원시험에서 군가산점이 있었습니다. 신성한 국방의 의무를 다한 것에 대한 국가적 예우였습니다. 그러나 이것이 남성과 여성을 편가름으로 여성에게 불이익이 된다는 뜻으로 위헌 판결이 나서 지금은 군가산점이 없습니다. 어느 순간부터 주민등록증에 제2국민역이라는 글귀가 없어졌습니다. 이제는 주민등록증에 제1국민, 제2국민으로 나누어 표기하는 것이 없어졌으니 국민의 등급을 나누는 것이 없어진 것일까요?

현재 우리나라는 1등과 2등 국민으로 나누어져 있습니다. 눈에 보이는 주민등록증엔 명문화가 되어 있지 않지만 분명히 그렇습니다. 2등 국민은 소득만 적은 게 아니라 인간의 자연적 권리인 연애나 결혼도 하기가 어렵다고 아우성입니다. 그 옛날 우리 부모들은 대학만 졸업하면 평생 성공이 보장되었기에 논을 팔고 소를 팔아서라도 자식을 대학에 보내려고 하였습니다. 그래서 생긴 말이 우골탑(牛骨塔)이라고 합니다. 그러나 1997년 IMF 사태를 경험한 이후, 대학졸업장은 더 이상 성공의 담보(擔保)가 되지 못합니다. 이제 대학졸업은 가중치가 높은 절대평가 항목이 아니라 많은 요인(要因) 중의 하나에 불과합니다. 일생에 황금기라고 할 수 있는 청춘의 시절인 대학생 시기에, 오늘도 캠퍼스를 활보하고 있는 나름 선택 받은 대학생들도 장래가 밝지만은 않은 게 현실입니다.

그러나 아직도 우리사회는 이른바 명문대학을 나오면 그것이 인생의 성공을 담보하는 신호로 받아들여지는 게 현실입니다. 학연이 공공연한 현실에서 명문대 졸업장은 성공의 보증수표인 것입니다. 그러다보니 오늘날도 부모들은 자식을 명문대학에 보내려고 안간힘을 씁니다. 힘에 부칠 정도로 사교육비를 지출합니다. 이런 이유로 부모들은 다수의 자녀를 낳지 않습니다. 힘에 부치는 사교육비를 대기위해 부득이 저출산일 수밖에 없습니다. 그런데 안타까운 현실은 사교육비에 따라 우리나라 국민이 1등과 2등으로 나누어진다는 사실입니다.

부모가 지출한 사교육비는 자녀의 학벌과 졸업 후 임금을 좌우된다는 연구결과가 나왔습니다. 국회예산정책처 '저출산 문제와 교육 실태' 보고서에 따르면 사교육비 지출 규모에 따라 주요 10개 대학(서울대·연세대·고려대·카이스트·포스텍·성균관대·경희대·서강대·한양대·이화여대) 진학률이 큰 차이를 보였습니다. 이 보고서는 마강래 중앙대 도시계획학 교수가 2000~2002년과 2014년 한국노동패널조사 결과를 비교해 저출산과 교육실태 간의 연관성을 분석해 작성했습니다. 마 교수는 2002년 중·고교생 852명의 사교육비를 5분위로 나눈 뒤 분위별 학생들이 2014년 기준으로 어느 대학에 얼마나 진학했는지를 살펴봤습니다. 한국노동패널조사 자료를 분석한 결과 2002년 월평균 61만1000원을 사교육비로 쓴 5분위 가정 학생의 2014년 4년제 대학 진학률은 1분위(4만5000원) 가정의 1.3배 높았지만, 서울 소재 대학은 2.1배, 주요 대학은 2.2배, 대학원은 3.7배까지 차이가 벌어졌습니다.

이들의 졸업 후, 월 급여는 사교육비를 가장 많이 지출한 5분위가 210만8000원, 4분위는 203만9000원, 3분위는 191만5000원, 2분위는 189만7000원, 1분위는 187만8000원이었습니다. 사교육비 지출은 가구소득이 높을수록 많았습니다. 2014년 노동패널조사자료 중 2078가구의 월평균 사교육비를 조사한 결과 자녀 1인당 27만3000원인 것으로 파악됐습니다. 이는 교육부·통계청의 '2015년 초·중·고 사교육비 실태조사'의 초·중·고교생 1인당 사교육비 24만4000원보다 2만9000원 많은 것입니다. 소득 5분위(연 5248만원)는 45만1000원으로 1분위(1125만원)의 13만3000원보다 3.4배 많았습니다.

정부의 대표적 사교육 경감 대책은 방과후학교와 EBS의 대학수학능력 시험 강의입니다. 교육부는 17조8000억원(2015년 기준) 규모인 사교육비를 줄이는 데 'EBS 수능 강의와 수능 70% 이상 연계 출제' 정책이 '혁혁한 공'을 세웠다고 자부해왔습니다. 한국직업능력평가원과 한국교육개발원(KEDI)이 최근 내놓은 'EBS 수능강의 성과분석연구' 보고서에 따르면 EBS 수능 강의에 따른 사교육비 경감액은 2016년 1조1178억원으로 추산됩니다. KEDI는 학부모 대상 설문조사 결과를 근거로 "EBS 수능 강의를 폐지하면 사교육비가 1조2329억원 증가할 것"이라고 전했습니다. 그러나 수능과 EBS 수능 강의를 연계하는 게 그만큼의 사교육비 경감 효과를 내는지는 의문입니다. 고교생의 경우 EBS 수능 강의 활용도가 높으면 사교육 참여 시간이나 지출액도 늘었기 때문입니다. 방과후학교도 중학생들의 과학고나 외국어고, 자사고 입시 관련 사교육 수요를 줄이는 데는 그다지 효과를 발휘하지 못했습니다. 보고서는 "방과후학교 지출 비용이 높은 중학생이 진로고등학교 유형으로 자사고와 특목고를 응답하는 비율이 높았다."며 "EBS 수능 강의와 방과후학교 등 공교육 프로그램이 사교육비에 미치는 영향은 학교급별로 다를 수 있다."고 지적했습니다.

우리사회의 가장 큰 문제는 계층 상승 기회가 너무 제한적이라는 것입니다. 교육의 본질적 목적에 관한 전반적인 인식 개선과 함께 입시제도 개혁, 경쟁 위주 평가, 학벌사회 탈피 등 노력이 병행돼야 합니다.

풍요로운 사회에서는 상대평가가 목적으로 변합니다. 상대평가는 '의도하지 않은 타인에 대한 영향력', 즉 '외부성'이 강하게 나타나는 제도입니다. 경제학 교과서에서는 외부성을 '어떤 경제주체의 행위가 제3자에게 의도하지 않은 이익이나 손해를 주고도 이에 대한 대가를 치르지 않은 것'으로 정의합니다. 다른 사람에게 좋은 영향을 주고도 대가를 받지 않는 경우를 '외부경제'라 하고, 반대로 다른 사람에게 나쁜 영향을 주고도 이에 대해 보상하지 않는 경우를 '외부불경제'라 부릅니다. 이렇게 의도하지 않았지만 남에게 영향을 미치는 외부효과는 특히 상대평가 시스템에서 극대화되어 나타납니다. 상대적 관계로 평가했을 때 어떤 이의 약진(躍進)은 반드시 다른 이의 퇴보(退步)로 이어지게 됩니다.

상품과 물건이 차고 넘치는 사회에서는 '충분히 가졌는지'는 더 이상 관심의 대상이 아닙니다. 중요한 건 '상대적 위치'를 증명할 수 있는 특별한 무언가를 가지고 있는가입니다. 프레드 허쉬는 『성장의 사회적 한계』에서 희소성을 물리적인 희소성과 사회적인 희소성으로 구분합니다. 허쉬의 분석은 간단명료합니다. 경제가 지속적으로 성장해서 풍요의 시대에 진입하게 되면, 사람들은 물리적 희소성보다 사회적 희소성에 더 관심을 기울이게 됩니다. 이런 사회적 희소성이 우리사회에서는 고급지위가 소수에게 독점되는 현상으로 발생하는데 교육적인 요인이 있습니다. 전국 고등학교 수는 약 2300여 개에 이릅니다. 이들 중 상위 1%(23개교) 학교 출신자들이 서울대 입학생의 30%를 넘게 차지합니다. 상위 20%(460개교)로 확대해보면, 이들 학교에서 보내는 서울대 신입생이 전체의 88%를 차지합니다. 풍요로운 사회의 경쟁, 더 높은 지위를 점하기 위한 노력은 더 이상 사회적 후생을 높이지 못하는 지점에 이르게 됩니다. 우리나라 대부분의 부모가 노력하지만, 사회적 지위는 그대로이기에 그 노력은 낭비적입니다. 더욱이 이러한 낭비적 노력이 심해질 경우 사회적 후생도 점차 감소하게 됩니다.

우리사회는 경쟁에서 승리한 소수도 포식자의 눈에 잘 띄는 위험한 상황에 처하게 되었습니다. 이것이 바로 낭비적 경쟁이 갖는 위험성입니다. 이런 낭비적 경쟁이 '지위경쟁'입니다. 주로 '노동' '소비' '교육' '결혼'의 네 영역에서 나타납니다. 지위경쟁은 개인에게 고통스러울 뿐만 아니라 집단을 공멸의 위기로 몰아넣을 수 있습니다. 우리 사회에 만연한 지위경쟁의 양상에 조금 더 관심을 기울여본다면, '왜 풍요한 사회가 헬조선이라 불리는지' 그 이유가 보이기 시작할 것입니다.

학부모의 가장 큰 소망은 자녀가 '번듯한 직장'을 갖는 것입니다. 이를 위해서는 사교육비를 비싸게 들여서라도 좋은 대학을 보내야한다고 믿고 있습니다. 교육이 계층이동의 사다리가 될 수 있도록 교육계는 물론 정부와 정치권이 함께 노력을 해 나가야 할 것입니다. 이를 위해서 분명히 교육계만큼은 투명하고 공정하게 상급학교 전형이 이루어져야합니다. 그래야 그나마 교육을 통한 사회계층의 이동과 상승이 가능해져 희망을 가질 수 있습니다. 그러나 개천에서도 용이 날 수 있는 여건을 마련해 주고 임금 격차도 없앤다면 굳이 자녀에게 막대한 사교육비를 투입하지 않을 것입니다. 고졸과 대졸간의 임금격차도 일정기간이 지나면 철폐한다면 사교육과 대입에 대한 수요는 급속히 줄어들 것입니다. 학력을 넘어서는 실력 사회가 되기를 기대해봅니다.

'학벌 만능' 수능 연기에 나라가 들썩

2017년 11월 15일 경북 포항에 지진이 난 직후, 흔들리는 교실에서 놀라 뛰쳐나간 학생들에게 교사가 벌점을 줬다는 글이 소셜미디어를 통해 퍼졌습니다. 이 글이 몇몇 언론에 기사화돼 논란이 벌어졌습니다. "세월호 참사를 겪고도 또 아이들 안전을 무시하느냐" "그냥 넘어가서는 안 된다"는 비난이 빗발쳤습니다. '훈육'을 빌미로 학생들의 일거수일투족을 통제하는 것에 대한 불신, 입시와 직결되는 벌점제도에 대한 반발이 지진을 계기로 터져 나온 것이었습니다. 경북도교육청 등에 확인한 결과 지진 피해를 입은 지역에서 대피하는 학생들에게 벌점을 준 교사가 있었다는 증거는 없었습니다. 대형 사건이 일어났을 때마다 인터넷에서 흔히 벌어지는 헛소동의 하나였던 셈입니다. 하지만 재난 상황에서 '벌점 루머'가 돌았다는 것 자체는 우리나라 교육의 현실을 보여주는 상징적인 현상이었습니다.

지진으로 대학수학능력시험(수능)을 연기한 교육당국의 판단과 신속한 현장점검, 예비시험장과 긴급 수송차량 마련 등 최선을 다한 것에 대한 교육계의 평가는 긍정적입니다. 안전보다 중요한 시험은 없으며 어린 학생들의 안전이 최우선이라는 메시지를 보낸 정부 당국에 신뢰를 보낸 이들이 많았습니다. 그렇다 해도 입시를 기준으로 모든 시간표가 짜여 있는 현실과 수능체제, 나아가 입시 위주 교육 전반을 되돌아보는 계기로 삼았으면 좋겠습니다.

지진 6시간여 뒤 교육부가 공식 발표를 하기 전까지, '신성불가침'으로 여겨져 온 대학 입시 날짜가 바뀔 것이라 예상한 사람은 거의 없었습니다. 수능을 주관하는 교육부, 문제를 내는 한국교육과정평가원, 시험을 시행하는 교육청의 대다수 관계자와 청와대도 시험을 연기할 수는 없다고 했습니다. 여진이 계속되고 있었지만, 60만 수험생만이 아니라 사실상 '전국의 스케줄'을 조정해야 하는 수능 연기는 선택지에서 밀려나 있었던 것입니다.

피해지역 주민들이 대피소에서 힘겨운 겨울을 맞았지만 지진보다는 수능이 '국가적 관심사'가 됐던 것이 사실입니다. 2017년 11월 20일 정부 합동 브리핑에서 이진석 교육부 대학정책실장은 여진으로 시험을 치르지 못하는 상황이 온다면 "국가재난사태"가 될 것이라고 했습니다. 대학 입시에 차질이 빚어지는 것이 국가적 재난이 된다는 뜻입니다.

교육계에서는 이번 사태를 계기로 시험 하나에 수십만 명의 인생, 사회 전체가 좌지우지되는 입시체계를 되짚어보자는 얘기가 나오기도 했습니다. 일주일 연기가 결정되자 곧바로 이벤트성 사교육 상품이 나왔다는 것은 수능 중심의 교육구조에 문제가 있습니다. 수능이라는 시험이 이어진 지는 벌써 25년이 됐습니다. 무수한 '기출문제' 속에 학생들은 문제풀이 기계가 돼버렸고, '변별력'을 높이기 위해 가장 어렵고 복잡한 지문을 택해 학생들을 걸러내는 시험으로 변질했습니다. 학생들이 사회를 살아가는 데 이런 문제가 필요할까 하는 회의적인 시각도 있습니다. 공론화 과정을 거쳐 시험제도를 재고해야 합니다.

수능이 여전히 국민적 관심사라곤 하지만 실제 대학 입시의 비중은 줄고 있습니다. 2018학년도 대입에서 정시모집의 비중은 26.3%였습니다. 그런데도 학교 교육이나 모든 교육 계획은 수능에 맞춰져 있습니다. 수능으로 승부를 보는 수험생은 성적 상위권 학생들일 가능성이 높습니다. 이제는 '모두를 위한 교육'으로 바꿔야 합니다.

일제고사식 시험에 쏟는 사회적 에너지가 너무 크고, 문제풀이와 암기식으로 교육이 왜곡되는 등 부작용이 많습니다. 모든 학생을 일시에 평가하는 시스템을 그대로 둘 것인지 사회가 질문을 던져야 합니다. 공부 잘하는 학생 20~30%를 위해 모든 사회가 움직입니다. 더 많은 학생들에게 중요한 직업교육은 여전히 후진적이기 때문에 제주도에서 현장실습 중 사고로 숨진 이 군 사건 같은 안타까운 일이 일어났습니다. 수능일 지진 발생 시 대책에 정부 당국과 사회의 관심이 쏠려 있는 사이에 교육현장에선 이런 일들이 벌어지고 있었던 것입니다. 수능에 맞춘 교육으로 학생들이 세상을 살아갈 능력을 갖출 수 있을 지요? 이제라도 미래를 준비하고 안전을 확보할 교육시스템을 만들어야 할 것입니다.

반칙이 통하는 학력 대물림의 현실

2017년 12월 8일 유명 대학 교수들이 미성년 자녀를 자신의 논문 공저자로 끼워 넣어 온 행태가 보도되었습니다. 이는 반칙으로 학력 대물림을 시도한 사례들 중 하나였습니다. 교육부가 이런 의심스러운 사례가 나올 때마다 땜질식 처방으로 불신을 키워 왔습니다. 학생부종합전형이 금수저 전형이란 오명(汚名)을 벗지 못하는 이유이기도 합니다. 교육부가 논문 공저자 끼워넣기에 대해서는 발 빠르게 전수조사에 착수하고 제도 개선을 예고했지만 대입 결과와의 연관성 등까지 속 시원하게 밝혀낼지는 회의적인 시각이 많았습니다. 대입의 공정성을 흔드는 반칙은 근절될 수 있을까요?

이 일을 접하면서 반칙의 역사를 되짚어 봅니다. 지금의 대입 전형은 학교생활기록부 위주의 수시모집과 대학수학능력시험 위주의 정시모집으로 나뉩니다. 수시 비중이 최근 급격히 상승하면서 학생부의 중요성은 날로 커지는 추세입니다. 따라서 반칙은 주로 학생부를 조작하는 방식으로 이뤄져 왔습니다. 2010년 인천의 한 특수목적고가 학생부를 조직적으로 조작했다 적발된 것을 시작으로 매년 이런 사례가 끊이지 않았습니다. 때로는 부유층 학부모로부터 청탁을 받아서, 때로는 진학 실적을 높이기 위해서 학생부에 무단으로 손을 댔습니다. 담임교사, 과목교사, 학교 관리자 등 조작은 전 방위로 이뤄졌습니다. 교육 당국은 인천 사건을 계기로 학생부의 신뢰도를 높이는 방안을 내놓겠다고 했었습니다. 그러나 2016년 광주광역시의 한 여고에서 또다시 대규모 학생부 조작 사건이 터졌습니다.

경기도의 한 사립고에서는 최근 딸의 학생부를 대입에 유리하게 무단으로 고쳐 쓴 교사가 적발됐습니다. 해당 교사는 딸이 다니는 학교에서 교편을 잡고 있었기 때문에 논란이 커졌습니다. 교육부가 국회 교육문화체육관광위에 제출한 국정감사 자료인 '교원 부모 및 교원 자녀 동일 학교 근무 및 재학 현황'을 보면 부모인 교사가 자녀인 재학생과 함께 있는 고교는 전국 560개교로 집계됐습니다. 전체 고교의 24%에 해당합니다. 이런 학생의 학생부는 부모의 직장 동료가 작성자인 셈입니다. 이런 일이 얼마든지 있었고 앞으로도 터질 수 있다는 게 학교생활기록부의 축소를 주장하는 사람들의 논리이고 설득력을 얻어가는 상황입니다.

이런 반칙이 완전히 근절되기 어렵다는 점이 더 큰 문제입니다. 학생부를 대놓고 조작한 경우라면 적발과 처벌이 가능할 수 있습니다. 그러나 인맥을 통해 은밀히 이뤄지는 경우 금품이 오가지 않아 물증을 찾기 어렵고, 무엇보다 대입과의 연관성을 캐내기 어렵습니다. 평가자의 주관적 평가를 점수화하는 정성평가의 특성 때문이기도 합니다.

이런 와중에 사교육 기관은 끊임없이 부유층을 위한 새로운 대입 스펙을 생산할 것으로 보입니다. 기상천외한 대입 스펙들이 유행하면서 부유층들은 이를 이용하고 교육부는 금지하는 상황이 반복돼 왔습니다. 사교육 업체들은 학생을 작은 회사 CEO로 포장해주기도 하고 특허를 출원한 유망한 발명가로도, 백일장에 입상한 소년 문장가로도 만들어줬습니다. 요즘 사교육 기관이 주목하는 스펙 중 하나는 무크(온라인 대중 공개수업)입니다. 정부도 국내 주요 대학들과 손잡고 케이-무크란 서비스를 하고 있는데 이미 중·고교생 회원이 3만 명이 넘은 것으로 파악됩니다. 서울 강남의 사설업체는 거액을 내고 급하게 대입 스펙을 만들면 요즘엔 통하지 않습니다. 고1부터 회원제로 운영하고 있으며 25만~30만원을 매달 내고 케이-무크를 포함해 소논문 작성까지 대입 스펙을 일괄 관리해준다고 합니다. 한때 소논문 활동은 일부 특목고나 자율형사립고의 전유물이었는데 최근에는 일반고까지 널리 퍼져 있습니다. 케이-무크도 이런 전철을 밟을 것으로 예상하는 사교육 업체 관계자들이 적지 않습니다.

반칙이 횡행하는 토대를 제공하는 건 다름 아닌 정치권과 교육 당국입니다. 악순환의 고리에서 벗어나지 못하는 상황입니다. 대략 이렇습니다. 정치권과 교육 당국이 학교는 준비가 안 됐는데 덜컥 대입 제도를 손봅니다. 대입에서 불확실성이 증가해 학부모와 학생은 불안해지고 사교육 기관을 찾게 됩니다. 사교육비가 증가하고 학부모와 학생의 고통이 가중되면 정치권은 이를 해결한다며 설익은 개편안을 또 내놓습니다. 이런 '되먹임' 구조가 끝없이 반복되는 상황이 고교 현장에서 벌어지고 있습니다.

학생부 조작이나 논문 공저자 끼워넣기 같은 반칙도 이런 토대에서 가능해집니다. 교육 당국은 지속적으로 수능의 대입 영향력을 줄이고 학생부 위주 전형을 늘리는 방식으로 정책을 펴 왔습니다. 학생부 위주 전형 비중 증가의 명분은 고교교육 정상화였습니다. 문제는 속도입니다. 수시 비중은 2009학년도 56.7%에서 2018학년도에 73.7%로 급증했습니다. 반면 정시는 43.3%에서 26.3%로 10년 새 반토막 났습니다. 선호도 높은 대학일수록 수시 비중이 높은 경향을 나타내는데 서울의 10개 주요 대학을 보면 2016학년도 수시 비중이 67.9%에서 2018학년도 74%로 껑충 뛰었습니다.

학교 현장은 물론 대학도 이런 급격한 변화에 적응하기 어려웠습니다. 학교생활기록부 전형을 실시하는 주요 60개 대학 입학사정관들은 1명당 많게는 260명에 이르는 지원자 서류를 심사하기도 했습니다. 날림 심사가 진행되므로 꼼수와 반칙이 횡행하게 됩니다. 학생 스스로 할 수 있는 여지는 점차 줄고 교사와 학부모 역량이 대입을 좌우하고 사교육이 개입할 여지도 커졌습니다. 입학사정관 제도가 정착한 미국의 경우 입학사정관들이 운동선수 스카우트하듯 고교 교사들과 신뢰 관계를 형성한 상태에서 수시로 학생의 인성과 발전 가능성을 들여다봅니다. 우리나라의 학교생활기록부 전형은 고교와 대학의 신뢰가 만들어지지 않은 상태에서 대학도 학생도 교사도 준비되지 않았는데 정치권과 교육 당국이 급하게 밀어붙였습니다. 그 결과 여기저기서 문제가 터진다는 지적이 나옵니다.

문재인 정부도 '역대급' 개편안을 예고한 상태입니다. 수능과 고교 내신을 절대평가로 전환하는 큰 폭의 변화여서 학교 현장 등은 촉각을 곤두세우고 있습니다. 개편안은 2018년 6월쯤 윤곽을 드러내고 8월쯤 확정 발표될 예정입니다. 대입제도 개편의 첫 실험 대상인 현재 중학교 3학년은 혼란에 빠져 있습니다. 나아가 문재인 정부는 고교를 대학처럼 운영하는 고교학점제도 시범 운영을 시작했습니다. 이런 정책들이 교육계와 충분히 숙의되지 않은 채 몰아치듯 진행되고 있습니다. 문재인 정부는 과연 악순환의 고리를 끊어낼 수 있을까요?

민주시민교육을 위한 공동체정신

　최근 민주시민교육의 필요성에 대한 관심과 요구가 급증하고 있습니다. 민주시민교육은 민주주의와 공동체의 발전을 위해 국가의 주권자인 시민의 능력을 기르는 교육을 말합니다. 민주시민 능력은 일반적으로 주권자로서 시민이 자신의 소속된 사회에서 발생한 다양한 현상에 관한 객관적인 지식을 갖추고, 상황을 올바로 판단하며, 사회구성원들과 대화를 통해 당면 문제를 해결할 수 있는 실천능력을 일컫습니다. 그런데 이러한 시민역량은 개인 차원의 노력에 의해서 완성되기보다는 공동체 내에서 동료 시민들과의 협력 속에서 완성되며, 이론으로 배울 수 있는 것이 아닌 실천을 통해서 습득되어집니다.

　이와 같은 민주시민역량을 길러갈 교육이 실제 삶의 현장에서 어떤 방식으로 진행되고 완성될 수 있을까요? 민주시민교육의 핵심개념은 '주권 자인 시민', '다양한 현상 또는 사회적 문제', '공동체', '대화', '협력', '실천'일 것입니다. 이러한 민주시민교육은 삶의 현장에서 이루어지는 것이며, 협력과 연대를 통해서 완성되는 것입니다. 이런 민주시민교육을 구현하기 위해서는 먼저 공동체정신을 구체화해야합니다. 지난 2014년 선장을 포함한 어른들의 잘못으로 세월호는 침몰하였고, 많은 승객은 비참하게 목숨을 잃었습니다. "이동하지 말고, 가만히 있으라."는 방송만 믿고 배 안에서 구조를 기다리던 단원고 학생 250명은 꽃봉오리를 펴보지도 못한 채 꺾이고 말았습니다.

분명히 사고 원인은 국가, 선박회사, 선원 등 총체적으로 어른들의 잘못이었습니다. 이에 대해 단원고 학생들은 성급한 분노를 표출하지 않고 먼저 간 친구들에 대한 참담함을 가슴깊이 되새기면서 마음 모아 조의를 표하면서 침묵했습니다. 이런 자세는 참으로 인간적이고 감동적이었습니다. 단원고 학생들이 보여준 성숙한 모습은 자신의 목숨만을 위해 도망치듯 탈출한 선원들처럼 치졸하지 않고, 진정 민주시민의식이 충만한 자랑스러움입니다. 살아있는 어른들의 마음을 아프게 하면서도 어른들 스스로 부끄러워하고 참회하게 만들기에 충분했습니다. 그런데 이토록 많은 학생이 희생된 참사 이후 대책으로 발의되고 제정된 '인성교육진흥법'은 교육계에 몸담은 한 사람으로서 볼 때 아쉬움과 황당함으로 느껴지는 것이 사실입니다.

사고원인 제공자인 어른들을 대상으로 하는 게 아니라, 아름다운 영혼을 가진 학생들의 인성을 교육하라면서 '인성교육진흥법'을 제정하여 사고의 원인과 대책을 교육계에 전가하는 정치권과 보수적인 교육계의 행태는 도대체 문제의 핵심을 제대로 파악하려고 하는 건지 의심스럽기까지 합니다. 도대체 이들은 가슴 아픈 참담함을 느끼기나 하는 건지, 반성할 줄이나 아는 건지 이해하기 어렵습니다. 더 나아가 인성을 강제적인 법과 관주도의 지시에 따른 교육으로 해결하겠다는 발상은 "인성도 지식이요, 지식은 강제로 주입하면 된다."는 집단주의적, 군사문화에서 나온 교육관 그 자체인 것만 같은 생각에 말도 안 나옵니다.

인성은 교육만이 아니라 깨달음과 공감을 통해 조금씩 서서히 형성하는 것입니다. 마치 공장에서 제품을 정해진 틀로 찍어내듯 할 수 있는 것이 아닙니다. 이런 주입식 교육의 망령이 21세기 다원화가 당연시되는 다음 세대요, 미래 세대들에게 적용하려는 발상이 어디서 나온 건지 모르겠습니다. 법으로까지 정해서 학교에 교사들에게 학생들에게 강요되는 인성교육진흥법의 필요성이나 의미와 가치와 교육적 실현성에 의문을 갖고 있습니다. 정작 세월호 사고에 대한 대책이나 철저한 반성은 아직도 이루어지지 않고 있습니다. 인성교육진흥법의 숨은 의도가 세월호 사건을 덮으려는 물 타기 교육정책은 아닌가 하는 생각마저 듭니다.

이런 제 생각이 지극히 편협하고 개인적인 생각이 아닌지 현재 많은 학교현장에서 인성교육진흥법이 제대로 구현되지 않고 있습니다. 교육청에서도, 학교정책에서도 이렇다 할 적극성을 보이지 않고 있고, 실제 교사들도 그렇습니다. 사실 인성교육은 이 법 이전에도 이미 도덕교과를 비롯한 사회와 역사와 국어 교과 등에서 다양한 시각에서 펼쳐왔고 교과통합과 생활지도에서도 구현되어 왔습니다. 민주시민의식을 교육하기 위해 양성평등, 평화감수성교육, 인권인성, 다문화존중교육 등이 실시되어 왔습니다.

세월호 사고를 겪고 알파고의 활약상을 경험하고 이른바 4차 산업 혁명 시대를 맞이하는 우리 교육 현장에서 가장 중요한 교육적 가치는 인성교육진흥법의 적용이 아니라 '민주시민교육'입니다. 현재의 대한민국은 정치적 민주화에 이어 공정하고 행복한 민주사회를 위한 성숙한 민주시민의식이 절실합니다. 1등만을 인정하는 경쟁사회, 경제력이 중산층의 기준이 되는 황금만능사회, 가진 자가 법과 원칙을 지배하는 불공정한 사회 등 비민주적 정치 행위로 발생한 부조리를 개혁할 새로운 민주시민교육이 필요합니다.

사실 지금까지 민주시민교육은 전통적인 도덕적인 가치를 강요하거나 정치 집단의 이념을 강제로 주입하려는 교과서 중심의 지식전달식이었습니다. 이런 지식위주교육은 지식으로 얻은 권력층이 약자를 지배하고 부를 독식하려는 '도덕적 해이'[1] 또는 부정부패를 낳았습니다. 시시때때로

---

1 한쪽이 상대를 완벽하게 감시할 수 없는 정보의 비대칭성이 존재할 경우 정보를 지닌 쪽이 정보를 지니지 못한 쪽에게 손해되는 행동을 하는 현상을 '도덕적 해이(moral hazard)'라고 합니다. 정보의 비대칭성으로 인해 일어나는 현상 중 하나로 주로 보험문제로 나타나는 경우가 많습니다. 계약 이전과 계약 이후의 행위가 달라지는 것을 의미하는데, 건강보험 가입자의 경우 가입 이전까지는 자신의 건강생태에 신경을 쓰게 되지만 건강보험에 가입한 이후에는 보험을 통해 치료비가 보장되므로 자신의 건강관리에 소홀히 하게 됩니다. 이러한 도덕적 해이는 보험회사가 보험 계약자의 일거수일투족을 감시, 관리 할 수 없기 때문에 벌어지는 일입니다. 이와 유사한 사례로 주인-대리인 문제가 있습니다. 회사의 주인인 주주들은 회사의 장기적인 발전을 위해 최고경영자(CEO)를 선임하는 경우가 많습니다. 그러나 이러한 최고경영자의 경영을 주주들이 계속해서 감시하긴 힘들기 때문에 이들은 회사보다 자기 자신의 이익을 챙기려고 하는 유인이 발생할 수 있습니다. 이렇듯 경제 주체들이 법과 제도적 허점을 이용하여 자기 자신의 이익을 추구하고 사회적 책임을 회피하려는 행위를 도덕적 해이라고 합니다. 이러한 도덕적 해이를 방지하기 위해서 보험업계의 경우 오랫동안 무사고 운전을 한 자동차 보험 가입자들에게 보험료를 할인해 주는 것과 같은 인센티브를 제공하고 있기도 합니다. 주주들은 최고경영자의 배임과 횡령 행위를 막기 위해 감사를 실시하기도 합니다.

드러나는 권력층의 비리는 정의롭고 공정한 사회를 꿈꾸는 학생들의 가치관에 충격과 혼란을 주었습니다. 단적인 예가 박근혜 정부의 최순실 국정농단사태, 세월호 참사, 법조인 비리 등입니다.

요즘 교육계에서는 공정하고 정의로운 미래 사회를 위한 학교교육 방안으로 독일의 보이텔스바흐 협약에 주목하고 있습니다. 최근 계속되는 촛불집회에서 청소년들의 발랄한 발언들이 이어지면서 현재 만 19세 이상에게 주어지는 선거권을 만 18세로 낮추어야 한다는 이야기가 공론화되고 있습니다. 구체적으로 선거연령을 만 18세로 낮추어야 한다는 내용의 공직선거법 개정안이 국회 행정안전위원회에 상정되었으나 새누리당과 바른정당의 반대로 무산된 바 있습니다. 또한 전국시도교육감협의회에서 선거연령을 만18세로 낮추자는 성명서를 채택하자, 한국교총이 "교육적 부작용을 무시한 정치적 행위"라며 비판하고 나섰습니다. 비판의 내용을 살펴보면 "만 18세가 대부분 대학입시를 준비하는 상황에서 후보자 검증 등 정치적 기본권을 제대로 행사할 수 있을지 의문"이라며 "학생이 특정 후보자 유인물을 배포하거나 지지와 반대 시위를 하는 등 정치적 행위를 했을 때 어떻게 대처하고 지도해야 할지 학교와 교사들은 막막한 것이 현실"이라는 것입니다. 그러면 다른 나라는 선거연령이 어떨까요? OECD(경제협력개발기구)에 가입한 34개 회원국 중 미국, 영국, 독일 등 32개 국가의 선거연령이 만18세 이상이고, 오스트리아는 만16세 이상입니다. 만19세 이상인 나라는 우리나라가 유일합니다. 이런 세계적인 추세를 보더라도 선거연령을 만18세로 낮추자는 것에 반대하는 것은 명분이 없어 보입니다.

반대하는 사람들은 선거연령을 만18세로 낮출 경우, 고3인 학생들이 선거를 할 수 있게 되는데 '공부해야 할 학생들이 제대로 된 판단이나 하겠으며, 정치적 행위를 하면 어떻게 하냐'고 걱정하는 것 같습니다. 얼마 전 어느 학교 교장이 "교사의 정치적 중립"을 운운하며 "촛불에 대해 학생들에게 이야기하지 말라"고 했다고 합니다. 또 어느 고등학교에서는 촛불에 대해 학생들이 학교에 대자보를 붙이자 바로 떼버린 일도 있었습니다. 학교에서 정치교육에 관해 합의된 내용이 없기에 벌어지는 일이 아닌가 싶습니다.

이런 현실에서 독일의 '보이텔스바흐 협약'은 시사하는 바가 큽니다. 지금으로부터 40년 전인 1976년, 우리나라는 박정희 유신독재 시절이었습니다. 학생들은 교과서를 통해 동학농민혁명을 임진왜란처럼 '동학란'으로 배우고, 분단국가에서 국민의 정치적 자유의 제한은 어쩔 수 없는 선택이며, 이것이 한국식 민주주의라고 주입식으로 배우던 시절이었습니다.

같은 해, 역시 같은 분단국가였던 서독의 작은 도시 보이텔스바흐에서는 독일의 교육자, 정치가, 시민사회단체들이 모여 치열한 토론 끝에 이념과 정권에 치우치지 않는다는 정치교육의 원칙에 대해 합의했습니다. 이것이 보이텔스바흐 협약입니다. 이 협약은 본래 학교 정치교육의 지침으로 만들어졌으나 모든 공교육 영역으로 확대 적용되어 독일 정치교육의 헌법으로서 기능하고 있으며, 유럽연합 국가들에서 보편적으로 적용되고 있습니다.

협약은 세 가지 원칙을 골자로 합니다. 첫째, 주입 또는 교화 금지 원칙입니다. 교사가 정치사회적인 쟁점 사항에 대해 자신의 견해를 강요하는 것이 아니라 학생 스스로 판단할 수 있도록 지원하라는 것입니다. 둘째, 논쟁 원칙입니다. 정치사회적 논쟁이 있는 사안은 학교에서도 논쟁이 이루어져야 한다는 것입니다. 셋째, 정치적 행위능력 강화 원칙입니다. 학생들이 자신들의 이해관계를 고려하여 스스로 정치적 입장을 결정하고 행동에 옮길 수 있는 능력을 키울 수 있도록 교육이 이루어져야 한다는 것입니다.

물론 보이텔스바흐 협약에 한계도 있습니다. 무엇보다도 교육현장에서 교사의 중립성이 지켜질 수 있는지를 근본적 질문이 제기해볼 수 있습니다. 과거와 달라진 현 시점에서 적실성을 갖기 위해 보완이 필요하다는 지적도 끊이지 않고 있습니다. 그럼에도 이 원칙들은 올바른 정치교육을 위한 최소한의 기준이기 때문에 모든 정파(政派)가 합의(合意)에 이를 수 있었고, 그 결과 나치 시대에 인류사적 죄악을 저지른 독일인을 이제는 전 세계적으로 가장 높은 정치의식을 가진 민주시민으로 길러냈다는 평가를 받고 있습니다. 독일이 2015년에 시리아 난민을 100만 명이나 받아들이기로 한 것은 이런 정치교육의 산물로 볼 수 있습니다. 독일은 이런 성숙한 민주주의를 바탕으로 정치적 안정을 이룰 수 있었으며, 이를 토대로 세계 최고의 경제 강국으로 성장하였습니다.

40년 후인 지금 우리나라의 정치교육 실태는 어떠한가요? 2016년 4월 16일 세월호 참사 2주기에 교육부는 전교조의 4.16교과서를 사용하는 계기수업을 금지하며, 이를 시행하는 교사를 징계하겠다는 방침을 밝혔습니다. 교육의 정치적 중립성에 위배된다는 것이었습니다. 논쟁적인 사안, 특히 정치적으로 예민한 사안이므로 학교에서 다뤄서는 안 된다는 입장으로 보입니다. 반면에 교육부는 7월에 사드 배치관련 홍보자료를 송부하며, 이를 교육하라고 각 시·도교육청에 지시하였습니다. 국민 다수가 반대하는 정치적으로 민감한 사안임에도 정부의 주장을 학생들에게 주입하는 데에는 매우 적극적인 것으로 보입니다.

아이들은 맹탕이나 백지상태가 아닙니다. 인터넷과 언론으로 많은 정보를 얻고 있습니다. 하지만, 이것이 상호토론과 집단지성을 통해서 교육적으로 걸러지지는 못하는 상황입니다. 우리도 이제 논쟁적인 사안은 학교에서 정치교육을 통해 개방적으로 다뤄져야 합니다. 학생들이 논쟁을 통해서 정치적 판단 능력이 성숙하면 투표권 연령도 낮출 수 있습니다.

40년 전부터 이런 원칙하에 학교에서 정치교육을 해 온 독일과 우리나라의 민주주의가 얼마나 차이가 날까 생각하니 오늘날 박근혜 정권의 최순실 국정농단이 그저 우연히 일어난 것은 아니라는 생각이 듭니다. 청소년들은 자신의 현재와 미래에 대해 스스로 선택할 준비가 되어 있다는 것을 매번 촛불을 통해 확인하면서 만18세 선거권과 우리 실정에 맞는 정치교육의 원칙에 대한 공론화 작업을 더 이상 늦추어서는 안 될 것 같습니다.

더불어 2016년부터 중학교에서 전면 시행중인 자유학기제를 활용한 다양한 체험활동으로 여러 분야의 사회생활을 체험하거나 어른들의 모범적 삶의 모습을 보고 소통과 공감으로 민주시민의식을 배울 수 있습니다. 특히, 혁신학교들은 이런 프로그램을 적극 활용하여 민주시민교육을 활성화할 수 있습니다. 이제는 학교가 학생들을 행복하게 하는 곳이 되면 좋겠습니다. 이제는 정말 더 이상 미래의 행복을 빌미로 학생시절의 행복을 저당 잡는 학교가 되지 않았으면 좋겠습니다. 무한 경쟁이 삶의 지혜인 듯이 강조되는 시대에, 우리 아이들이 다른 사람과 협력하고 나눌 줄 아는, 사람을 사랑하는 사람들로 성장하도록 교육했으면 좋겠습니다. 학교에서 배운 것이 실제 삶과 무관하지 않은, 그래서 앎과 삶이 하나 되는 교육을 했으면 좋겠습니다. 꿈을 잃은 아이들에게 꿈을 갖게 해주면 좋겠습니다. 자신의 상상을 의심하지 않고 꿈꾸게 함으로써 자신의 꿈이 자신의 주체적인 삶으로 이어지도록 안내해주면 좋겠습니다. 나와 다른 남을 인정하고 배려하는 태도를 기름으로써 다양성 속에 모두가 존중받는 학교가 되도록 했으면 좋겠습니다. 교육이란 무엇인가를 채워가는 과정입니다. 우리의 가슴에 새로운 경험을, 새로운 지식을, 새로운 관계를, 나 혼자 하는 것이 아니고 우리가 함께 해나가는 것입니다. 너와 내가 손잡고, 더불어 무엇인가를 채워나간다는 기쁨을 함께 나누는 교육이 되기를 간절히 소망해 봅니다.

이러한 교육은 교직원들만의 노력으로 되지 않습니다. 학교와 가정과 지역사회가 함께 만들어가는 '마을교육공동체'를 통해서만 가능할 것입니다. 지식위주의 학교교육은 그 책임을 학교에만 전가했지만, 공동체정신을 통한 더불어 함께 어우러지는 사회속의 학교교육은 가정과 지역사회와 학교가 삼위일체를 이루는 함께하는 교육공동체의 정신입니다.

이제 학교교육은 교과서 지식만을 주입하고, 지식만으로 서열을 부여하는 전근대적 초중등교육에서 벗어나 구성원 간의 소통과 협력으로 행복한 사회를 만들어 나가는 구성원 간의 소통과 협력으로 행복한 사회를 만들어 나가는 성숙한 민주시민을 양성해야 합니다. 공동체 정신을 바탕으로 약자를 배려하고 공정한 분배로, 모두가 행복한 사회를 추구하는 진정한 민주시민을 기르는 교육으로 탈바꿈해야 합니다.

민주주의와 민주시민교육

　이른바 최고의 실용주의 국가라고 일컬어지는 독일의 학교에서 민주시민교육지침서는 이렇게 시작되며, 독일 학교 교육의 임무를 공공생활에 참여할 수 있는 능력이라 정하고 있습니다. "민주주의 체제에서 모든 사람에게 공공생활에 참여할 수 있는 능력을 길러주는 학교교육의 중요한 임무이다." 우리나라 교육기본법 제 2조에서는 교육이념으로 "민주시민으로서의 자질을 갖추게 함"이라고 규정해 놓았습니다. 그렇습니다. 민주주의의 영속성을 위해서는 민주주의에 대한 교육이 필요하고, 당연히 학교는 민주주의 교육장이어야 합니다.

　그러나 우리는 초등학교 때부터 국제중학교, 국제고등학교, 과학고, 외국어고, 명문대로 이어지는 입시와 경쟁 구도 속에서 공교육기관인 학교는 민주주의 교육마당(場)의 역할을 제대로 하지 못하고 있습니다. 이러한 부족한 역할에 대한 반성적인 분위기와 '가만히 있으라'로 상징되는 세월호 참사 이후, 학교 교육은 민주시민교육의 필요성이 강하게 대두되었습니다. 다양한 민주시민교육의 방법론과 연구가 단행되고 있으며, 민주시민교육을 담당할 민주부서도 신설되는 등 여러 가지 노력이 진행되고 있습니다. 이 글에서는 민주시민교육이 제대로 실현되기 위한 논점들과 인성교육진흥법의 문제점을 제시해보려고 합니다.

첫째, 민주주의의 이념과 운영 원리입니다. 민주주의를 설명할 때 "국민의, 국민에 의한, 국민을 위한 정치"가 인용되곤 합니다. 민주주의의 운영 원리로는 국민주권, 국민자치, 권력분립, 입헌주의가 언급됩니다. 도대체 왜 이런 것들이 필요할까요? 권력의 집중과 남용되면 필연적으로 나타나는 기본권 침해를 방지하기 위해 권력을 입법, 행정, 사법의 3권으로 분립시키는 것이며, 자기의 일을 스스로 처리한다는 자치는 자아의 존엄을 지키기 위해서입니다. 이렇듯 민주주의는 인간의 존엄을 지켜주기 위한 제도입니다.

둘째, 국가의 목적과 성립근거입니다. 근대 민주국가 성립의 대표적인 이론인 사회계약론[1]에 따르면 국가는 자연 상태에서 보장되지 못하는 '자

---

1 사회계약론은 훗날 1789년 프랑스대혁명(French Revolution)으로 알려져 있는 혁명이 일어날 당시 차용된 이론이기도 하며, 1776년 미국 독립전쟁에서 토마스 제퍼슨이 독립선언서를 작성할 당시 큰 축이 되었던 이론이기도 합니다. 서양사에서 발생한 혁명을 이해하기 위해서는 사회계약론을 이해하지 않으면 그 혁명의 의의를 이해할 수 없을 정도로 역사에 큰 획을 그은 이론입니다. 대표적인 세 학자가 있습니다. 홉스(T. Hobbes)는 『리바이어던』(1651)에서 인간을 '본질적으로 이기적인 존재'로 간주하였습니다. 이러한 인간이 자연 상태에 놓이게 되면 끝없는 생존 투쟁, 즉 '만인에 대한 만인의 투쟁' 상태가 전개된다고 보았습니다. 따라서 이를 극복하기 위해 "네가 너를 위하여

연권(천부인권)'을 보장하기 위하여 시민들이 계약을 통해 만든 조직입니다. 다시 말하면 국가란 인간의 존엄을 지키기 위해 계약을 통해 만들어진 조직입니다. 그래서 국가는 의무의 주체이고, 국민은 권리의 주체인 것입니다.

셋째, 헌법의 의미와 내용입니다. 헌법은 국가의 기본 법칙으로, 기본적인 인권보장, 정치조직구성과 정치 작용원칙 등에 관한 최고의 규범입니다. 우리 헌법의 핵심조항은 제 10조로 "모든 국민은 인간으로서의 존엄과 가치를 다지며, 행복을 추구할 권리를 가진다. 국가는 개인이 가지는 불가침의 기본적 인권을 확인하고 이를 보장할 의무를 진다."고 규정하여, 인간의 존엄성을 강조하고 있습니다.

넷째, 인권의 정의와 내용입니다. 인권은 천부인권(天賦人權)인 자연권과 헌법으로 규정된 기본권으로 구성되어 있으며, 생명권. 평등권, 자유권, 참정권, 사회권, 청구권 등의 기본권으로 구성되어 있습니다. 이 기본권들

바라지 않는 일을 타인에게도 행하지 말라."라고 주장하였습니다. 그리고 모든 사람은 서로 이러한 약속을 지켜야 하지만, 이는 불가능한 목표이기 때문에 강력한 군주의 통치를 배경으로 이 약속이 유지되도록 하여야 한다고 주장했습니다. 로크(J. Locke)는 인간을 선천적으로 자유롭고 평등하며, 독립적인 존재로 보았습니다. 따라서 인간은 자신의 의지와 관계없이 다른 사람에게 복종해서는 안 된다는 점을 강조하였습니다. 로크의 사회계약론은 이성을 지닌 모든 인간이 이해할 수 있는 도덕적 · 보편적 · 항구적 현상의 자연법에 토대를 두고 있습니다. 이러한 자연법은 인간에게 생명과 자유, 재산을 포함한 자연적이고 절대적이며 양도할 수 없는 어떤 권리를 부여하는 것으로 여겨지고 있습니다. 루소(J. J. Rousseau)는 "인간은 자유롭게 태어났지만, 곳곳에서 사슬에 묶여 있다."고 보았습니다. 루소는 인간의 성격과 정부의 기능이 조화되는 정치적 유토피아, 즉 강제나 억압이 존재하지 않는 사회를 건설하는 것에 주안점을 두었습니다. 또한, 자연 상태로부터 시민 사회로 전환하는 것은 인간의 자발적 행위의 산물인 사회 계약을 통해서만 이루어질 수 있다고 주장하였습니다. 이와 더불어 루소는 단순한 동의는 너무 수동적이기 때문에 정치 사회의 건설에 각 개인의 적극적이고 자발적인 참여가 필요하다고 주장하였습니다.

은 하나하나가 귀중한 가치이지만, 결과적으로 인간의 존엄을 지키기 위한 권리라고 볼 수 있습니다.

다섯째, 국민과 시민의 정의입니다. 국민은 국적을 갖고 국가의 구성원을 말하지만, 시민이란 주권자로서 공공의 정책결정 과정에 능동적으로 참여하는 사람을 말합니다. 민주국민이란 말 대신 민주시민이란 용어를 쓰는 이유는 권리와 의무를 가지고 공적 영역에 참여하는 사람을 말하기 때문입니다. 국민은 태어나지만 시민은 길러지는 것이며, 그래서 우리 교육기본법에 민주시민의 양성이 중요한 교육이념으로 명시된 것입니다. 그래야만 우리나라의 정체성인 민주공화국이 유지되기 때문입니다.

애석하게도 이제 막 시작한 민주시민교육이 자리를 잡기도 전에 개인적 덕목을 강조하는 인성교육진흥법이 발효되었습니다. 인성교육이란 "예, 효, 정직, 책임, 존중, 배려, 소통, 협동 등 마음가짐이나 사람됨과 관련되는 덕목을 말한다."라고 법(2조2항)에 명시되어 있습니다. 다시 말해 "인간의 성품을 교육"는 것으로, "사람을 사람답게 하는 성품을 기른다는 것"입니다. 그런데 문제는 "사람다움을 어떻게 정의하며, 누가 정의할 것인가"라는 문제가 발생합니다. 인성교육이란 사적 영역에서 사람의 자질로, 가정 등에서 길러져야 할 도덕적 영역입니다. 시민교육은 공적 영역으로 학교등 공교육을 통하여 길러지는 일종의 가치체계와 내면화된 경험입니다. 그러나 학교 교육에서 개인의 영역인 인성을 강조하다보면, 그간의 학교생활지도 대상으로 분쟁 요소였던 두발, 복장, 표현, 가치관 등의 개인의 사생활과 가치관에 대한 지나친 간섭이 될 소지가 매우 큽니다.

UN인권위원회의 권고사항입니다. "아동에게 자신의 견해를 표출할 권리를 보장하고, 아동에 영향을 주는 모든 결정과정에 그들의 의견이 고려되도록 법 개정을 고려할 것" 보건복지부의 보고사항입니다. "아동복지법이 아동에게 영향을 미치는 모든 문제에서 아동이 자신의 견해를 자유롭게 표현할 권리를 포함하도록 개정할 것. 교육기관의 징계과정과 학교를 포함한 행정기구와 법원에서 아동에게 영향을 미치는 모든 사안에 대한 아동의 청문권이 촉진되고 아동의 견해가 존중되도록 입법조치를 포함한 효과적인 조치를 취할 것."

어떤 교육이 먼저 행해져야 세계의 기준이 합당할지 함께 생각해봤으면 좋겠습니다. 학교는 인성교육이란 이름으로 학생들의 자유보다는 질서를 강조하려는 경향이 큽니다. 사적 영역의 사람됨도 중요하기에 이런 영역의 인성교육을 부정하려는 의도는 없습니다. 다만, 사적영역인 가정교육과 공적영역인 학교교육의 역할과 임무를 혼동해서는 안 된다는 생각입니다. 왜냐하면 우리나라 교육의 목표는 민주시민을 길러내는 것이기 때문입니다.

인간의 존엄성을 위한 민주주의, 민주주의의 핵심인 시민, 그 시민은 학교에서부터 교육되어져야 합니다. "학교의 주인은 학생이다"는 말은, 교육 주체의 하나로서 합당한 몫의 의사결정권을 학생에게 허용하자는 것입니다. 권리를 배우기 전에 먼저 의무를 강요해서는 안 됩니다.

민주시민교육의 핵심역량과 교육과정

우리사회는 1987년 이후, 제도적-절차적 민주주의를 이루었다고 해도 많은 사회구조적인 문제와 개인주의등 공동체의 성격이 약화되고 있고 대다수 시민들은 박탈감과 무력감 더 나아가 무관심이 팽배해지고 있습니다. 미래 사회는 지식에 대한 접근성이 확대되면서 노동의 비중은 약화될 것이고, 기업 주도로 인공 지능의 도입이 앞당겨지고 있으며, 디지털 기술의 변화 속도가 더욱 빨라지면서 한편으로는 사회적 불평등이 심화될 것이라는 우려가 있습니다. 기존 교육방식인 단순 지식의 암기로는 빠르게 변화하는 사회변화에 적응할 수 없으며, 미래교육의 시민상은 창의력과 비판적 사고력을 갖추면서, 의사소통 능력을 통해 협업할 수 있는 인재라는데 어느 정도 공감대가 형성되어 가고 있는 것 같습니다.

사실 오랫동안 우리 교육의 목표는 민주시민 양성이었음에도 상급학교 진학이 우선시되는 사회 분위기 속에서 이러한 목표가 주목받지 못했습니다. 그러는 동안 학교현장은 경쟁과 서열화로 인한 부작용으로 지나친 학력중심주의, 학교 폭력의 증가와 무기력한 학생들이 많아졌습니다. 정부 주도의 학교폭력대책 등 다양한 정책이 시행되었지만, 실질적인 해결에 도움이 되는 것 같지는 않습니다. 이러한 학교 현실에 대한 성찰의 목소리가 높아지자, 최근 들어 교육계에서 협력, 소통, 공동체의식, 민주주의를 강조하는 교육이 주목받고 있습니다.

　1997년 이미 유럽의 각 국가는 민주시민 교육을 교육정책의 우선순위가 되어야 한다는데 의견을 같이하고 민주시민교육 개념과 기본기술, 교육방법과 실천사례, 학습도구, 정보기술, 조직 및 사회적 시스템을 제공해왔습니다. 유럽의 민주시민교육 학습목표는 "지역, 국가, 세계의 문제에 대해 비판적 사고를 하며 사회구성원으로 책임감을 갖고 참여하는 적극적인 시민의식으로 무장한 시민을 길러내는 것"이라고 합니다. 유럽의 민주시민교육 핵심역량을 보면 다음과 같습니다.

　기본적인 지식으로 민주주의제도, 시민의 권리와 자유, 책임에 대해서 배우면서 세부적으로 사회제도로 복지제도, 약자를 위한 다양한 사회제도 등을 배웁니다. 경제제도로 노동법, 소비자권리, 세계경제 등을 배웁니다. 그리고 공동체에서 더불어 살아가는 시민으로 지녀야 할 가치로 인권, 존중, 자유, 연대, 관용, 용기를 배웁니다. 태도로는 사회문제에 대한 관심, 민주주의에 대한 입장, 자기단련, 참여와 타인과 소통하는 다양한 능력을 익힙니다. 그런 기술로 경청, 정보비판력, 논리적 주장, 문제해결 능력, 타인의 평가를 습득합니다. 이런 방법으로 토론에 참여하는 능력, 협력하는 능력을 기릅니다.

유럽 대부분의 나라들은 정규교육과정에서 민주시민교육을 수업시간으로 배정하거나 일반 과목과 연계하는 경우 내용의 5%정도의 범위에서 실시하도록 의무화하고 있습니다. 우리도 학력중심의 교육으로는 다음 세대의 시민 양성에 어려움이 있음을 인식하고 교육 패러다임의 방향 전환을 이루어가야 할 것입니다. 학교는 학생이 사회생활에 필요한 사명의식과 자질을 습득하는 공공의 역할을 충실히 해야 합니다. 이에 따라 학교교육과정은 실생활과 연결되는 구체적인 수업주제로 사회에서 자신의 역할을 다하기 위해 사회적 책임과 의무, 정치적 이해력 등을 습득하게 해야 합니다.

학교 교육과정은 학생들이 타인과 공감하고, 배려와 참여하는 시민 의식을 학습하기 위해 자치활동을 통해 스스로 설계해보는 실습의 기회를 제공해주어야 합니다. 또한 모든 교육정책과 학교의 시설, 예산, 교육과정은 민주적으로 운영되어야만 학생의 자발적 참여를 이끌어 낼 수 있을 것입니다. 지역사회, 언론, 정치인, 가정 등 사회적 분위기도 학교가 미래 민주시민으로서 가치와 능력을 키우는데 목표를 두도록 이해시키고 설득해 나가야 할 것입니다. 따라서 학교는 모든 교육과정운영이 우리 사회가 지향하는 민주주의를 경험하는 학교 민주공화국 실험실이나 연습장 같은 곳이 될 수 있을 것입니다.

민주주의는 교실에서부터

🎗️ 문병란

민주주의는
교실에서부터 시작되어야 한다.
교사는 진실을 말해야 하고
학생들은 그 진실을 배워야 한다.
교단은 비록 좁지만 천하를 굽어보는 곳
초롱한 눈들을 속여서는 안 된다.
자유로이 묻고
자유로이 대답하고
의문 속에서 창조되는 진리
아니오 속에서 만들어지는 민주주의
외우는 기계를 만들어서는 안 된다.
일등짜리만 소용되는 출세주의 교육
꼴찌를 버리는 교육이어서는 안 된다.
일등하기 강박 관념에 시달리다 음독자살하고
참고서 외우는 죽은 교육 싫어서 목을 매달고
점수에 납작 눌려 있는 초조한 가슴들
교실이 감옥이 되어서는 안 된다.
친구의 목을 누르는 경쟁장이 되어서는 안 된다.
모이면 오순도순 정이 익어 가고
눈과 눈들이 별이 되는 꽃밭
서로의 가슴에 사랑의 강물이 흐르는

교실은 너와 내가 하나 되는 공동체

각기 다른 빛깔로 피는 꽃밭이어야 한다.

― 조정래, 『풀꽃도 꽃이다 2』 중에서 ―

이러한 민주시민교육을 위해 교육정책은 우선적으로 교사의 민주시민 역량을 성장시키는데 초점을 맞추어야 합니다. "교육은 교사의 질을 넘지 못한다."는 말이 있듯이 교육당국은 다양한 분야에서 폭넓은 교사 연수를 실시하여 교사 자신의 민주시민으로서 가치와 태도를 높이고, 교사로서 민주시민교육 능력, 학생지도 실무역량을 기르기 위해 수업방법 연수와 교사들 간의 수업사례공유, 해외연수 등을 제공해야 합니다.

지금까지 학교가 해온 인권교육, 양성평등교육, 다문화교육, 환경교육, 장애인교육 등이 민주시민교육의 한 분야라면 이제 민주시민교육이 모든 교과의 각 수업시간 내에서 지향하는 목표가 되어야합니다. 이를 통해 민주적인 학교문화 정착으로 민주주의를 실천하는 기회가 앞당겨지길 소망해봅니다.

5장

마음의 근력을
길러주는 교육

교육은 불빛이랍니다

인기리에 방영된 '효리네 민박'의 주인인 이효리가 사라지고 싶었을 만큼 힘들었을 때 도움을 준 책이라며 책을 한 권 추천했습니다. 박노해 시인의 『그러니 그대 사라지지 말아라』라는 시집이었습니다. 이 시집에 나오는 구절입니다. "삶은 기적입니다. 인간은 신비입니다. 희망은 불멸입니다. 그대, 희미한 불빛만 살아 있다면… 그러니 그대 사라지지 말아라." 어둠 가운데 길을 잃고 헤맬 때 저 멀리 비취는 불빛은 그 자체가 희망일 것입니다. 희미한 불빛만 살아 있다면 희망은 살아 있습니다. 그 희미한 불빛을 살려주는 것이 교육이 아닐까 싶습니다.

사람은 똑같은 환경에서 태어나지 않습니다. 또한 똑같은 상황 속에서 자라지 않습니다. 하지만 주어진 환경과 상황이 어떻든 인간답게 살아가게 해주는 것이 교육입니다. 그래서 교육은 불빛이고 희망입니다. 교육은 아이들 마음에 불빛을 살려주는 것입니다. 리처드 바크의『갈매기의 꿈』에서 조나단의 아버지는 조나단을 나무랍니다. "네가 나는 이유는 먹기 위해서라는 걸 잊지 마라." 하지만 조나단은 막무가내였습니다. "먹지 못해서 뼈와 깃털만 남아도 상관없어요. 전 다만 공중에서 제가 무엇을 할 수 있는지 알고 싶을 뿐이에요." 그의 비행을 보며 동료들도 모두 부질없는 짓이라 손가락질했습니다. 조나단은 결국 동료들에게 외면을 당하고 맙니다. 오히려 더 담대하게 높은 하늘로 올라가게 된 조나단 리빙스턴은 깨닫습니다. '가장 높이 나는 새가 가장 멀리 본다.'라는 사실을.

아이들에게 꿈을 물어보면 공무원 또는 건물주라고 말을 합니다. 경제적으로 어려운 시대를 살아가는 것 같아서 안쓰러우면서도 꿈을 잃어버린 것 같아 안타깝기만 합니다. 교육은 먹기 위해 나는 것이 아니라 멀리 보기 위해 나는 것임을 깨닫게 해주는 것입니다. 아이들에게 높이 날아 멀리 보고 싶은 꿈을 회복시켜주어야 합니다.

교육은 아이들에게 불빛이 되어주는 것입니다. 한 어머니가 아들을 간디에게 데려와서는 "선생님, 제발 제 아들에게 설탕을 먹지 말라고 말씀해 주세요."라고 사정했습니다. 간디는 소년의 눈을 바라보다 한참 뒤 어머니에게 "보름 뒤에 다시 아드님을 데려오십시오." 보름 뒤, 어머니는 아들을 데리고 다시 간디를 찾아왔습니다. 간디는 소년의 눈을 그윽하게 바라본 후, "설탕을 먹지 마라, 얘야."라고 말했습니다. 어머니는 간디에게 감사 인사를 올린 후, 물었습니다. "왜 보름 전에 저희가 이곳에 왔을 때 설탕을 먹지 말라고 아이에게 말씀해 주시지 않았나요?" 그러자 간디가 대답했습니다. "보름 전에는 저도 설탕을 먹고 있었거든요." 간디는 자신은 설탕을 먹으면서 아이에게는 먹지 말라고 말할 수 없었던 것입니다. 교육은 말로 하는 것이 아니라 삶으로 보여주는 것입니다. '꿈을 잃은 사람에게는 희망이 없다'라는 말이 있습니다. 아이들에게 꿈을 이야기 하지만 어른들이 어떤 꿈을 꾸며 살아가고 있는지 돌이켜 볼 일입니다.

'엄마 게와 아기 게'로 알려진 이솝우화 내용입니다. 해변에서 엄마 게와 아기 게가 산책하고 있었습니다. 그런데 아기 게가 앞으로 똑바로 걷지 않고 옆으로 걷고 있는 것이 아니겠습니까? 엄마 게가 아기 게에게 타이르면서 말했습니다. "아가야. 옆으로 삐뚤게 걷지 말고 엄마처럼 앞으로 똑바로 걸어보렴." 아기 게는 엄마의 걷는 모습을 보더니 또 옆으로 걷기 시작했습니다. 엄마 게는 아기 게에게 화가 나서 다시 말했습니다. "아가야. 엄마처럼 똑바로 앞으로 걸어보라니까. 왜 자꾸 삐뚤게 옆으로 걷는 거니?" 그러자 아기 게가 대답했습니다. "엄마. 나는 엄마와 똑같이 걷고 있어요. 바닥에 찍힌 발자국은 우리 둘 다 옆으로 이어져 있잖아요." 아프리카의 성자 슈바이처 박사는 자녀 교육에서 가장 중요한 것 3가지는 첫째도 본보기, 둘째도 본보기, 셋째도 본보기라고 말했습니다. 언행이 일치하지 않는 부모의 잔소리는 오히려 자녀에게 해가 되는 안 좋은 교육방법입니다. 자녀들은 부모의 잔소리로 자라는 것이 아니라 부모의 등 뒤에서 부모의 삶을 보고 자랍니다. 아이들에게는 꾸지람보다는 좋은 본보기가 더 절실하게 필요합니다. 2016년 11월 국정농단에 분노한 국민들은 촛불을 들고 광화문으로 나왔습니다. 촛불 집회를 통해 새로운 세상을 꿈꾼 것입니다. 세상에 불빛이 보일 때 다음세대들도 그 마음에 불빛을 살려갈 수 있을 것입니다.

초겨울 가지 끝에는 먹지 않은 감이 달려 있습니다. 가지 끝에 마지막

남은 감은 씨로 받아서 심는 것입니다. '석과불식(碩果不食)'이라는 말이 있습니다. 이 말은 씨 과일은 먹지 않는다는 의미입니다. 농부는 굶어죽어도 씨앗은 베고 죽는다는 말처럼 씨앗은 생의 마지막까지 간직해야 할 삶의 희망입니다. 아이들은 씨앗입니다. 마지막까지 간직하고 지켜줘야 할 세상의 희망입니다. 아이들이 희망이 될 수 있도록, 희망을 볼 수 있도록 어른들이 불빛이 되어야 할 것입니다.

엽락분본(葉落糞本)

제 대학 은사이신 신영복 선생님은 『처음처럼』에서 '엽락분본(葉落糞本)'이란 말이 나옵니다. 그 뜻은 "봄을 위하여 나무는 잎사귀를 떨구어 뿌리를 거름하고 있다"는 것입니다. 뿌리는 다름 아닌 사람입니다. 사람을 키우는 일이야 말로 그 사회를 인간적인 사회로 만드는 일입니다. 사람은 다른 가치의 하위 개념이 아닙니다. 사람이 끝입니다. 절망과 역경을 사람을 키워내는 것으로 극복하는 것입니다. 엽락분본은 우리 사회가 중요하게 생각해야 할 핵심을 말해주고 있습니다.

기성세대는 잎이 떨어져 거름이 되 듯 다음세대들이 잘 자랄 수 있도록 거름 역할을 해주어야 합니다. 이를 위해서 학교와 가정뿐만 아니라 사회 전체의 노력이 필요합니다. 다음세대들이 잘 성장할 수 있도록 지자체와 교육지원청, 지역사회가 '한 아이를 키우려면 온 마을이 필요하다'라는 아메리칸 인디언 오마스족 격언처럼 모두 힘을 모아야 합니다. 학교에서는 학생들이 참 배움과 성장이 일어날 수 있도록 수업을 개선하고, 평가를 혁신해야 합니다. 배움의 영역도 학교를 넘어 지역사회로 나아가고 있습니다. 아이들은 지역에서 자라고 지역에서 살아갑니다. '마을이 학교'라는 생각으로 지역사회 전체가 관심을 갖고 마을교육공동체를 만들어가야 합니다. 아이들이 살아가는 삶의 터가 배움터가 될 수 있도록 환경을 조성하고, 마을교육공동체가 운영될 수 있도록 아낌없는 지원이 이루어져야 합니다. 우리 아이들을 위해 기성세대가 해야 할 역할이 이것입니다.

조벽 교수는 『인성이 실력이다』에서 "우리나라는 세계 최고의 지적 수준과 인성콘텐츠를 보유했음에도, 인성수준은 세계 최하위"라며 "인공 지능이 주도하는 4차 산업혁명시대가 요구하는 실력은 명문고, 명문대학이 아니라 인성"임을 강조하고 있습니다. 우리가 다음세대의 성장을 위해 무엇에 집중해야 하는지 잘 말해주고 있습니다. 4차 산업혁명시대가 도래하면 많은 일자리를 잃어버릴 것이라고 불안해하고 있습니다. 경쟁에서 살아남기 위해 더 많은 지식과 스펙을 쌓으라고 요구하고 있지만 오히려 각자가 가지고 있는 역량을 최대한 발휘 할 수 있는 집단지성이 더욱 강조되고 있습니다. 집단지성은 협력을 통해 가능하기 때문에 그 어느 때보다도 인성이 중요합니다. 뿌리를 튼튼히 하는 일에 더 집중해야 합니다.

엽락분본은 희망의 언어입니다. 입이 떨어지는 것은 고통이고 수고이지만 뿌리를 튼튼히 하는 일이기에 내일이 있습니다. 우리 사회가 눈에 보이는 과일만 바라는 사회가 아니라 뿌리를 위해 잎을 떨 굴 수 있는 사회가 되어야 할 것입니다.

지역교육공동체를 꿈꾸며

"한 아이를 키우려면 온 마을이 필요하다"는 아프리카 속담이 있습니다. 이는 한 아이를 키우는 일이 쉽지 않다는 내용이면서 또한 아이를 건강하게 잘 키우기 위해서는 부모와 더불어 마을공동체가 관심과 애정으로 함께 보살펴 줘야 한다는 뜻입니다. 제가 사는 농촌지역의 학교들은 학교 운영에 많은 어려움에 직면해 있습니다. 이 어려움의 근본은 이른바 '인구 절벽'입니다. 학교 깃발만 꽂아도 아이들이 몰려와서 교실이 좁고 교사가 모자라서 아우성치던 그 때 그 시절은 아주 먼 옛날이야기가 되어버렸습니다. 이제는 아이들이 없어 교실이 비고, 교사를 줄여야하는 시대입니다. 학생수 감소는 재정의 감소와 인력의 감소로 이어져 학교마다 울상입니다. 학교가 줄면 지역 인구도 줄고 지역이 위축됩니다.

많은 사람들이 위기라고 합니다. 하지만 위기라고 생각해서 혼란과 걱정에 빠질 것이 아니라, 이 위기에 오히려 우리는 체질을 강화하고 기회를 만들어 나갈 수도 있습니다. 물론 미래를 담보할 확실한 것은 아무것도 없습니다. 그렇다고 '손 놓고 어떻게든 되겠지', '외부에서 누가 도와주겠지'하는 자세로는 안 됩니다. 그럴수록 침착하게 생각을 가다듬고 변화의 조류를 잘 읽고 더 나은 미래를 위한 변화를 주도할 수 있는 지혜를 모아야 합니다. 이것은 학교의 위기를 지역의 위기로 공감하고 함께하는 마음에서 시작됩니다. '백짓장도 맞들면 낫다'는 말처럼 우리 모두가 머리를 맞대고 지혜를 모으고 힘을 모으면 안 될 일도 없습니다.

골든타임(Golden Time)이라는 말이 있습니다. 이 말은 화재가 나거나 환자가 발생했을 경우 최초 5분 이내에 현장에 도착하는 재난대응 목표시간이나 방송매체에서 시청률이 가장 높은 시간대를 이르는 말입니다. 우리말로는 '황금시간대'입니다. 어쩌면 바로 지금 이 시점이 지역학교가 살고, 그로 인해 지역이 활성화될 최적의 시기일지 모릅니다. 이 시기를 지혜롭게 집중해서 대처하지 못하면 돌이킬 수 없는 쇠락(衰落)의 길에 빠져들지도 모릅니다. 다시는 회복의 기회가 없을 지도 모릅니다. 제가 사는 익산시는 익산교육청과 함께, 지역 활성화의 핵심인 인구감소를 막음은 물론 증가를 기대할 수 있는 최적의 방안을 '교육'에 두고 '혁신교육특구'라는 주제로 실제적인 학교교육지원 방안을 실천하고 있습니다. 이처럼 교육책임은 학교만 지는 것이 아닙니다. 학생은 학교에만 있는 것이 아닙니다. 학교와 학생이 딛고 있는 지역이야말로 학교와 학생의 모태(母胎)입니다. 그러니 지역이 학교를 보듬고 양육(養育)해야 합니다. 지역에서 학생이 행복하고 학부모가 행복하고 학교가 사랑받고 보호받고 지원받는 아름다운 세상을 기대해 봅니다.

　학생들이 지역에서 다양한 진로탐색과 인성교육과 공동체교육과 문화체험교육이 가능하도록 지역 종교기관과 비영리민간단체와 사업체들이 합력(合力)하여 선(善)을 이루어가야 합니다. 이것이 바로 '지역공동체학교정신'입니다. 지역학교행사에 동문이나 학부모가 아니라도 좋습니다. 지역민이면 모두가 지역교육가족입니다. 지역민 모두가 손에 손잡고 지역학교 활성화를 위해 '으쌰으쌰' 힘을 모읍시다. 지역민 모두가 지역학교발전의 비전을 품고 이를 실현키 위해 최선을 다하면 못할 것도 없습니다. 지역의 새 역사를 모두 함께 만들어 가면 됩니다.

　우리 농수산물이 우리 신체건강에 좋고, 따라서 보호·육성해야 하며 몸과 땅은 하나라는 의미로 신토불이(身土不二)라는 말이 있습니다. 세계 유명 지역에는 그 지역의 자부심과 사랑으로 보호·육성하는 학교들이 있습니다. 그래서 지역과 학교는 하나로 이해되기도 합니다. 지역학교들이 지역과 협력을 통해 지역의 핵심 성장동력으로 자리매김해서 지역을 살리고, 지역과 학교가 공생·발전하는 선순환 동반성장 모델을 구축했으면 좋겠습니다.

　지역을 학생들이 사는 지역사회와 지방자치단체의 구역으로 규정할 때 학교와 지역사회 간에는 역할을 분담하고 협력하는 것이 바람직합니다. 학교는 지역의 교육자원을 학교교육과정 안에서 다룰 수 있도록 합니다. 학교는 교육과정 편성을 위한 교육과정위원회에 지역사회의 교육적 요구를 담아내도록 다양한 주체들의 참여를 보장해야 합니다. 지역사회는 지역사회의 교육적 기능이 최대한 발현되도록 진로교육, 방과후활동, 돌봄과 공공복지 확충에 적극 나서야 합니다. 이를 위해 지역교육청과의 유기적인 협력체계를 구축해야 하며, 자치단체와 교육청에 협력업무 인력을 배치할 필요가 있습니다. 학교와 지역사회는 과거처럼 교육에 대한 일방적인 관계가 아닙니다. 학교와 지역사회, 가정은 학생의 풍요로운 미래의 삶을 중심으로 동반자 관계로의 인식전환이 필요합니다.

조화와 공존, 더불어 사는 공동체

우리 사회는 서로 다른 이해관계를 추구하는 개인과 집단의 대립과 경쟁으로 여러 난제들을 안고 있습니다. 사회적 경제적 양극화, 진보와 보수, 여야, 노사대립 등이 그것입니다. 우리 사회가 직면한 갈등과 분열의 문제를 어디서부터 풀어가야 할까요? 근본적으로 이러한 갈등의 원인은 교육으로 풀어가야 합니다. 성공하는 것이 목적이 되어버린 삶, 상급학교 진학을 최우선 목표로 삼는 학생과 학부모, 이겨야만 내가 잘 살수 있다는 왜곡된 인식들이 결국 우리 사회를 피폐화시켜가는 것은 아닌가 싶습니다.

우리 아이들이 살아갈 세계화, 다문화, 지구촌 시대에서는 지금보다 더 다양하고 복잡하여 더불어 사는 공존의 가치가 더욱 중요해질 것입니다. 언젠가 본 한국청소년정책연구회의 조사에 의하면, 한국 청소년들의 더불어 살아가는 능력은 주요 35개국 중 꼴찌였습니다. 교육 전문가들은 경쟁 위주의 입시교육이 학생들의 인성을 망치고 있다고 입을 모으고 있습니다. 교육의 궁극적인 목적이 아이들에게 미래를 살아갈 수 있는 힘을 키워주는 것이라면, 더불어 사는 능력을 길러주는 것이야말로 우리 교육의 최우선 과제입니다. 그 교육적 실천방안입니다.

첫째, 공존지수(共存指數), 즉 더불어 살아가는 능력을 키워주는 교육이 이루어져야 합니다. 인간은 기본적으로 혼자 살아갈 수 없고, 미래사회는 개인의 능력보다 공동의 능력이 요구되기 때문에 공존능력이 더욱 필요합니다.

둘째, 경쟁교육에서 협력교육으로 전환되어야 합니다. 사람들이 가진 잠재능력이 서로 다르고 다양한데도 우리는 공정이라는 이름으로 한줄 세우기 경쟁교육을 하고 있습니다. 이제는 한줄 세우기 경쟁교육에서 벗어나 타고난 잠재능력에 따른 여러 줄 세우기 협력교육으로 더불어 살아가는 삶을 열어 주어야 합니다.

셋째, 역지사지(易地思之) 즉, 남의 입장에서 생각하고 행동해 보는 능력을 길러주어야 합니다. 구슬땀을 흘리며 일을 해보는 농촌체험, 두 눈을 안대로 가리고 생활해보는 장애체험, 다문화 친구의 어려움을 함께 겪어보는 다문화체험 등 실제적인 역지사지 체험활동을 통해 남의 입장에서 생각하고 행동해 보는 능력을 길러주어야 합니다.

넷째, 소통과 공감능력을 길러주는 교육이 이루어져야 합니다. 서로 다른 너와 내가 공존할 수 있는 첫걸음이며, 자기와 비슷한 사람을 만나 소통하고 공감하는 것에서 벗어나 나와 다른 사람에게도 친밀감을 느끼는 소통과 공감의 교육이 이루어져야 합니다.

다섯째, 봉사활동을 통해 다른 사람과 더불어 사는 행복감을 느끼도록 해주어야 합니다. 나눔으로서 행복을 주고받는 호혜적인 의미의 봉사, 남을 위한 베풂과 나눔이 나에게도 큰 기쁨을 안겨주는 경험을 통해 진정한 의미의 봉사를 깨닫게 될 것입니다.

여섯째, 생각을 크게 갖고 이웃을 확대하는 교육이 이루어져야 합니다. 사랑하는 사람이 더욱 살기 좋은 세상을 만들고, 지구촌 모든 사람을 이웃으로 여기는 '나는, 곧 우리'라는 더불어 살아가는 품성으로 소통하고 공감하며, 입장 바꿔 생각해 보아야 합니다.

학교는 사회공동체, 국가공동체의 출발지입니다. 학교에서 소통과 공감, 역지사지(易地思之) 체험교육을 통해 더불어 살아가는 능력을 배우게 됩니다. 자연생태계가 서로 다른 모습으로 조화를 이루어 아름다움을 보여주듯, 우리들 또한 모습과 생각과 처지 등이 달라도 있는 그대로 서로 인정하고 틀림과 차별이 아닌 조화와 공존으로 생각할 때, 아름답고 행복한 사회를 만들 수 있습니다.

우리 학생들이 더불어 살아가는 공동체 역량을 키워나갈 수 있도록 성심을 다해 노력해나갑시다. 지역공동체가 배움의 학교공동체로 거듭날 수 있도록 모두가 한 마음 한 뜻으로 우리 학생들이 언제 어디서나 잘 배우고 잘 성장할 수 있도록, 더불어 살아가는 배움의 공동체를 만들어 가는데 함께해야 할 것입니다.

학생이 행복한 교육을 꿈꾸며

어떻게 살 것인가에 대해 끊임없이 성찰했던 사람 중에 대표적인 사람이 고대 그리스의 철학자 아리스토텔레스입니다. 그는 이 세상 모든 것에는 목적이 있는데, 그 목적이 바로 행복이라고 말했습니다. 그는 또한 인간의 삶은 어떤 목적을 지향하는데, 행복은 인간이 지향해야 할 목적으로서 선(善) 중 최고선이라고 했습니다. 사람은 누구나 행복한 삶을 원하고, 교육의 주요 목적 중 하나는 최고선을 실현하는 행복한 사람을 기르는데 있다고 봤습니다. 이것이 아리스토텔레스의 목적론적 행복론입니다.

교육의 주요 목적 중 하나는 행복입니다. 우리나라는 행복지수가 OECD 국가 중 꼴찌수준이라는 말은 어제 오늘 이야기가 아닙니다. 학생들의 학업성취 수준은 OECD 국가에서 1~3위에 이를 정도로 최고입니다만, 교과에 대한 흥미도와 학습 동기는 매우 낮고 삶의 만족도와 행복지수 또한 최하위 수준입니다. 이를 다른 말로 바꾸면 우리나라 학생들은 인지적 측면에서는 매우 우수하나 정서적 부분은 매우 취약한 것입니다. '공부는 잘하는데 행복하지 않은 나라'가 OECD가 정의한 우리나라입니다. 우리는 어찌하여 이러한 오명(汚名)을 쓰고도 속수무책인지 안타깝습니다. 어린이와 청소년은 행복한 교육환경에서 살아가야할 권리가 있고, 어른들은 그 의무를 다해야 합니다. 세계는 이미 머리 좋게 하는 교육에서 이웃과의 관계를 위한 교육으로 큰 패러다임의 전환이 일어나고 있습니다. 입으로만 교육의 본질을 논하는 것은 아닌지 되돌아볼 일입니다.

입시위주, 성공지향, 경쟁교육 안에 아이를 내몰고 그 곳에서 옆의 친구를 이기라고 말하며 오로지 공부기계가 되기를 바라는 게 현실입니다. 이런 분위기 속에서 우리 학생들은 행복할 수 없습니다. 똑똑한 아이로 키우고 싶어 하는 부모의 바람대로 과거에 비해 너무나 똑똑해진 아이들, 그러한 지적 역량에 턱없이 미치지 못하는 정서의 결핍, 이런 부조화는 결국 우리 청소년들을 병들게 하고 있습니다. 더 늦기 전에 머리와 가슴이 조화로운 성장을 추구해야 합니다. 이제는 마음의 힘을 길러주기 위한 정서교육에 관심을 기울이고 행복에 가치를 두는 교육 문화를 만들어나가야 할 것입니다.

아이들을 힘들게 하는 원인들을 줄여주어, 우리의 꿈나무들이 행복한 미래를 열어갈 수 있도록 해주어야 합니다. 이는 학교교육에서만 감당할 수 있는 일이 아닙니다. 가정과 지역사회와의 지지기반 구축이 이뤄져야 가능한 일입니다. 학생 개인을 인격적으로 대함으로서 자아존중감을 높여

주고, 저마다의 장점을 발휘하여 학교생활에 참여를 독려함으로써 자기존재감을 확인시켜 주는 것이 필요합니다. 행복감 중 자기만족도가 가장 낮다는 현실을 고려할 때, 부모나 교사들이 학생들에 대하여 관심과 사랑과 공감과 같은 감수성을 표현하는 것이 매우 중요합니다.

또한 어린이와 청소년들이 질 높은 삶을 영위하기 위해서는 이들의 권리가 존중되고 보장되지 않으면 안 됩니다. 그동안 성인 중심의 사회에서 아동과 청소년은 보호라는 미명 아래 부당하게 학대받거나 착취되었어도 자신들의 권리를 인식하지 못했을 뿐 아니라 사회로부터 인권을 존중받지도 못했습니다. 그마나 다행히 최근 들어 학생의 인권에 대한 의식이 매우 높아져 예전보다는 권리와 자율성을 인정받고 있습니다. 그러나 아직도 많은 가정에서는 자식을 부모의 부속물 정도로 취급하거나 학대가 자행되고 있습니다. 아동의 권리에 대한 국제협약(1989년)이나 개정된 청소년헌장(1998년)에서 청소년들의 인권과 자율, 참여, 선택적 가치의 존중, 성숙한 사회인으로 인식을 강조하고 있습니다. 학교에서 학생들의 인권이 신장된 것처럼 가정에서도 아동의 인권과 자율성이 보장되어야 할 것입니다.

입으로는 아동, 청소년의 인권을 말하고 복지를 논하며 그들이 미래의 꿈나무들이라고 추켜세우고 있지만, 정작 이들의 복지를 위한 정책이 나오지 않는 것은 학생들에게 선거권이 없기 때문이라고 말하는 일들도 있습니다. 선거철만 되면 과열되는 되는 분위기에 마음 가다듬고 차분히 무수한 선거공략들을 살펴봤습니다. 그런데 어린이들의 행복도를 높이기 위한 정책은 눈을 씻고 봐도 찾아볼 수 없었습니다. 정책적 담보가 없어도 우리 어린이들은 무조건 행복해야할 권리가 있습니다. 가정에서 학교에서 먼저 학생들을 귀하여 대하고 존중하며, 물질이 아닌 행복에 가치를 둘

수 있는 교육문화를 만들어가야 합니다. 우리 학생들이 어제보다는 오늘이, 오늘보다는 내일이 더 행복할 수 있는 세상을 위하여 우리 모두 노력합시다.

학생 노동인권 교육을 통한 민주시민 양성

청소년의 단기간 근로활동이 계속 늘고 있으나 열악한 근로환경은 여전히 제자리입니다. 저임금과 임금체불, 사업주의 폭언·폭행 등 사업주의 갑질 논란이 끊이지 않고 있습니다. 청소년들의 주된 아르바이트 장은 편의점과 패스트푸드, 대형마트, 물류창고 등 유통매장을 중심으로 한 서비스 업종입니다. 이들 업종의 사업주들은 인건비를 최대한 절약하기 위해 단기간 근로가 가능한 청소년들을 알바생으로 활용합니다. 문제는 청소년들을 오로지 돈벌이 수단으로만 여기는 일부 사업주들의 갑질 행태입니다. 대부분 청소년들의 경우 사회경험이 적은 데다 아르바이트 일자리를 찾기가 쉽지 않아 부당한 대우를 받고도 참을 수밖에 없는 현실을 사업주가 악용하는 것입니다.

사업주의 청소년 알바생에 대한 이런 인식이 바뀌어야 합니다. 청소년은 미래의 노동자며, 사용자입니다. 아르바이트 경험은 성인이 되어서도 큰 자산이 될 수 있습니다. 올바른 직업관과 가치관을 갖는데 우리 사회가 함께 나서야 하는 이유입니다. "반말로 주문하면 반말로 주문 받습니다.", "남의 집 귀한 자식." 요즘 아르바이트 현장에서 종종 목격되는 문구들입니다. 알바생들 중에는 중고등학생도 상당수를 차지하고 있습니다. 반말을 들어도 괜찮을 만큼 어린 학생들입니다. 그래도 손님들에게 아쉬운 소리를 해야 할 가게 주인 입장에서 저런 문구를 써 붙일 만큼 용기 있는 분이 있다는 점에서 마음이 놓입니다. 알바생을 보호하기 위해 귀한 손님과의 불편함을 감수할 정도라면 주인과 알바생의 노동계약적인 관계는 말할 것도 없을 것으로 생각됩니다.

　이렇게 사용주와 알바생들간의 노동계약관계를 넘어 노동환경에 영향을 미칠 수 있는 다양한 요소들까지 고려하는 성숙된 사회의 이행 과정을 바라보면서 앞으로 이 사회를 살아야 할 우리 학생들이 얼마나 밝은 사회를 맞이하게 될지 기대가 됩니다. 그러한 기대가 현실이 되기 위해 정비되어야 할 조건이 있습니다. 자신의 권리가 무엇인지 모르는 사람이 다른 사람에 대한 권리를 보장할 수 있을까요? 반말로 주문하는 행태, 남의 집 귀한자식을 함부로 하는 행태, 노동계약 조건을 불합리하게 설정하는 행태… 이것은 단순히 개인의 인성 문제가 아닙니다. 인간의 권리를 제대로 배우지 못했던 우리 시대의 자화상입니다. 그래서 필요한 것이 학교현장에서 노동인권 교육입니다. 과거에 비해 학생들의 아르바이트 활동이 늘어나고 있으며, 이러한 활동을 함에 있어서 자신의 권리가 무엇인지를 아는 학생들도 많아졌습니다. 하지만 아직도 알바 현장에서 자신의 권리가 무엇인지 모른 채 인권 사각지대에 처해 있는 학생들이 다수입니다. 노동현장에서 자신이 지닌 권리가 무엇인지를 배우게 할 기회를 주지 않았던 과거의 흔적으로 인해 노동현장은 아직도 인권의 사각지대에 있습니다.

학생 노동 활동을 바라보는 시각은 그동안 '억제'에서 '보호'로 까지 논의가 확대되고 있는 상황입니다. 물론 아직도 우리사회에서는 학생들이 알바를 하는 것에 대해 부정적 견해도 많지만, '권리'로서 보장되어야 한다는 견해도 점차 높아지고 있습니다. 하지만 아직도 이러한 목소리가 교육현장에 자리 잡지 못하고 있는 것이 현실이며, 넘어야 할 장벽도 많습니다.

교육계를 넘어 우리 사회 전체가 학생들의 노동활동에 대한 권리적인 측면을 어떻게 받아들이고 이해할 것인가 그리고 어떠한 노력을 해야 하는 지에 대한 고민이 필요한 상황입니다. 지금 상황에서 할 수 있는 일은 바로 학생 노동인권 교육을 제도화하는 것입니다. 알바를 하는 학생들을 위해서가 아닙니다. 대부분의 학생이 앞으로 노동자의 삶을 살아가야 하는 현실적인 상황을 넘어 자신의 권리와 타인의 권리에 대한 상호 이해와 존중을 학습하는 과정이 반드시 필요하기 때문입니다. 결국 노동인권 교육은 학생 자신의 권리를 이해하고 스스로를 보호할 수 있는 성숙된 민주시민으로 살아가게 하는 힘의 원천을 제공해 줄 것입니다. 내 가족이 부당한 대우를 받기를 원하는 사업주는 없을 것입니다. 실제 현장에서 청소년 노동인권이 보호되려면 지속적인 관심과 지원이 따라야 할 것입니다.

안타까운 죽음, 고교 현장실습제도

지난 2017년 1월 23일 전라북도 전주의 한 저수지에서 한 여성의 시신한 구가 떠올랐습니다. 발견 당시 화려한 액세서리와 진한 화장을 하고있어 30대로 추정되었던 여성은 19살 고등학생이었습니다. 자살한 여고생은 콜센터 현장 실습생으로 근무하며 받은 스트레스 때문에 자살했을 것으로 추측했습니다. 한 특성화고등학교 3학년에 재학 중, 학교 현장실습의일환으로 한 통신사의 고객상담 대행업체에서 현장실습생으로 근무하고있었습니다. 여고생은 서비스를 해지하려는 고객에게 전화를 걸어 해지하지않도록 설득하는 '해지방어' 업무를 맡고 있었습니다. '아무 문제없겠지', '설마 문제될 것은 없겠지'하는 안일한 자세가 이런 참변을 일으켰습니다.

이런 참담한 사건은 이번만이 아닙니다. 2016년에는 경기도 특성화고 학생이 전공과 상관없는 외식업체에 취직한 뒤 직장 내 괴롭힘으로 사망하는 사건이 발생했습니다. 2011년에도 전남 영광의 특성화고 현장실습생이던 한 학생이 기아자동차에서 장시간 야간노동을 하다가 뇌출혈로 쓰러졌고, 2012년에는 순천의 학생 한 명이 울산으로 현장실습을 나갔다가 사망하는 사건 등 현장실습으로 인한 비극적인 죽음들이 계속되었습니다. 교육과 현장훈련이라는 애초의 목적과 달리 반인권적 노동착취와 고위험군에 내몰린 실습생들의 비참한 현실을 짐작할 수 있는 사건들이었습니다.

특성화고의 현장실습은 특성화고의 기능교육을 완성하는 '교육 과정'으로 엄연히 '교육 기관'에 의해 이루어져야 합니다. 그러나 현실은 '교육'을 빙자한 '노동착취'였습니다. 명분은 거창하게 '진로를 간접체험하며 전문성을 기른다.'라는 말로 포장되었지만, 현실은 근무조건이나 근무환경이 열악한 사업장에서 노동착취를 당하고 있었습니다.

특성화고등학교들은 취업률에 따라 평가받고, 지원금도 차등지급 받는 상황에서 취업률을 높이기 위해 학생들을 무조건 현장으로 내몰았습니다. 학교는 전년도 졸업생들의 해당 사업장의 업무 태도 등은 다음 연도 졸업생의 취업에 영향을 주는 구조 속에서 학생들을 외면했고, 사업체는 주기적으로 공급되는 싼 노동력을 영리하게 활용했습니다.

이런 저런 문제 제기로 2006년 실질적으로 폐지된 산업체 파견 현장실습제도가 2008년 이명박 정부에 들어서 산업체의 요구라는 명분으로 다시 이어졌습니다. 이명박 정부에서는 취업률(2012년 37%, 2013년 60%)을 달성하지 못한 특성화고는 통폐합이나 일반고로 전환하겠다며 강제했습니다. 이어진 박근혜 정부도 취업률 중심(2015년 25%, 2016년 60%)의 현장실습 제도를 강조했습니다. 취업률을 통해 학교평가와 재정지원을 연계함으로 취업률지상주의로 인해 '취업형 현장실습'이 '파견형 현장실습'으로 변질해갔습니다. 여기에 직업교육과 관련한 새로운 정책으로 국가직무능력표준(NCS), 도제와 일·학습 병행 등 선진국에서 좋다고 하는 많은 제도가 도입되면서 교육과 노동의 의미가 혼재된 채 혼란이 가중되었습니다. 결국 학생들만 희생양이 된 것입니다.

교육·훈련이라는 포장지에 쌓인 실습생은 이미 '노동'을 했습니다. 교육은 존재하지 않았습니다. 실습이라는 말로 모든 법적 책임에서 자유로워짐을 느낀 기업은 '이것은 노동이 아닌 진로 체험'이라며 그것을 발뺌해왔습니다. 이렇게 실습이라는 핑계로 노동의 정당한 대가를 지불하지 않은 관행이 지금까지 '인턴' 그리고 '열정 페이'로 만연해 왔습니다. 적절한 직무교육이 이루어지지 않았고, 취업률 위주의 교육부 정책으로 인해서 학생들이 현장에서 부당한 대우를 받아도 업체에 항의하지 못하는 현상이 발생하게 되었습니다. 사고의 재발을 막기 위해 정작 필요한 것은 건강하고 쾌적한 노동조건과 일하는 데 필요한 노동교육임에도 고용노동부가 제작한 '특성화고 현장실습 핸드북'은 현장실습생의 기본예절, 현장실습생의 의무를 강조하는 것이었습니다.

이번 사건은 우리 모두의 책임이기도 합니다. 바로 우리 주변에서 힘없는 청소년들이 죽어가고 착취와 억압의 굴레에서 죽을 고생을 하고 있고, 죽어가고 있고, 돌이킬 수 없는 결정을 하는 동안 우리는 무엇을 한 것일까요? 다는 아니지만 특성화고등학교에 재학 중인 학생들은 상대적으로 가정환경이 여유롭지 못한 경우로 요즘은 흔해진 대학 진학을 포기하거나 애써 외면한 청소년들입니다. 우리사회가 대학에 대한 관심이나 특수목적고등학교나 인문계고등학교에 대한 관심을 갖는 것의 반이라도 이런 특성화고등학교의 현실에 관심을 기울이고 주의 깊게 바라봤다면 어쩌면 이런 참변은 막을 수 있었을 지도 모릅니다. 이제는 정말 제2의 희생자가 더 이상 나오지 않도록 교육부와 고용노동부, 기업 그리고 정치권은 올바른 직업교육의 장을 마련하는데 적극 나서야 할 것입니다. 학생 신분이지만 근로자인 현장실습생의 문제에 대해 교육부와 노동부는 서로 책임을 떠넘기기에 급급했습니다. 실습생은 일손 부족을 보충해주는 말 잘 듣는 저임금 파견 인력이 아닙니다. 현장실습도 교육과정의 일환으로 인식해야 하며, 교육의 의미를 살리는 현장실습으로 운영해야 할 것입니다.

교육당국이 2018년부터 특성화고의 조기취업형 현장실습을 전면 폐지한다는 방침을 밝혔습니다. 이 소식을 접한 특성화고 예비 고3 학생들의 시름이 깊어졌습니다. 조기취업형 현장실습 등 산학연계를 통한 빠른 취업이 특성화고 진학을 결정한 가장 큰 이유였지만 그 기회가 대폭 줄어들게 생겼기 때문입니다.

교육부의 갑작스러운 현장실습 폐지 결정에 특성화고교들은 "하늘이 무너져 내리는 것 같다"는 심경을 밝히고 있습니다. 특성화고 진학을 결심하게 된 학생들의 이유 중, 하나가 빠른 취업이었습니다. 가정형편상 특성화고에 들어가 현장실습을 통해 빠른 취업을 희망하는 경의가 많습니다. 현장실습 사고가 재발하지 않도록 대책을 세우는 것은 당연합니다. 그러나 그렇다고 무작정 제도를 없애버리는 건 문제입니다. 제도를 바꾸면서 직접 당사자인 학생이나 학부모나 특성화고나 현장실습기업체의 의견을 듣지 않았습니다.

학생들 불만이 꼭 가정 형편이 어려운 경우에 국한된 것은 아닙니다. 어찌됐든 기업체에 가서 실습을 하는 건 학생들인데 왜 학생들한테는 아무엇도 묻지 않았는지 아쉽습니다. 매년 10~20명 규모의 특성화고 학생들을 채용해온 중소업체들은 당장 젊은 인력 수급에 차질을 빚을 것이라고 우려합니다. 학생들을 6개월 정도 실전 중심으로 가르쳐야 하는데 달랑 한 달만 이론 중심으로 가르친 학생들을 어떻게 채용할 수 있는가, 젊은 피 수혈이 점점 더 어려워지는데 이래서는 중소기업들이 오래갈 수 있는가 하는 우려도 있습니다. 제조업이 아니기 때문에 안전사고가 발생할 가능성이 매우 낮은 업체들도 불만입니다. 업종별 특성을 고려하지 않고 내린 결정이기에 그렇습니다. 꼬집었다.

일선 교사들은 이번 폐지 결정으로 인해 기업들이 산학협력을 기피하게 될 것이라고 염려합니다. 학생들이 1개월 단위로 왔다 갔다 하는데 어떤 기업이 거기에 실효성을 느끼지 우려합니다. 교사 역할을 할 관리감독자를 업체마다 두겠다는 교육부 방침에 대해서 기업 입장에서는 모든 것이 짐으로 느껴질 것으로 봅니다. 본래 업무도 해야 하고 학생들도 지도해야 한다면 모두가 기피할 것이 불 보듯 뻔한데 당국이 그런 사정을 전혀 모르는 것 같습니다. 한국교육개발원 교육통계연구센터에 따르면 2017년 특성화고 재학생은 전국적으로 27만4281명에 이릅니다. 전체 고등학생이 166만 9699명으로 학생 16.4%가 특성화고에 다니고 있습니다. 부디 교육정책을 입안하거나 개편할 때 보다 신중히 여러 입장을 감안해서 펼쳤으면 좋겠습니다. 더욱이 위에서 지시하는 정책이 아닌 현장의 목소리에 귀 기울였으면 좋겠습니다.

학생도 노동자도 아닌, 우리는 누구인가요?

2017년 11월, 모두가 첫눈을 반가워하고 있을 무렵, 안타까운 사고가 발생했습니다. 제주 지역의 한 음료 제조업체에서 현장실습을 하던 18살 학생 이 모 군이 산업재해를 당해 사망했습니다. 이 군은 당시 혼자서 포장 라인을 오가며 작업하다가 기계 결함으로 압축기에 몸이 깔렸고 열흘 만에 결국 목숨을 잃었습니다. 당시 기계가 고장이 났고, 이 군이 고치려고 아등바등하는 동안 주변에는 아무도 없었습니다. 사고 현장을 발견한 것도 사고 후 45분이 지난 후였고, 그것도 또 다른 현장실습생이 발견했습니다.

현장실습생의 안타까운 사고는 어제 오늘의 일이 아닙니다. 현장실습 제도가 도입된 이래로 수십 건의 사망 사건이 발생했습니다. 2017년 초만

하더라도 LG유플러스 전주 콜센터에서 일하던 현장실습생 홍 양이 회사의 실적 압박을 견디다 못해 스스로 목숨을 끊었습니다. 2016년 5월에는 성남 외식업체 조리부에서 일하던 현장실습생 김 군이 업무 과다와 선임의 괴롭힘으로 스스로 세상을 저버렸습니다. 2016년 우리사회를 뜨겁게 달구었던 구의역 스크린도어 사망 사건의 김 군 역시 현장실습생으로 취업해 초과 근무 중이었습니다. 당시 구의역 9-4 승강장 앞에서 우리 모두가 미안한 마음으로 그를 추모했지만, 1년간 달라진 것은 하나도 없습니다. 상해 사건까지 포함하면 훨씬 더 많을 것입니다.

현장실습 제도는 교실 수업과 실무적인 훈련을 결합한 제도입니다. 이 제도가 우리나라에 최초로 도입된 것은 1963년 박정희 정권 시기로 당시 학교 내 실습 장비가 부족하다는 이유에서였습니다. 이후 기업들의 적극적인 참여 부족 및 훈련 체제의 미흡, 실습 현장에서 발생하는 노동권 침해 등의 문제가 제기되면서 부침을 겪다가 이명박 정권 때부터 다시 활성화되었습니다. 당시 이명박 정부는 고등학교 직업교육을 선진화하겠다는 명목 하에 692개 특성화 고등학교를 정예화 해서 집중 육성하겠다는 계획을 발표했습니다.

이때 특성화고 중에서도 직업교육을 완전 전문화시킨 마이스터고가 설립되었습니다. 마이스터고란 '산업계의 수요와 직접 연계된 맞춤형 교육과정을 운영하는 고등학교(초·중등 교육법 시행령 제90조)'입니다. 담당 부처도 늘어났습니다. 교육부, 고용노동부에 이어 중소기업청(현 중소기업벤처부)까지 위탁받았습니다. 특히 2008년부터는 '학교 자율화 추진 계획'이 진행되면서 현장실습운영 과정에서도 개별 학교들의 자율성이 보장되면서 더 활성화되었습니다.

이후 박근혜 정부에서도 '산학맞춤 기술인력 양성'을 국정 과제에 반영하여 힘을 보탰습니다. 특히 2013년 8월 '특성화고 현장실습 내실화 방안'을 도입해 그 이전까지는 주로 3학년 2학기에 이루어졌던 현장실습을 3학년 1학기에도 보낼 수 있도록 허용했습니다. 문재인 정부의 100대 국정과제에도 '중소기업 수요가 높은 산학맞춤 인력양성 프로그램 확대'가 포함되어 추진 중입니다.

고등학생의 현장실습 제도는 교육 자재 부족을 해소하기 위한 목적이었던 초기의 취지와 달리, 이제는 청년 실업 해소를 위한 주요한 대책이 되었습니다. 고등학교 때부터 체계적인 직업 훈련을 통해 청년을 취업으로 바로 연결시키자는 의도가 담겨 있습니다. 중소기업은 인력을 구하지 못해 인력난에 시달리고 청년들은 일자리가 없어서 구직난에 처해 있는데, 현장실습은 이를 완화시키는 수단이 될 수 있습니다. 특성화고 학생들은 보통 6개월 정도 현장에서 업무를 배울 수 있고, 기업 역시 교육 훈련 기간을 통해 숙련된 인력을 수급할 수 있기 때문입니다.

이런 이유로 독일, 스위스, 오스트리아 등에서는 교실 수업과 실무 훈련을 결합한 방식의 직업훈련 프로그램들이 많이 시행되고 있습니다. 특히, 독일의 경우 청년 실업률을 낮춘 결정적인 요인이 해당 직업에 대한 실무 훈련이 이루어지는 제도가 잘 정착되어 있기 때문인 것으로 평가됩니다. 교육 과정과 현장실습 간의 괴리를 극복함으로써 청소년의 직장 이전을 더욱 촉진할 수 있기 때문입니다.

고등학생 현장실습 제도의 문제점도 있습니다. 그럼에도 현재 우리나라의 현장실습 제도는 많은 문제점을 야기하고 있습니다. 정부는 계속해서 보완책을 제시하고 있지만 여전히 많은 청소년들이 희생되는 이유는 다음과 같습니다.

① 기업 : 열악한 노동조건

첫 번째 문제는 기업들이 현장실습 제도를 값싼 노동력을 공급받는 수단으로 이용한다는 것입니다. 현장실습 표준협약서를 보면, 근무시간은 1일 7시간으로 제한하고, 동의하에 1시간 연장할 수 있습니다. 휴일 및 휴가는 사업주가 정한 취업규칙을 준용하되, 1주 2회 이상의 휴일을 줘야 한다고 명시돼 있습니다. 현장실습을 지도할 능력을 갖춘 담당자 배치도 의무화돼 있습니다.

그러나 많은 기업이 이 협약서에 가입하지 않거나 가입하더라도 실습생과 별도의 노동계약을 맺어 더 많은 노동을 시키고 있습니다. 그럼에도 일반 노동자가 아니라 현장실습생이라는 이유로 '임금'이 아닌 '실습비'를 받고, 그 수준마저 일반 노동자 임금의 70-80% 수준입니다. 연장노동수당을 못 받는 경우도 태반입니다.

이 군의 경우에도 기업체와 협약서 외의 별도의 계약을 맺어 보통 오전 8시 30분부터 오후 6시까지 거의 10시간을 일했고, 일이 많은 날에는 12시간까지 연장근무를 한 날도 있었습니다. 기계의 잦은 고장으로 부상을 당해도 회사의 업무 독촉으로 출근해야 하는 등 열악한 노동 환경 속에서 노동력만 착취당한 것입니다.

② 정부 : 책임 방기

현장실습 표준협약서에는 실습생들의 안전 보장과 근무 조건, 기업의 현장실습 지도 등에 대한 내용들이 자세히 명시돼 있습니다. 또한 기업들이 이 표준협약서를 작성하지 않은 채 일을 시키면 500만 원 이하의 과태

료를 부과할 수 있다고 규정돼 있습니다. 문제는 이를 강제할 수단이 없다는 점입니다. 법 문구도 '부과할 수 있다'는 모호한 성격을 띠고 있을 뿐만 아니라 이에 대한 감시감독조차 제대로 이루어지고 있지 않습니다.

정부의 특성화고에 대한 지원 기준이 '취업률'이라는 정량적 지표에 한정되어 있는 것도 문제입니다. 학교들이 취업률을 높이기 위해 학생들의 열악한 처우를 모른 척 해버리는 부작용을 낳기 때문입니다. 현장실습생은 노동법의 적용을 받지 못하는 특수한 지위이기 때문에 회사로부터 부당한 압력을 받더라도 상담을 받을 만한 곳은 학교뿐입니다. 하지만 학교에서는 실습생이 노동환경을 이탈할수록 취업률이 낮아질 것이기 때문에 최대한 억제하고, 오히려 교사와 학생을 압박하기까지 하는 경우가 빈번합니다.

또한 관련 부처가 여러 개로 쪼개지면서 궁극적인 책임 소재가 불분명합니다. 지금 고등학생들의 현장실습 제도를 담당하는 부처는 교육부, 중소벤처기업부, 고용노동부 세 기관입니다. 그런데 감시감독 책임은 서로 미루고 있습니다. 현장실습 제도는 관계기관이 학교, 기업, 그리고 중앙의 세 부처일 만큼 규모가 큰 사업인데도 어느 하나 책임지고 학생의 노동조건에 신경을 쓰는 곳이 없습니다.

③ 실습생들의 질 낮은 일자리로 연계

이처럼 모두가 방치한 결과 일자리의 질은 악화되고 있습니다. 2017년 11월 20일 교육부의 발표에 따르면, 2017년 직업계 고등학교 졸업자 취업률은 50.6%로 전년(47.2%)에 비해 3.4%포인트 높아졌습니다. 정부는 특성화고가 취업률을 높이는 효과가 있다고 자부하지만, 일자리의 질에 대해서는 묵묵부답입니다. 2017년 중소벤처기업부의 국감자료에 따르면 중소기업에 취업한 특성화고 출신 학생의 고용보험 가입자 비율은 2012년 79.6%에서 꾸준히 내려가 2015년 58.8%로 무려 20.8%포인트가 하락했습니다. 높아지는 취업률이 질 낮은 일자리로 채워지고 있습니다.

이를 개선하려면 취업률 평가 대신 만족도와 노동조건 평가해야 합니다. 이처럼 지금 우리나라의 고등학생 현장실습 제도는 당사자인 청소년들의 삶을 위협하고 있습니다. 노동자가 아닌 현장실습생의 지위를 이용한 기업들의 노동력 착취와 어느 누구도 책임지지 않는 상황 속에서 일자리의 질뿐만 아니라 생명권까지 위협당하는 현실입니다. 따라서 현 제도의 개선을 통해 긍정적인 역할을 하도록 바꾸어야 합니다.

먼저 정부 당국의 철저한 감시감독이 필요합니다. 매년 수백억의 예산이 학교로 지원되는 만큼 학교가 현장실습생의 노동 여건 개선에 노력을 기울이도록 지속적인 감시감독이 필요합니다. 특히 학교 내에 전문적인 취업지원관을 두고 상시적으로 실습 장소를 방문해 문제점 적발 및 시정 요구를 할 필요가 있습니다. 또한 예산지원시 취업률 위주의 성과평가 시스템을 철폐하고 현장실습생의 만족도와 노동조건에 대한 질적 평가도 병행해야 합니다. 이를 통해 학교가 실습처를 선정할 때 노동조건을 고려하도록 유도해야 합니다.

또한 기업 역시 현장실습생을 하나의 노동자로 인정하고 적극적으로 교육시켜야 합니다. 현장실습생은 실습과정 동안 기업의 업무뿐만 아니라 분위기 등을 사전에 경험하면서 익숙해지기 때문에 신규 채용자보다 해당 기업에 장기 근속할 가능성이 높은 사람들입니다. 이런 이유로 독일과 같은 유럽 국가들에서는 기업들이 적극적으로 훈련 프로그램을 개발하고 자체적으로 운영합니다. 실습과정 동안 드는 비용보다 해당 노동자를 직무적합형으로 훈련시킴으로써 기업이 얻는 이득이 크기 때문입니다. 따라서 단기적 시각에서 노동 비용을 낮추기 위해 열악한 노동 환경으로 내몰기보다는 장기적 시각에서 노동조건의 보장과 꾸준한 훈련을 통해 해당 기업과 함께 갈 사람으로 키워내야 합니다.

현장실습생의 열악한 노동 환경에 대한 비판이 십여 년째 제기되고 있지만 전혀 바뀌지 않고 있습니다. 2017년 3월, LG유플러스에서 실습했던 한 여학생의 죽음 이후 고용노동부가 특별근로감독을 하겠다고 했지만, 또 하나의 죽음을 막지 못했습니다. 이번에도 또 특별노동감독을 하겠다고 하는데, 과연 얼마나 실효성이 있을지 의문입니다. 땜질식 처방은 상황을 바꾸지 못합니다.

각 부처가 서로 책임을 미루고 학교가 모른 척하고 있는 지금 이 순간에도 어딘가에서 청소년들이 부당하게 일을 하고 있을지 모릅니다. 지금 이들은 힘들게 노동을 하고 있음에도 노동자라 불리지 못하고, 학교에 소속되어 있음에도 학교의 보호 바깥에 놓여 있습니다. 이들을 사회적 보호 안으로 끌어와야 합니다. 아이들이 희망을 잃어버리고 삶을 버리는 사회는 미래가 없습니다. 더 이상 아이들을 죽음으로 내모는 기존의 현장실습제를 방치하지 말고 전면 개편해 아이들의 꿈을 짓밟지 않도록 해야 할 것입니다.

위기의 청소년들,
위기를 넘어 새로운 희망으로···

2017년 9월 통계청이 발표한 '2016년 사망 원인 통계' 자료에 따르면 인구 10만 명당 자살로 사망한 10대의 수가 2015년 4.2명에서 2016년 4.9명으로 늘어났습니다. 2011년 5.5명에서 2015년 4.2명으로 꾸준히 줄어들던 10대 자살률이 1년 새 16.5%나 오른 것입니다. 특히 지난 2011년부터 2015년까지 전 연령대에서 자살률이 감소하는 추세였으나, 2016년 들어 10대와 20대의 자살률이 오름세로 돌아섰습니다. 2016년 전체 자살률(-3.4%)을 비롯해 70대(-13.5%)와 80대(-6.6%), 30대(-1.8%)의 자살률이 유의미한 감소 추세를 보인 것과는 대조적입니다.

이처럼 거의 모든 연령대의 자살률이 감소하고 있음에도 유독 10대의 자살률이 증가하고 있는 이유로 전문가들은 사상 최고의 청년 실업률과 가정의 해체로 미래에 대한 희망이 사라지고 있는 점 등을 꼽았습니다. 웹툰이나 드라마 등 10대가 쉽게 접할 수 있는 콘텐츠에서 자살 관련 내용이 다수 등장하는 것도 청소년의 자살을 부추기고 있습니다. 또한 10대들이 느끼는 학업 부담과 스트레스는 그대로인 반면 청년 실업 등의 여파로 학업을 통해 보장받을 수 있는 '기대 이익'은 급감하고 과거처럼 열심히 공부만 잘하면 사회에서 인정받고 성공할 수 있었던 '동기'도 약해진 지금의 현실이, 자신의 정체성과 가치관을 만들어 가고 있는 10대들에게는 만만치 않은 도전일 수밖에 없습니다. 왜냐하면 청소년들은 성인과 달리 발달 측면에서 미성숙한 단계이기 때문에 부정적 감정을 적절히 다스릴 힘이 부족하기 때문입니다. 인지사고 역시 이성적이거나 합리적이지 못하다. 나아가 문제의 원인이 자신에게 있다고 생각하는 경향이 강하다고 합니다.

다음으로 자아형성이라는 중대한 과업이 있는 시기임에도 학업경쟁에 몰린 이들은 '내가 누구인지', '나의 행복은 어디에 있는지', '삶과 죽음은 무엇인지' 등 철학적 고민을 할 시간을 내기란 도저히 불가능하기 때문입니다. 또한 자신이 직면한 문제를 함께 고민할 대상이나 방법을 찾지 못하기 때문입니다. 이렇게 자의에서든 타의에서든, 청소년들은 자신의 문제를 올바른 방법으로 해결하기 힘들게 되고 결국 일부 청소년들은 스트레스를 받으면 충동적이고 비합리적인 대안으로 자살을 선택하기에 이르게 됩니다. 자살위기상담을 하는 성인 중 청소년 시기에 자살시도를 경험한 경우가 많습니다. 청소년 시기의 자살예방이 우리나라의 자살률을 낮출 수 있는 가장 큰 대안일 것입니다.

오늘 우리 대한민국에서 살아가는 우리 청소년들의 현실은 행복한가요? OECD의 행복지수 조사 결과 우리나라 어린이와 청소년의 '주관적 행복지수'는 OECD 회원국 중 6년째 최하위를 지키고 있습니다. 뿐만 아니라 신체적·정서적 학대 가정 안에서 성장한 청소년들은 자신 안에 내재된 분노와 화를 풀어낼 곳을 찾다 보면 또 다른 폭력의 가해자가 되기도 합니다. 이에 따른 분노를 자신에게 표출하게 되면 자살로 이어질 수밖에 없습니다.

수많은 잠재력과 가능성을 지닌 청소년들을 어른들이 만들어 놓은 평가의 틀 속에 넣어 평가하고 단정 지어 버리지 않고 존중하고 좀 더 기다려 줄 수 있다면 좋겠습니다. 순간의 충동으로 잘못된 선택을 하였더라도 단죄하기 이전에 상처받은 그들의 마음을 먼저 헤아리고 들어 줄 수 있다면 좋겠습니다. 미처 발견하지 못했던 자신의 꿈과 희망을 찾아갈 수 있게 해주면 좋겠습니다. 상처받고 절망에 빠진 아직 자신의 꿈을 찾지 못한 청소년을 보면 박노해 시인의 시가 떠오릅니다.

피지 못한 꽃들

박노해

눈 덮인 겨울 땅에서도
우리가 희망을 잃지 않는 것은
씨앗을 품은 대지를 믿기 때문이다.

비바람이 꽃을 쓸어가도
우리가 젖은 길을 다시 걷는 것은
꽃심을 품은 뿌리를 믿기 때문이다.

실패로 무너지고 불운에 쓰러져도
다시 희망 쪽으로 일어서 걷는 것은
내 안에 아직 피지 못한 꽃들이 있기 때문이다.

남들이 인정하는 꽃을 피워 보겠다고
나도 모르게 홀대하고 밀쳐두었던 나만의 꽃들

정작 나 자신이 그토록 원했으면서도
세상이 바라는 것들을 먼저 피워 보겠노라

아직 한 번도 피우지 못한 내 안의 꽃들

클래식을 통한 마음의 힘 기르기

음악은 인간의 말초신경을 자극해 감성을 장악하는 강력한 힘을 가지고 있습니다. 이어폰을 끼고 빠르게 걷는 사람들 대부분은 강한 비트의 빠른 음악을 듣고 있습니다. 무의식적으로 듣는 음악의 빠른 박자를 따라서 걷는 것입니다. 사람들로 붐비는 주말, 대형 상점에서는 경쾌하고 즐겁게 톡톡 튀는 단순한 리듬의 음악을 틀어줍니다. 이러한 음악은 신속하게 고객들을 이동시킬 뿐만 아니라 판매를 촉진하는 역할을 합니다. 반면에 백화점에서는 아늑하고 따뜻한 클래식음악을 들려줍니다. 이는 고객에게 편안하게 대접받는 느낌을 주어, 판매량을 증가시키는 역할을 톡톡히 합니다. 이는 사람의 감성을 자극해, 합리적인 사고보다는 욕망에 충실하게 만드는 음악의 특징을 활용한 마케팅 전략이 적중한 것입니다. 조용하고 그윽한 클래식음악이 마음의 안정을 주는 태교음악으로 많은 임신부에게 사랑받는 것도 같은 맥락입니다.

음악의 효과는 동물들에게도 감지됩니다. 스트레스를 받은 애완동물에게 클래식음악이 큰 효과가 있다는 연구결과를 본 적이 있습니다. 동물보호소의 유기견에게 클래식을 들려주고 반응을 관찰해보면, 그 결과 개들은 바흐의 'G선상의 아리아'를 들려줄 때 가장 안정되는 것으로 나타나기도 했습니다. 동물병원에서 수술 중인 고양이들이 클래식음악을 들을 때 긴장이 풀린 편안한 상태를 유지하며 심지어 회복도 빠르다는 결과도 있습니다.

몇 달 전 방송에서 음악을 농작물에 적용시키는 사례를 봤습니다. 음악은 생산성을 극대화하고 병충해도 줄어들게 하는 친환경농법이었습니다. 술을 발효시키는 저장고에 온종일 다양한 음악을 틀어줬더니 술맛이 부드러워지고 원료의 향도 배가되었습니다. 담당자는 음파가 미세한 항아리 기공을 통해 효모균에 전달되는 과정에서 음악이 효모균을 더욱 활발하게 활동하도록 했기 때문이라고 추측했습니다.

일정시간 음악을 틀어놓은 비닐하우스에서 상품성이 좋은 딸기가 고루 열리고 병충해도 눈에 띄게 줄었습니다. 또한 수확한 농산물의 유통과 판매 과정에서 신선도가 더욱 오래 유지되고, 젖소도 우유생산량이 증가했다니 그 효과를 일일이 열거하기가 어려울 정도였습니다. 물론 저마다 음악적 효능을 극대화하는 적정 음악노출시간과 빈도가 다를 것이고, 선호하는 음악장르 또한 상대적으로 차이가 있을 수 있습니다. 이를 보완하는 과학적인 기준을 제시하는 후속연구가 계속돼야겠지만, 벌써 우리 농업이 음악의 효과를 톡톡히 보기 시작하는 것이 아닐까 싶습니다. 음악 감상에 대한 반응은 단순하게 소리를 듣는다는 1차적 반응을 뛰어넘습니다. 여러 학술적 연구를 통해 음악이 호르몬 분비를 촉진해 사람을 비롯한 동식물에게까지도 심리학적, 생리학적 영향을 미친다는 것이 이미 검증되었습니다. 그래서 적당한 음악을 선택해서 듣는다면 부작용 없는 심리적인 안정과 집중력 향상을 포함해 육체적인 치유 효과까지 누릴 수 있습니다. 요즘 학교에서 특수학급 담당을 하면서 학생들과 함께 음악을 듣곤 합니다. 고요한 음악을 통해 마음의 힘을 기르는 것만 같아 좋습니다. 아래의 음악은 요즘 듣는 것입니다.

* 경쾌한 클래식음악
볼프강 아마데우스 모차르트 '터키행진곡(피아노 소나타 11번)'
안토닌 드보르자크 '유머레스크(Op.110-7)'

* 잔잔하고 편안한 클래식음악
로버트 슈만 '꿈(트로이메라이)'
에릭 사티 '짐노페디'

* 애잔한 클래식음악
세르게이 라흐마니노프 '보칼리제(Op. 34, No. 14)'
요한 제바스티안 바흐 'G선상의 아리아'

* 친근한 클래식음악
루트비히 베토벤 '엘리제를 위하여'

요한 슈트라우스 1세 '라데츠키 행진곡'

이 외에도 유튜브나 인터넷에서 클래식이라고만 검색해도 유익한 음악들을 쉽게 찾아볼 수 있고, 즐길 수 있습니다.

자기 생각대로 표현하기

얼마 전 종영한 어느 오디션 프로그램에서 우승자를 발표한 직후 심사위원이 이런 말을 했다고 합니다. 이 방송을 여섯 번째 진행하며 여섯 명의 우승자를 배출하였는데 그중에는 우리나라에서 정규교육을 받은 사람은 한 명도 없었습니다. 대부분이 외국에서 학교를 다녔거나 홈스쿨링을 하는 등의 경력을 가지고 있었습니다. 우승자들은 그런 자유로운 환경에서 꿈을 그리고 자신만의 세계를 펼쳐나갈 수 있었습니다. 결국 자기 생각을 가지고 자기 목소리로 노래 부르는 사람이 이 대회의 우승자가 될 수 있었던 것입니다.

저는 이 이야기를 들으면서 오랫동안 많은 생각을 해봤습니다. 이 이야기는 눈여겨 봐야할 의미가 담겨 있습니다. 이른바 외국에서 하나의 붐을 일으키는 한류(韓流) 열풍은 일본과 중국을 넘어 전 세계적으로 인정받고 있습니다. 이에 따라 이미 국가적 차원에서 하나의 중요한 문화융성 사업이 된 지 오래입니다. 그러나 그런 문화의 하나인 대중음악을 우리는 얼마나 자연스럽게 받아들이고 있을까요? 한번 쯤 생각해볼 대목입니다.

입시위주의 교육제도를 크게 벗어날 수 없는 우리나라의 현실입니다. 랩을 하거나 춤을 추는 것은 아직도 어른들의 눈에는 공부하지 않고 노는 것으로 보입니다. 외국에 여행 가보면 클래식, 힙합, 재즈 등 다양한 음악을 길거리에서 자유롭게 연주하고 그것을 누구나 보고 즐기는 모습을 쉽게 볼 수 있다고 합니다. 이런 모습을 보면서 대부분 우리나라 사람들도 이 나라는 문화적 수준이 높다, 또는 멋진 나라이다 이런 생각하고 돌아온다고 합니다. 그러나 우리나라에서 길거리에서 젊은 사람들이 자신의 노래나 랩, 춤 등을 보여주는 버스킹 공연을 본다면 조금은 안타깝게 생각하는 시선들이 많은 듯합니다. 물론 요즘은 길거리에서 자연스럽게 누구나 할 수 있는 공연인 버스킹 문화가 조금씩 퍼지고 있고 하나의 문화로 인정받고 있긴 하지만 아직도 그런 공연을 하는 것이나 보는 것이나 많이 경직되어 있는 것이 사실입니다.

우리나라에서 창의적인 교육이 제대로 이루어지려면 착하고 말 잘 듣는 아이들이 좋은 학생이라는 낡은 생각부터 바꾸는 것이 중요합니다. 자신의 생각을 할 수 있고, 그것을 자신만의 방식으로 표현할 수 있는 것이 오늘 우리 시대 그리고 앞으로의 시대에 꼭 필요할 것입니다. 더 나아가 표현할 수 있는 방법은 누구나 다르고 얼마든지 다양할 수 있다는 것도 인정해야 합니다. 아직도 대부분의 학생들이 자신의 생각을 자유롭게 표현하는 것보다 짜인 틀 속에서 편안함을 느끼는 것 같아 안타깝습니다.

그런 모습을 볼 때마다 기성세대로서, 교육자의 한 사람으로서 죄책감이 들기도 합니다. 이제는 어른들이 그런 틀 속에 학생들을 가둔 것을 미안해하고, 자신의 생각을 자유롭게 표현할 수 있도록 여러 방법을 알려주어야 합니다. 그러려면 먼저 어른들도 자신의 생각을, 자신만의 방식으로 표현할 수 있어야 합니다. 그 방식은 말과 글도 있지만 노래와 춤 그리고 그림 등 다양할 것입니다. 자유분방한 다음 세대 문화에 못지않게 이른바 아재들의 문화, 아줌마들의 문화도 활성화되었으면 좋겠습니다.

봄꽃이 흐드러지고 연녹색의 잎들이 피어나는 이 좋은 계절에 아이들을 교실에만 있게 하는 것은 너무나도 미안한 일입니다. 볕 좋은 야외에서 자신들이 직접 준비한 공연을 해보고 거기서 느낀 점을 서로 나누어 보는 등 줄 수 있는 만큼의 자유를 주는 시간들이 정말 소중한데 말입니다. 아이들이 조금씩 자신을 표현하는 것을 잘 하는 것도 중요하지만 그냥 하는 것이 더 중요합니다. 잘 한다, 덜 잘한다, 못한다는 평가를 떠나서 그냥 해보는 것입니다. 앞으로 우리 교육이 우리 사회가 특별한 소수보다 평범한 다수가 더 행복해지는 세상이 되길 바라는 마음 간절합니다. 아이들 한 명 한 명이 모두 특별한 사람임을 알고 놀라운 창의력을 가지고 커갈 수 있게 교육하면 좋겠습니다. 그러려면 청춘세대에게 말로 지시하고 가르치려는 입보다는 주의 깊게 경청하는 귀가 더 중요할 것입니다. 입이 하나이고, 귀가 두 개이듯이 말입니다.

내 가슴이 시키는 길

　눈앞에 놓인 인생의 수많은 갈림길에서 한 가지를 선택해야 할 때, 대부분의 사람은 논리적인 판단을 하지만 저는 즉흥적인 편입니다. 무의식의 세계는 의식의 세계보다 한없이 깊고 넓습니다. 저는 계산기를 두드려보기 보다는 거침없이 제 가슴이 시키는 길을 따르곤 합니다. 시간이 지날수록 제가 좋아하는 게 무엇인지, 무엇을 원하는지, 제 감정은 지금 어떤지 잊고 사는 듯합니다. 그러다 문득 제가 좋아하는 것을 찾으면 그렇게 기쁠 수가 없습니다. 잘 하는 게 무엇인지, 원하는 게 무엇인지 몰라 뒷걸음질 칠 때, 다시 한 번 용기를 내서 제 가슴이 시키는 대로 해봐야겠습니다.

　어느 대학의 교수가 강의시간에 투명한 상자를 갖다 놓고 그 안에 제법 큰 돌 몇 개를 넣어 가득 채웠습니다. 그리고 학생들에게 물었습니다. "이상자가 가득 찼습니까?" 학생들이 대답했습니다. "네!" 그러자 교수는 그 상자에 다시 작은 자갈들을 넣어 큰 돌 사이로 자갈들이 채워지게 했습니다. 그리고 다시 학생들에게 물었습니다. "이번에도 상자가 다 찼습니까?" 학생들은 역시 대답했습니다. "네!" 교수는 웃으며 그 상자에 이번에는 모래를 채우기 시작했습니다. 교수는 학생들에게 한 번 더 질문했습니다. "여러분, 지금 제가 뭘 말하려고 하는지 아시나요?" 학생들은 아무 대답을 하지 못했습니다. 그러자 교수는 다시 말했습니다. "많이 넣을 수 있다는 것을 보여 주려는 것이 아닙니다. 큰 것부터 상자 속에 넣지 않으면 큰 것을 넣을 기회가 없어진다는 사실을 말하려는 것입니다."

목표를 이루기 위해서는 가장 중요한 것부터 먼저 해야 합니다. 그런데 삶을 살아가다 보면 많은 일 중에서 어느 것이 더 중요한지 결정짓기 어려울 때가 있습니다. 또한, 급한 일만 하다가 정작 중요한 일을 놓치는 경우도 있습니다. 그러니 우선순위를 정하는 것이 중요합니다. 급한 일을 처리하기에 급급한 인생이 아니라 삶의 목적을 이루는 데 가장 중요한 일부터 먼저 할 때, 성공한 인생을 살아갈 수 있습니다. 지혜로운 사람은 우둔한 사람이 가장 나중에 하는 일을 즉시 해치웁니다. 오늘 우리 교육은 근시안적인 입시교육이나 지식습득에 급급한 경향이 있습니다. 이런 교육으로는 저마다의 독특한 개성이 발휘되지 못하고, 장기적인 안목을 길러주지 못합니다. 오늘 우리의 교육을 반성하면서 무엇이 더 중요한 지, 학생 개개인의 존엄한 가치와 개성을 길러주는 일에 함께합시다.

에세이에 단 '한 문장' 쓰고 스탠퍼드대 합격한 소년

입학시험 에세이에 단 한 문장을 쓰고 스탠퍼드 대학에 입학한 소년이 화제가 된 적이 있었습니다. 2017년 7월 4일 영국 매체 데일리메일은 뉴저지 주 프린스턴에 거주하는 방글라데시 출신의 지아드 아메드(Ziad Ahmed)가 한 문장으로 채운 에세이를 제출하고 스탠퍼드 대학에 합격한 사실을 전했습니다. 에세이 주제는 "가장 중요하다고 생각되는 문제는 무엇이고, 그 이유는?(What matters to you, and why?)"이었습니다.

놀랍게도 그는 자기 생각을 길게 풀어쓰지 않고 'Black Lives Matter(흑인의 생명도 소중하다)'라는 문장을 100번에 걸쳐서 작성했습니다. 그리고 그의 생각은 맞아떨어졌습니다. 스탠퍼드 대학으로부터 합격 통보 이메일을 받은 것입니다. 그는 자신의 자기소개서와 이메일을 자신의 SNS에 올리며 합격 사실을 알렸습니다.

미국 인터넷 매체 〈Mic〉와의 서면 인터뷰에서 그는 "합격했다는 이메일을 열어봤을 때 정말 깜짝 놀랐다."며 "에세이에 학교 성적이나 봉사활동 등으론 설명할 수 없는 진짜 내 생각을 채우고 싶었고, 정의에 대한 열정을 전하고 싶었다."고 밝혔습니다. 이어 "흑인을 위해 목소리를 높이는 것은 우리가 모두 해야 하는 일이다. 이유는 간단하다. 그들은 오랜 시간 동안 차별받아왔기 때문이다."라며 "무슬림으로서 이슬람 혐오가 내게 가장 중요한 문제였지만 그 근간에는 인종차별주의가 있다는 것을 알게 됐다."고 자기 생각을 덧붙였습니다.

'Black Lives Matter(흑인의 생명도 소중하다)'는 지난 2012년 17세 흑인 청소년 트레이버 마틴이 자율방범대원 조지 짐머맨의 총격을 받아 사망한 후 2013년 짐머맨이 정당방위로 무죄판결을 받자 등장한 해시태그입니다. 이 사건 이후 많은 이들에게 지지를 받은 'Black Lives Matter'라는 문구는 온라인에서 유행하기 시작했고, 이는 현재까지 이어져 인종차별 반대 캠페인의 구호로 자리 잡았습니다.

저는 이 보도를 보고 여러 생각을 해봤습니다. 스탠포드대학은 이른바 명문대학입니다. 스탠포드 대학은 학생선발에서 지식위주의 성적보다는 학생의 가치관과 소신 등을 본 것 같습니다. "하나를 보면 열을 안다"는 말처럼 대학은 아마도 이 학생의 한 문장을 보고는 이 학생이 지닌 사회의식과 자기 정체성과 비전을 다 보고 확신한 것 같습니다. 이 결과를 보니 우리나라 대학이나 기업 등은 이렇게 할 수는 없는 건가 싶었습니다. 그냥 눈에 드러난 성적이나 서류가 아닌, 그 사람의 소신을 보고 그것으로 믿고 선발하는 형태가 놀랍기도 하고 부럽기도 합니다. 우리나라 대학들도 이처럼 할 수 있다면 우리교육이 보다 다양한 형태로 교육이 가능해지고 학생들이 다양한 재능과 역량을 발휘할 수 있을 것 같습니다. 그렇다고 미국 명문대가 이러니 우리나라 대학도 그대로 따라하자는 게 아닙니다. 우리와 미국이 지닌 문화나 여건의 다름은 감안해야합니다. 아무튼 지금과 같이 지식습득을 평가하는 방식의 천편일률적인 방식에서 벗어나 다양한 인재들을 다양한 방법으로 선발하는 방안, 저소득층 학생의 기회제공 등이 가능한 입시가 펼쳐졌으면 좋겠다는 소망을 가져봅니다.

독서를 통한 자기 성장

독서는 내면의 나와 '대화'하는 행위입니다. 책은 나를 돌아볼 수 있는 '거울'입니다. 이렇듯 독서의 장점을 모르는 바 아니지만, 특히 이른바 상 아탑이라는 대학에서 대학생들이 책을 읽게 되지 않는 이유는 무엇일까 요? 우리 사회에서 각 가정에 인터넷이 보급되고 스마트기기가 상용화되기 시작할 무렵부터 독서인구의 감소는 이미 예상된 문제였습니다. 이와 더불어 급변하는 시대에 대응해 사람들의 가치관도 변했습니다. 다시 말해 독서인구 감소는 가치관의 문제와 매체의 변화에 큰 영향을 받았습니다.

중·고등학생의 경우 대학입시준비라는 명목이, 일터에서 일하는 노동 자의 경우 생계유지라는 명목이 독서를 하지 않을 수 있음을 이해할 수 있습니다. 그에 반해 대학생의 경우는 독서를 당연히 많이 해야 하는 것으로 여겼습니다. 그러나 대학생들도 독서하기 어려운 것이 현실입니다. 주말이나 공휴일에도 독서하기 어렵습니다. 최근 청년취업난이 가시화되고 장기화되면서부터 취업이나 전공 관련 서적 외에 책을 읽지 않는다고 호통을 치거나 걱정하는 사회 분위기가 잠잠해질 정도였습니다. 또 종이책이 아닌 태블릿PC나 스마트폰 등의 전자기기에서 단시간에 많은 양의 정보를 손쉽게 입수하고 활용할 수 있는 최적의 조건이 준비돼 있기도 합니다.

그러나 그럼에도 독서를 해야 합니다. 독서를 통한 자아성찰과 세상읽기와 삶의 통찰은 무궁무진합니다. 오늘날은 풍부한 독서의 매력을 즐길 수도 있는 시대입니다. 이런 정보의 홍수 속에서 책 잘 읽는 방법은 달리 없습니다. 시간적 여유를 갖고 읽고 싶은 양서를 찾아 다독하는 것입니다. 하지만 이게 말처럼 쉬운 일이 아닙니다. 이럴 때일수록 상황에 맞는 독서법이 필요합니다.

책을 읽는 방법에는 '정독, 통독, 발췌독, 낭독, 속독'이 있습니다. 전공마다 그 성격이 다르지만 전공 서적의 경우 읽고 싶은 책이라는 인식보다는 반드시 읽어야 하는 책으로 인식되어 있습니다. 이러한 경우를 제외하면 단순지식이나 암기를 요구하고 필요로 하는 경우 '발췌독' 즉, 필요한 부분만 발췌해 읽기를 권합니다. 발췌독을 할 때는 자신만의 연상법을 활용하면 책의 내용을 장기간 기억할 수 있는 장점이 있습니다. 인간의 정서나 감정을 형상화한 시 · 소설 · 수필 등의 문학작품의 경우에는 '정독'이나 '통독'을 권합니다. 그리고 소리 내어 읽기 즉, 낭독은 그렇지 않을 경우보다 기억의 장기화는 물론 심리적인 깊은 울림을 얻을 수 있는 최적의 독서법입니다. 물론 이러한 구분법이 늘 정답이 될 수는 없습니다.

중요한 것은 자신의 상황에 맞는 독서법입니다. 머리말부터 맨 끝장의 서지사항까지 읽지 않았다고 책을 읽지 않은 것이 아닙니다. 대학생들이 책을 읽지 않는 것은 아닙니다. 다만 그 선택의 폭이 좁아졌을 뿐입니다. 문자와 이미지는 넘치고 차 있습니다. 무엇을 읽고, 어떻게 읽을 것인가는 현명한 독자, 즉 개인의 몫입니다. 한가해야 여건이 마련되어야 독서를 할 수 있는 것은 아닙니다. 바쁘고 힘들고 외롭고 괴로울수록 스스로 독서할 시간을 확보하고 실천해 보면 어떨까요? 독서는 더디지만 꾸준히 성장하는 참된 자기를 만나게 되는 귀한 계기가 될 것입니다.

독서가 주는 성장

제가 학생들에게 즐겨 강조하는 것 중 하나는 '독서'입니다. 그래서 독후감 과제를 내곤 합니다. 그러면서 꼭 강조하는 것은 줄거리 요약이 아니라 자신의 경험을 관련해서 책을 읽고 느끼고 써보라는 것입니다. 이렇게 해서 학생들이 쓴 글을 천천히 음미하면 즐거움이 쏠쏠합니다. 학생들이 어떤 책을 읽었는지 그리고 읽으면서 지적세계가 얼마나 넓어지고 무엇을 알게 되었는지, 또 무슨 생각을 했는지 글을 통해 알게 됩니다.

학생들의 독후감을 많이 읽습니다. 자신의 경험과 연관 지어 쓴 학생도 있고 정말 책을 읽었는지 의심 가는 글도 간혹 있습니다. 공통으로 드러나는 특징은 자신의 경험을 연관 지어서 읽은 책은 내용이 풍부하고 진솔한 마음이 그대로 드러나며 자기만의 문체로 표현한다는 것입니다. 책 읽기가 이렇게 신나고 행복한 일이라는 것을 글에서 느낄 수 있습니다.

학생들이 책을 읽게 된 동기를 보면 선생님과 친구의 추천, 수행평가 과제가 많은 영향을 미칩니다. 친구들이 재미있다고 권유하면 궁금해서 책을 읽어보기도 합니다. 먼저 읽고 감동 받은 책을 추천할 때는 그 감동이 전달되기 때문에 책을 읽어보고 싶은 마음이 들고 왜 추천했는지 알게 됩니다. 수행평가 과제로 읽은 책은 교과 공부로 이어지기 때문에 본인 스스로 뿌듯함을 느낍니다. 그리고 표지와 제목도 책을 선택하는 데 중요한 요인이 됩니다.

학생들의 진로와 관련된 책을 이용해 독후감 숙제를 내주면 어떤 학생은 진로 때문에 고민이 많다는 것을, 또 어떤 학생은 일찍이 진로를 정하여 꿈에 한 발 더 다가서는 것을 알 수 있습니다. 학생들의 글을 읽으면 아이다운 생각과 표현에 웃을 때가 많습니다. 무엇보다 자신의 삶과 연관 지어 글을 쓰기 때문에 과거에 무슨 경험을 했고 어떤 생각을 했는지 그리고 지금은 어떻게 달라졌는지 잘 드러납니다.

어렸을 때 덧니를 빼준 아버지 덕분에 이가 고르게 되었다는 내용의 시를 읽고 흐뭇해했던 기억이 납니다. 이런 아버지의 사랑을 표현한 글을 읽으면서 '나도 이런 아버지가 되어야지'하는 다짐도 해봅니다. 아버지가 예전에 읽으면서 밑줄 그은 부분을 아들이 읽으며 '우리 엄마가 그때 이런 심정이었을까?' 상상해보며 아버지의 마음을 이해하는 것도 모두 글에 나타납니다. 학생들의 글 중 좋은 부분을 뽑아 교육 자료로 활용하기도 합니다. 읽고 싶은 마음이 들게 쓴 글을 다른 학생들에게 읽어주며 좋은 글을 어떻게 써야 하는지 지도합니다. 유명한 사람이 쓴 글이 아니라 친구의 글이기에 더 공감하고 글쓰기도 두려워하지 않게 됩니다. 잔소리 덕분인지 학생들이 점점 책과 친해지고 자기 생각을 명확하게 표현하려는 모습을 볼 때 보람을 느낍니다.

학생들은 독서가 선생님의 아름다운 강제였다고 표현하면서도 스스로가 부쩍 성장했다며 고마움을 표하기도 합니다. 학생들이 쓴 글을 보며 책을 통해 성장하고 있다는 것을 다시 한 번 확인합니다. 좋은 책을 만나는 것은 우리 학생들에게는 최고의 선물입니다.

마음의 근력을 길러주는 교육

사생아로 태어난 흑인 소녀는 할머니의 손에서 매질을 당하며 지독한 가난 속에서 자랐습니다. 삼촌의 성폭행으로 열네 살에 미혼모가 됐고 마약과 알코올로 얼룩진 청소년기를 보냈습니다. 그녀는 매우 뚱뚱했으며 살고자 하는 의지도 없었습니다. 그러나 현재 그녀는 전 세계 시청자를 울리고 웃기는 사람이 됐습니다. 그리고 미국인이 가장 존경하는 여성이 되었으며 대통령 후보로 거론되기도 합니다. 그녀가 바로 토크쇼의 여왕 '오프라 윈프리'입니다. 힘들고 어려웠던 유년기를 보냈던 그녀가 이렇듯 성공할 수 있었던 힘은 '감사일기'였다고 합니다. 오프라 윈프리는 매우 바쁜 하루 중에도 감사한 일을 찾아 감사일기장에 적는 습관을 갖고 있었다고 합니다. 일상적인 것들에 대한 감사가 그녀를 힘든 시기에서 이겨

낼 수 있게 해 준 힘이 되었던 것입니다.

우리의 삶에는 행복한 일도 있지만 그보다는 슬픈 일, 힘든 일, 어려운 일, 가슴 아픈 일이 더 많습니다. 인생에서 불운과 불행은 당연히 찾아올 수 있고, 또 우리가 겪으며 살아가야 할 필연적인 삶의 일부분입니다. 파도와 태풍이 없이 고요하고 잔잔함만 지속되면, 그 바다는 깊은 바다 속까지 산소를 공급할 수 없어서 곧 부패하고 맙니다. 고요한 바다는 유능한 선장을 만들 수 없습니다. 시련과 역경이 없는 인생은 없습니다. 오히려 시련과 역경이 있기 때문에 살 가치가 있는 것이 인생입니다. 슬픔과 불운이 내게 닥친 것에 대해서는 불평불만을 늘어놓으면서, 기쁨과 행운에 대해서는 당연하게 생각하고 감사하는 마음을 갖지 않는 것은 균형 잡힌 삶의 태도가 아닙니다. 우리 인생을 망가뜨리는 것은 시련과 역경이 아니라 그것을 대하는 우리 자신의 자세입니다. 인생의 과정에서 만나는 크고 작은 시련과 역경을 도약의 발판으로 삼는 자세 즉, '마음의 근력'을 '회복탄력성'이라고 합니다.

회복탄력성이 강한 사람은 웬만한 시련 앞에서도 흔들림 없이 꿋꿋이 자신의 삶을 살아갑니다. 오히려 시련을 도약의 발판으로 삼아 강한 성취나 업적을 이뤄내기도 합니다. 반면 회복탄력성이 약한 사람은 작은 고통에도 쉽게 무너지며 좌절에서 벗어나지 못하고 삶을 회복 불가능한 곳으로 밀어 넣습니다. 다행스럽게도 회복탄력성은 특별한 사람들에게만 선물로 주어진 재능이 아니라 모든 사람에게 이미 내재된 자질입니다. 후천적으로 계발이 가능합니다. 이를 계발하면 일상의 스트레스는 물론 어떤 시련과 역경도 이겨낼 수 있습니다. 인간의 삶은 개인적이나 집단적으로도 끝없는 시련에 직면하게 됩니다. 생태적으로 이 시련을 극복하지 못한 개인이나 사회는 더 이상 생존하지 못하고 황폐해진다는 것이 인류역사가 주는 교훈입니다. 이런 까닭에 시련을 극복하려는 의지와 그 능력을 길러주는 것이 교육의 가장 중요한 목적이 되어야 할 것입니다.

다름을 인정하지 않고, 한 줄로 세우는 교육방식은 학습과정에서 희열을 느끼기 보다는 실패하여 좌절할 가능성이 더 큽니다. 우리교육은 과도한 선행학습과 입시경쟁에 치우쳐 마음의 면역력을 기르는 데는 관심이 부족하고 소홀합니다. 가정에서는 지나친 과잉보호로 시련을 극복하고 마음의 근육을 키울 기회가 주어지지 않습니다. 그러다 보니 아이들이 삶의 과정에서 맞이하는 작은 고난 앞에서도 맥없이 주저앉게 되고 쉽게 좌절합니다. 어떠한 시련과 역경도 능히 이겨 낼 수 있는 회복탄력성을 가진 미래형 인재를 길러내야 합니다. 시련과 역경을 극복하고 활짝 웃는 웃음이야말로 세상에서 가장 아름다운 모습입니다. 우리 아이들에게 많은 지식을 강요하기보다 시련, 그 자체를 담담하게 받아들이고 극복해내는 삶을 열어주어야 할 것입니다.

장점을 바라보고 교육하기

세계적인 발명가 에디슨의 어린 시절 이야기입니다. 에디슨은 남들이 이상하게 볼 정도로 엉뚱한 데가 있었습니다. 선생님이 "하나에 하나를 보태면 몇이 될까?"라고 물으면 대부분의 아이들은 "둘"이라고 대답하는데 에디슨은 "하나"라고 말하기도 했습니다. 어느 날, 담임 선생님이 에디슨의 어머니를 불러 말했습니다. "에디슨은 학교에서 더 가르쳐도 별 소용이 없을 것 같으니 집에서 교육하는 게 더 좋겠습니다."

선생님의 뜻밖에 말에도 에디슨의 어머니는 절망하지 않고, 아들의 남다른 장점을 찾기 시작했습니다. 어머니는 아들에게 특별한 재능이 있을 것이라는 확신이 있었습니다. 에디슨이 더 이상 학교에 다니지 못하자 어머니는 에디슨을 직접 집에서 가르쳤습니다. 엉뚱한 말과 행동이 이어졌지만 그것을 야단치고 경계하지 않고 칭찬하고 격려했습니다. 진실로 자신을 사랑해주는 어머니에게서 에디슨은 꿈과 희망을 잃지 않았습니다. 그러던 중 어머니는 한 곳에만 열중하는 에디슨의 장점을 발견했습니다. 에디슨의 놀라운 집중력과 열정, 끈기를 보았던 것입니다. 그리고 이를 잘 살려 발명왕 에디슨으로 키워냈습니다. 발명왕 에디슨도 위대하지만 에디슨을 길러낸 그의 어머니도 위대합니다.

쓸모없는 '책'은 없습니다. 세상을 살아가면서 만나는 사람들은 모두 다른 장르의 '책'입니다. 각자에게 주어진 인생의 작가로서 이야기를 써 내려가고 있는 것입니다. 우리는 그 '책'을 읽기 위해 노력하고 자세히 살펴봐야 합니다. 이 세상에 쓸모없는 책이 없는 것처럼 사람도 마찬가지입니다. 이 세상에 존재하는 수많은 책 중에는 내 입맛에 맞는 책이 있고, 그렇지 않은 책이 있습니다. 하지만 관심 없던 책에서 마음에 울림을 주는 문구 한두 개를 발견할 수도 있고, 읽다 보니 재미있어서 그 분야를 좋아하게 될 지도 모릅니다. 그리고 그것은 모든 것에 적용됩니다. 정말이지, 이 세상에 쓸모없는 책도 사람도 없습니다. 정성들여 바라보면 모두가 소중합니다.

누군가 나를 믿어주면, 누군가 내게 희망을 걸고 나를 믿어주는 사람이 있다는 것을 깨닫는 순간부터 사람은 달라지기 시작합니다. 믿어주는 대로 올바르게 행동하려고 노력합니다. 올바른 행동에 좋은 결과가 뒤따르는 것을 경험하게 됩니다. 그 경험을 반복하는 것, 그것이 올바른 인성교육입니다. 믿어주는 것이 먼저입니다. 사랑을 먹고 자란 아이는 험한 세상을 헤쳐 나갈 힘을 얻습니다. 그 사랑을 바탕으로 아이는 자기 자신에 대한 사랑과 자아존중감을 길러갑니다. 나아가 타인을 배려하고 사랑하고 제대로 된 인간관계를 맺는 능력을 키우게 됩니다. 이것이 바로 회복탄력성의 근본입니다. 살아가면서 가장 힘든 일의 하나가 타인과의 관계입니다. 사랑과 미움, 협력과 갈등이 되풀이 반복되면서 상처도 입고 자존감도 많이 흔들립니다. 이때 일으켜 세우는 힘은 어린 시절 그가 받고 자란 사랑입니다. 회복도 빠릅니다.

꿈을 향한 가능성의 씨앗을 심고 있는 아이들을 칭찬해봅시다. 혹시 아이가 남들보다 못한 점이 있더라도 실망하지 말고 아이가 가진 장점을 바라보고 믿고 기다려 봅시다. 아이들에게 내일을 향한 꿈을 선물로 마련해 보는 것은 어떨지요. 무한한 가능성을 지닌 아이들을 믿고 기다려주면 아이들은 아름답게 자라날 것입니다. 어린이의 배움은 외우고, 쓰는 데 그칠 것이 아니라 그 타고난 지혜와 재능을 길러서 빛내야 합니다.

학교에서 아이들을 가르치는 일을 한 지 20여년이 다 되어갑니다. 예전엔 아이들을 구하기 위해 파출소로 가는 경우가 많았습니다. 하지만 최근에는 상담소나 정신과로 자주 연락하고 갑니다. 파괴되는 가정환경과 집단따돌림의 상처와 무한경쟁으로 내일(tomorrow)도 보이지 않고 내 일(my job)도 흐릿해지는 아이들의 모습이 안타깝습니다. 그래서 가끔은 마음이 아프거나 약해진 아이들을 모시고 고급 식당이나 찜질방에 가기도 하고, 영화나 연극을 보면서 마음 알아주기를 펼칩니다. 보람은 그렇게 힘들어 하던 아이들이 조금만 관심을 가져주면 건강하게 자람을 볼 때입니다. 이른바 명문대학 합격증이나 이름난 고등학교 졸업장이 아니라 용기를 내서 세상을 향해 도전장을 내미는 능력남이 될 때마다 보람을 느낍니다.

아이들의 해맑은 웃음 속에 내일의 희망을 봅니다. 마주한 초롱초롱한 눈망울 위로 꿈을 입고 터뜨려 오른 여명(黎明)을 봅니다. 지금은 비록 가냘픈 날갯짓입니디만 오늘이 가고 내일의 그날이 오면 새롭게 솟아 오른 나무가 되어, 지친 사람들이 머물다 가는 쉼이 될 것입니다. 아이들의 가슴 속에 푸른 하늘을 담게 합시다. 그 아래 사랑 가득 노오란 꽃들도 심어봅시다. 꿈들이 익어 소망의 열매가 맺히기 까지 변함없이 싱그러운 티 없는 미소이기를 기대하며 기다려줍시다. 어린이들은 우리의 희망이요, 내일의 미래입니다.

관계 회복을 위한 첫 걸음

제가 중학생 선생으로 그것도 상담담당이다 보니 아무래도 중학생을 둔 학부모들을 접하는 기회가 많습니다. 중학생을 둔 학부모들은 근심이 많습니다. 우죽하면 중학교 2학년이 무서워서 북한이 쳐들어오지 않는다는 우스갯소리가 있을 정도입니다. 얼마 전, 어느 학부모의 전화를 받았습니다. 그런데 그 학부모는 제가 재직하는 학교 학부모가 아닌 다른 학교 학부모였습니다. 어머니는 언젠가 우연히 교육청 관련 행사에서 만난 분으로 제가 학교에서 상담을 담당한다는 이야기가 생각나서 제게 전화를 하셨다고 했습니다. 어머니는 아들 때문에 속상해 죽겠다면서 답답해했습니다. 아들이 다니는 학교에 대해서도 속이 상한데 함부로 학교에 말하기도 조심스럽다면서 무작정 제게 전화하셨다고 했습니다.

사연은 이러했습니다. 어머니에게는 학교에 잘 적응하지 못하는 아들이 한 명 있습니다. 아들은 상벌점제에서 벌점을 많이 받아 봉사활동을 자주 하곤 하는데, 그래서인지 상벌점제에 매우 민감해졌다고 합니다. 이제는 아들이 벌점을 받지 않으려고 특이한 행동을 한다고 했습니다. 제가 재직하는 학교 학부모는 아니지만 오죽하면 제게 전화를 하셨을까 싶어 그저 이야기를 들어드리는 정도라도 해드리려고 마음먹었습니다. 그렇게 들어드리다가 문득 생각이 나서 섣부른 조언이라도 도움을 드릴 수도 있겠다 싶어 이야기를 꺼냈습니다. "어머님, 아들이 아버님과 사이가 좋지 않을 것 같은데 혹 맞나요?", "어머! 어떻게 아셨어요?"

간혹 부모님 중 한분이 굉장히 엄해서 자녀와 갈등이 깊은 경우가 있습니다. 이런 학생의 경우, 사회성이 결여되어 있을 가능성이 높기 때문에 혹시 비슷한 상황이 아닐까 싶어 물었는데, 아니나 다를까 용한 점쟁이라도 만난 양 어머니는 혹 빨려 들어왔습니다. "제 생각엔 학교보다는 아버님과의 관계 회복이 먼저인 듯합니다. 비난이나 꾸지람을 많이 받는 자녀는 정상적으로 사회성을 기르기가 어렵습니다.", "그런가요. 아빠가 엄하고 다소 폭력적입니다. 어떻게 하면 좋을까요?", "아버님으로 하여금 '3자 칭찬법'을 쓰게 하는 것이 어떨까 싶습니다.", "3자 칭찬법이요?" 어머니가 의아한 듯 물었습니다. "네. 다른 사람의 칭찬을 전달하는 겁니다. 예를 들면 선생님의 칭찬을 아버님이 대신하거나, 아버님의 칭찬을 어머님이 대신하는 겁니다. 칭찬하는 사람도 덜 쑥스럽고, 관계 회복에도 효과가 매우 큽니다. 저도 몇 년 전에 이 방법으로 문제 학생을 모범 학생이 되게 한 적이 있습니다.", "정말 좋은 방법인 것 같습니다." 어머니의 목소리에 화색이 돌았습니다. "선생님께도 말씀을 드려서 협조를 구하시면 좋겠습니다. 매일 한 가지씩 아들의 칭찬거리를 알려달라고 해보세요. 학교에서도 적극 협조해 주실 겁니다.", "네, 오늘 큰 도움 주셔서 너무 고맙습니다."

이렇게 통화는 1시간 만에 끝났습니다. 중학생을 둔 부모들의 고충은 이만저만한 것이 아닙니다. 아이들은 부모와 이야기를 하려고 하지 않습니다. 대화가 잘 되지 않으니 답답해합니다. 아이들은 아이들대로 부모님이 답답하다고들 합니다. 맨날 잔소리만 늘어놓고 공부만 강요한다고 합니다. 그런데 가만히 보면 부모나 아이들 모두 정작 중요한 것을 잊고 있는 것 같다는 생각이 듭니다. 부모도 아이들도 모두 대화의 기본을 잘 모릅니다. 대화는 말 그대로 마주보고 이야기를 나누는 것입니다. 그것은 상하관계나 수직적인 관계 혹은 이익이나 이해관계가 아닌 마주봄이 기본입니다. 그러니 상대방을 존중하고 이해함이 기본입니다. 자기 생각을 상대방에게 강요하거나 주입하려는 것은 대화가 아닙니다. 부모나 아이들의 말을 듣다보면 서로의 잘잘못만 따지는 것 같아 안타까울 때가 많습니다. 우리 부모도 이제는 올바른 자녀교육을 위한 교육이 필요합니다. 자녀의 이야기를 충분히 들어주고 존중하는 자세를 갖고 대화에 임해야 합니다. 얼마 전 저도 부모의 한 사람으로 부모교육 강좌에서 자녀대화법 특강을 들었습니다. 많이 반성하고 많이 다짐했습니다. 이런 기회를 자주 접하렵니다.

아이들의 변화는 절대적인 사랑과 칭찬에서부터 시작됩니다. 지금 아이들이 길을 벗어나고 있다면 다시 한 번 되돌아봅시다. 가정에서 관계가 잘 회복되고 있는지를, 그리고 부모와 아이들이 상생관계를 맺고 있는 지를요.

쌤톡해요, 외계어 같다고 대화 안 해도 될까요?

> 아빠 : 시험은 잘 봤지?
> 딸 : 시망했어요.
> 아빠 : 시험이 어쨌다고?
> 딸 : 아니, 시험이 어쨌다는 게 아니라 시원하게 망했다고.
> 엄마 : 초영이는 잘하잖아.
> 딸 : 초영이? 초영이 극혐이지. 혼자서 개이득 봐서, 인생점수 쳤잖아.

한 방송사에서 과거 방영된 〈안녕 우리말〉이란 프로그램에 나오는 부모와 딸의 짧은 대화입니다. 실제 인물들의 조금 어설픈 재연 이후 아빠는 "이런 불필요한 단어를 배우고 씀으로써 스스로의 품격을 낮추는 것 같다."고 평했고, 딸은 "우리 나름대로는 재미있고 입에 붙으니까, 어쩌다 부모님 앞에서도 튀어나오는 것 같다."고 답했습니다.

시망, 극혐, 개이득, 인생점수…. 어디 이것뿐이겠는가. 현상에 대한 판단은 잠시 미뤄두고, 아래 단어의 뜻도 무엇인지 한번 맞혀보세요.

①개이득 ②세젤옷 ③1.2kg ④병맛 ⑤심쿵 ⑥이욜 ⑦취저
⑧멘붕 ⑨존예 ⑩오키도키 ⑪띠로리 ⑫노답

멘붕, 노답 정도는 알 수 있을 것 같습니다. 어쩌면 심쿵까지도, 개이득, 1.2kg, 병맛, 존예, 취저, 오키도키는 감은 오는데 맞는 뜻인지는 확신이 안 섭니다. 개이득은 실질적인 이득이 없다? 병맛은 병에 든 음료수 맛?

존예는 존경과 예의? 오키도키는 설마 워키토키? 세젤웃, 이욜, 띠로리. 이건 뭐 감조차 안 옵니다. 요즘 아이들이 일상어로 쓰는, 어쩌면 이미 철 지났을지도 모를 위 단어 12개의 뜻을 모두 정확히 알고 있는 사람은 드물 것입니다. 연령대가 올라갈수록 정답률 또한 더 낮아질 것입니다. 언제부터인가 세대차이의 대표적 현상으로 기성세대와 신세대 간의 언어 단절이 꼽히기 시작했습니다. 대다수의 기성세대는 '외계어'와도 같은 아이들의 은어와 비속어를 '맞춤법과 띄어쓰기가 무시된 채, 무분별하게 만들어진 신조어'라 간주하며 걱정 어린 눈길로 바라봤습니다. 그런데 돌이켜보면, 요즘 아이들만 유별나게 그러는 것일까요? '섬, ㅎㅎㅎ, 뽀대난다, 헐…'

위 표현에 대한 정답률은 조금 올라갔을지도 모르겠습니다. 다름 아닌 2005년 교육부가 '인터넷 언어가 국어를 파괴하고, 학생들의 문법 실력을 떨어지게 하며, 세대 간 단절을 가져온다.'는 우려 아래 전국 일선 학교에 배포한 '인터넷 언어 순화 지도안'에 나온 사례들입니다. 물론 이 외에도 '저냐(전화), 띰띰하다(심심하다), 음야(지루하다, 졸리다), p~(한숨)'과 같은 사례도 실렸지만, 언제 그런 게 있었나 싶습니다. 시간을 좀 더 내려와 봅시다. '귀요미, 낚시글(질), 베프, 볼매, 솔까말, 안습, 지못미, 지름신, 차도남…' 이 중에는 반가운 단어들도 보입니다. 2010년 언저리에 사용되던 것들로, 지금 현재 살아남은 건 살아남았고 사라진 건 사라졌습니다. 구력(口力) 좀 되는 표현들은 과도한 우려나 극한 거부감 없이 회자(膾炙)되곤 합니다.

마찬가지로 지금 아이들의 '외계어' 또한 같은 길을 가지 않을까요? 생성과 소멸의 주기가 점점 짧아지는 가운데 말입니다. 다만 여기서 기성세대가 할 일은 극단으로 치달은 나머지 다소 거북스러운 표현들을 자연스럽게 걸러주는 일 정도가 아닐까 싶습니다. 기성세대 또한 '안냐세요, 어솨요.' 하며 PC통신 채팅방에서 인사 나누던, '8282, 1004, 1010235(열열이 사모해), 7942(친구사이), 2241000045(둘이서 만나요)'로 삐삐 치던 때가 있지 않았던가요? 조금 느슨한 잣대 아래 아이들과 자연스럽게 어울리며 또 다른 소통의 기회를 마련해봅시다.

①개이득 - '많이'라는 뜻의 접두사 '개-'와 이득이 합쳐져 아주 큰 이득을 봤다는 의미. '개-'의 경우 '개살구, 개꿈'이 아니라 '개웃겨, 개피곤'처럼 쓰인다.

②세젤웃 - 세상에서 제일 웃겨.

③1.2kg - 한 근은 600g, 두근두근.

④병맛 - 맥락 없고 형편없으며 어이없음. 내용이 허술한 만화에서 유래.

⑤심쿵 - 심장이 쿵쾅쿵쾅 거린다.

⑥이욜 - '이야+욜'이란 뜻의 감탄사.

⑦취저 - 취향 저격. 본인 마음에 드는 취향 또는 스타일과 꼭 맞는 상황.

⑧멘붕 - 멘탈(mental) 붕괴. 큰 충격에 얼이 나감.

⑨존예 - 정말 예쁘다. '존맛(맛있다), 존못(못생겼다)' 등도 쓰인다.

⑩오키도키 - OK 보다 긍정·적극적 의미를 지님.

⑪띠로리 - 맙소사! 절망, 좌절의 의미. 바흐가 작곡한 '토카타와 푸가'의 첫 소절을 표현.

⑫노답 - 'No 답'. 하는 짓이 변변치 않거나 어이없을 때 사용한다. 더 강한 표현으로 '핵노답'이 있다. '노잼(재미없음)'도 있습니다.

소통과 나눔이 요청되는 시대와 교육

인간관계를 맺어 주는 가장 중요한 덕목은 소통(疏通)이라 할 수 있습니다. 그러나 우리는 지금 어떤 현실 속에 살고 있는지요? 소통의 부재(不通) 현상이 위험 수위에 다다른 느낌을 받고 있습니다. 이러한 현상은 사회적인 갈등을 조장하고 언어폭력(막말), 갑(甲)질로 까지 변질되어 서로에게 상처와 좌절과 증오심을 남기고 있습니다. 결국은 갈등과 분열로 이어져 국가발전을 저해하고 있는 것이 오늘 우리의 현실입니다. 이를 극복하는 작은 실천으로 소통과 배려의 중요성을 되새기는 소중한 글샘 세 가지를 살펴보렵니다.

첫 번째 이야기입니다. 어느 이등병이 몹시 추운 겨울 날, 밖에서 언 손을 녹여가며 찬물로 빨래를 하고 있었습니다. 마침 그곳을 지나던 소대장이 그것을 보고 안쓰러워서 한 마디를 건넸습니다. "김 이등병 저기 취사장에 가서 뜨거운 물을 좀 얻어다 하지." 이등병은 소대장의 말을 듣고 취사장에 뜨거운 물을 얻으러 갔지만, 선임자에게 군기가 빠졌다는 핀잔과 함께 한바탕 고된 얼 차례만 받아야만 했습니다. 빈손으로 돌아와 찬물로 빨래를 계속하고 있었습니다. 그 때 중대장이 지나가면서 그 광경을 보았습니다. "김 이등병, 그러다 동상 걸리겠다. 저기 취사장에 가서 뜨거운 물 좀 얻어서 해라." 이등병은 그렇게 하겠다고 하고 대답을 했지만, 이번에는 취사장에 가지 않았습니다. 왜 그랬을까요? 가 봤자 뜨거운 물은 고사하고, 혼만 날 것을 알고 있었기 때문이었습니다. 그렇게 계속 빨래를 하고 있는데 이번에는 인사계 소속 중년의 선임부사관이 그 곁을 지나다가 찬물로 빨래를 하고 있는 모습을 보고 걸음을 멈추고 말했습니다. "김 이등병 내가 세수를 좀 하려고 하니 지금 취사실에 가서 그 대야에 물을 좀 받아 와라." 이등병은 취사장에 뛰어가서 취사병에게 보고를 했고, 금방 뜨거운 물을 한가득 받아왔습니다. 그러자 선임부사관이 다시 말했습니다. "김 이등병! 그 물로 언 손을 녹여가면서 해라. 양이 충분하지 않겠지만 동상은 피할 수 있을 거야."

소대장과 중대장, 그리고 선임부사관 3명의 상급자 모두 부하를 배려하는 마음은 있었습니다. 그러나 상대방의 입장에서 상황을 파악하고 정말로 부하에게 도움이 된 것은 단 한 사람뿐이었습니다. 내 관점에서 일방적인 태도로 배려하고, 상대에게 도움을 줬다고 착각하는 어리석음을 범하고 있지는 않은지 되돌아봅시다. 배고픈 소에게 고기를 주거나, 배고픈 사자에게 풀을 주는 배려는 내 입장에서 단지 만족감으로 하는 허상의 배려일 수도 있습니다.

이솝우화에 '학과 여우의 이야기'가 있습니다. 어느 날 여우가 학을 초대했습니다. 여우는 맛난 음식을 접시에 담아 학에게 주었습니다. 그러나 학은 그 맛있는 음식을 먹을 수 없었습니다. 여우는 자신이 먹어본 음식 중에 최고의 음식으로 정성을 다해 준비해서 초대했는데 학이 조금밖에 먹지를 않아서 화가 났습니다만 정중히 초대한 손님이기에 말은 하지 않고 속으로만 화가 났습니다. 그러니 자신도 음식을 즐겁게 먹지는 못했습니다. 학은 부리가 길어 접시에 담긴 음식을 먹기가 너무도 힘들어 조금밖에 먹을 수가 없었습니다. '초대해놓고 약 올리는 건가 싶어' 화가 났지만 자신을 정중히 초대한 여우를 생각해서 말은 하지 않았습니다.

집으로 돌아간 학은 너무도 화가 나서 견딜 수가 없었습니다. 그래서 다음날 학은 여우를 초대했습니다. 학은 목이 긴 호리병에 정성스럽게 음식을 장만해서 내놓았습니다. 여우는 도저히 먹을 수가 없었습니다. 이에 여우는 버럭 화를 냈습니다. "너, 나를 약 올리려고 초대한 거야. 나는 어제 너를 위해 정성을 다해서 음식을 장만해서 대접했는데 먹지도 않더니 이제 약 올리려고 초대한 거야. 그러고도 네가 내 친구냐?" 학도 화를 내면서 말했습니다. "네가 어제 나를 대접하려고 초대했다고, 어이가 없네. 너 좋아하는 것을 접시에 장만해서는 먹으라고 하니 내가 어떻게 하냐, 너는 접시로 먹으면 되지만 난 부리가 길어서 그게 어려운 걸. 내 입장에서 생각해봐야하는 거 아니야." 그제야 여우는 사과를 했습니다. 자신이 자신의 경험과 입맛과 입장에서만 생각했던 것을 반성하면서 진심으로 사과했습니다. 그래서 둘은 다시 우정을 회복할 수 있었습니다.

두 번째 이야기입니다. 어느 아낙이 물지게를 지고 먼 길을 오가며 물을 날랐습니다. 양쪽 어깨에 항아리가 걸쳐져 있었습니다. 왼쪽 항아리는 살짝 실금이 간 항아리였습니다. 그래서 물을 가득 채워서 출발했지만, 집에 오면 왼쪽 항아리 물은 항상 반쪽이 비어 있었습니다. 왼쪽 항아리는 금 사이로 물이 흘러 내렸고, 오른쪽 항아리의 물은 그대로였습니다. 왼쪽 항아리는 항상 미안한 마음이 들었습니다. 그러던 어느 날 아낙에게 말했습니다. "주인님, 저 때문에 항상 일을 두 번씩 하는 것 같아서 죄송해요. 금이 가서 물이 새는 저 같은 항아리는 버리고 새 것으로 쓰시지요." 아낙이 빙그레 웃으면서 금이 간 항아리에게 말했습니다. "나도 네가 금이 간 항아리라는 것을 알고 있단다. 그렇지만 괜찮아. 우리가 지나온 길의 양쪽을 보거라. 물 한 방울 흘리지 않은 오른쪽 길은 아무 생명도 자라지 못하는 황무지가 되었지만, 네가 물을 뿌려준 왼쪽 길에는 아름다운 꽃과 풀과 생명이 무성하게 자라고 있잖아." "너는 금이 갔지만, 너로 인하여 많은 생명이 자라났단다. 나는 그 생명을 보면서 행복하단다. 너는 지금 그대로 네 역할을 아주 잘 하고 있는 것이란다." 사람들은 완벽함을 추구하며 살아갑니다. 자신이 조금 부족한 모습을 수치스럽게 여기고 자기 자신을 가치 없는 존재로 여겨 실의에 빠질 때도 있습니다. 그런데 잘 생각해보면 세상은 금이 간 항아리 때문이 아니라, 오히려 너무 완벽한 항아리들 때문에 삭막할 때가 더 많습니다. 약간은 부족해도 너그럽게 허용하는 것이 세상을 좀 더 여유롭게 만드는 배려입니다.

세 번째 이야기입니다. 어느 간호사가 암 병동에서 야간 근무를 할 때의 일입니다. 새벽 다섯 시 쯤 갑자기 병실에서 호출 벨이 울렸습니다. "무엇을 도와 드릴까요?"라고 호출기로 물었으나 대답이 없었습니다. 간호사는 환자에게 무슨 일이 생겼나 싶어 부리나케 병실로 달려갔습니다. 창문 쪽 침대에서 불빛이 새어나왔습니다. 병동에 가자 오래된 입원 환자였습니다. "무슨 일 있으세요?" 황급히 커튼을 열자 환자가 태연하게 사과 한 개를 내밀며 말했습니다. "간호사님, 아, 이것 좀 깎아주세요." 헐레벌떡 달려왔는데, 겨우 사과를 깎아 달라니 맥이 풀렸습니다. 환자의 옆에는 그를 간병하는 아내가 곤히 잠들어 있는 모습이 보였습니다. "이런 건 보호자에게 부탁해도 되잖아요?", "그냥 좀 깎아줘요."

간호사는 다른 환자들이 깰까 싶어 얼른 사과를 대충 깎았습니다. 환자는 간호사가 사과 깎는 모습을 가만히 지켜보더니 이번에는 먹기 좋게 잘라 달라고 요구했습니다. 간호사는 귀찮은 표정으로 사과를 반으로 뚝 잘랐습니다. 그러자 예쁘게 좀 깎아 달라고 요구했습니다. 할 일도 많은데 이런 것까지 요구하는 환자가 못마땅했지만 사과를 대충 잘라 주었습니다. 사과의 모양새를 보면서 마음에 들지 않아 아쉬워하는 환자를 두고 간호사는 서둘러 병실을 나왔습니다. 얼마 후, 그 환자는 세상을 떠났습니다. 며칠 뒤 삼일장(三日葬)을 치른 환자의 아내가 수척한 모습으로 간호사를 찾아왔습니다. "간호사님, 사실 그 날 새벽에 사과 깎아 주셨을 때 저도 깨어 있었습니다. 그 날이 저희들 결혼기념일이었는데 이침에 남편이 결혼기념일 선물이라며 깎은 사과를 담은 접시를 주더군요. 제가 사과를 참 좋아하는데 남편이 손에 힘이 없어서 깎아 줄 수가 없었습니다. 그래서 간호사님에게 부탁했던 것입니다. 저를 깜짝 놀라게 하려던 남편의 그 마음을 지켜주고 싶어서, 간호사님이 바쁘신 줄 알면서도 모른 척하고 누워 있었습니다. 혹시 거절하시면 어쩌나 하고 얼마나 가슴 졸였는지 모릅니다. 그 날 사과 깎아 주셔서 정말로 고마웠습니다."

이 말을 들은 간호사는 차마 고개를 들 수 없었습니다. 눈물이 왈칵 쏟아져서 하염없이 울었습니다. 간호사는 그 날 새벽, 그 가슴 아픈 사랑

앞에 얼마나 무심하고 어리석었던가? 후회하고 후회했습니다. 한 평 남짓한 공간이 세상이 전부였던 환자와 보호자, 그들의 고된 삶을 미처 들여다보지 못했던 옹색한 자신이 부끄러웠습니다. 그래서 마지못해 사과를 깎았다고 죄송하다고 사과했습니다. 환자의 아내가 울고 있는 간호사의 손을 따뜻하게 잡아주며 말했습니다. "아닙니다. 남편의 마지막 선물을 하고 떠나게 해 줘서 정말 고마웠습니다. 그냥 안하셔도 될 일이었습니다. 충분했습니다."

우리는 살아가면서 다른 사람이 처한 상황이나 생각을 헤아리지 못하고, 내 생각대로 판단하고 행동할 때가 많습니다. 살아가면서 매사에 입장 바꿔 생각해보는 역지사지(易地思之)의 배려가 필요합니다. 배려(配慮)는 짝 '배' 생각 '려'를 합친 단어로 상대방의 입장에서 생각해 보는 것을 의미합니다. 위의 세 가지 이야기는 삶을 돌아보면서 새로운 생각과 다짐을 하게 해줍니다. 이런 소통과 배려는 우리 교육에서도 되새겨야합니다. 그동안 우리 사회는 경쟁을 통한 성공만이 타인에게 인정받을 수 있는 유일한 길이라는 풍조가 널리 퍼져 있었습니다. 어른과 아이 할 것 없이 다른 사람을 제치고 이겨야만 살아남을 수 있다는 압박감에 시달려왔습니다. 이러한 풍조는 교육 현장에도 그대로 적용되어 서로 이해하고 소통하며 힘을 합하여 뭔가를 배우고 이루려는 노력보다는, 개개인이 경쟁적으로 지식과 능력을 갖추어 더 높은 지위와 더 많은 부를 취해야 함을 강조해왔습니다. 당연히 아이들은 무한경쟁과 맹목적인 지식 습득을 강요당해 왔으며, 서로 마음을 나누고 다른 사람을 이해하는 일은 늘 뒷전으로 밀려나곤 했습니다. 무언가를 나누는 일은 일단 자신이 먼저 인정받아 부와 명예를 얻은 다음에 가능한, 인생의 마지막 정거장쯤에서나 실행 가능한 일로 인식되어 왔습니다.

문제는 이런 결과로 지금 우리 사회에서 수많은 부작용이 생겨나고 있습니다. 학교폭력과 성적비관으로 인한 아이들의 자살과 우울증 등이 사회 문제로 떠올랐습니다. 이런 참담한 현실에 정작 교육현장 일선에서는 무엇을 어디서부터 손대야 할지 난감해 하는 지경에 이르렀습니다. 이러한 위기에 맞서 교육계에서는 새삼 인성교육을 강조하고 있습니다. 이러한 때에 한번쯤 돌이켜 생각해 볼 일이 있습니다. 과거 우리가 훨씬 더 궁핍하고 어려웠던 시절에는 굳이 강조하지 않아도 누구나 나누는 것이 자연스러웠습니다. 좋은 일이 생기면 이웃과 같이 기뻐했고, 슬픈 일이 생기면 도움의 손을 더해 슬픔을 나누었습니다. 물질이든 감정이든 공유하며 나눔의 즐거움을 누려 왔습니다. 인성교육이라는 거창한 말을 붙이지 않더라도, 우리는 배려와 공감을 배우고 서로를 북돋으며 살아가는 법을 터득해왔습니다.

우리 사회 각계각층에서는 나눔의 문화를 통해 아이들에게서 미래사회를 살아가는 데 꼭 필요한 공감과 소통능력을 이끌어내야 한다고 강조하고 있습니다. 이때 '나눔'이라는 것은 단순히 사회의 약자를 향한 베풂의 의미를 넘어섭니다. 누구나 무엇이든 다른 사람과 함께 하면서 자신이 더욱 기쁨을 느끼고, 더욱 성장할 수 있음을 의미합니다. 그것이 미래 교육의 핵심이어야 한다고 강조합니다. 그리고 아이들이 생활 속에서 함께 나누는 삶을 체득하기 위해서는 학교와 가정과 사회의 여러 기관에서 어떻게 함께 살아갈 수 있는가를 가르치고 훈련하는 일이 필요하다고 강조합니다.

나눔을 가르치고 배운다는 것은 어쩌면 낯선 일입니다. 많은 사람들이 여전히 나눔이란 내가 가진 것을 다른 사람에게 나눠주는 것이라 생각합니다.

나눔을 생각할 때 사람들이 가장 먼저 떠올리는 건 돈입니다. 돈이 있어야 나눌 수 있다고 생각합니다. 그래서 보통의 사람들은 나눔을 배울 수 있다는 생각은 거의 하지 않습니다. 나눔 교육을 통해 자존감과 리더십이 향상되는 경우를 볼 수 있습니다. 나눔 교육은 개인과 사회 모두에게 유익한 교육 방식입니다. 그렇기에 나눔 교육을 정규 교과과정에 포함시키고, 교육의 기본 방향으로 삼아야 할 것입니다. 소통과 협동의 시대에 필요한 가치로, '나눔'을 가르쳐야합니다. '나눔'이란 단순히 자신이 가지고 있는 것을 남에게 베푸는 의미가 아닙니다. 세상을 살아가면서 다른 사람과 그리고 이 사회와 관계 맺는 방식입니다. 함께 살아가는 다양한 사람들을 바른 시각으로 이해하고, 함께 행복하고, 건강하게 살아가는 방법을 터득하는 일이야말로 '소통'과 '협동'이 중요한 이 시대에 아이들이 꼭 익혀야 할 삶의 기술입니다.

저자 한승진   소통 길잡이 esea-@hanmail.net

성공회대 신학과, 상명대 국어교육과, 한국방송대 국어국문학과 · 교육과 · 가정
학과 · 청소년교육과를 졸업했다. 학점은행제로 사회복지학, 아동학, 청소년학,
심리학, 상담학으로 학위를 취득했다. 한신대 신학대학원 기독교윤리학(신학석
사), 고려대 교육대학원 도덕윤리교육(교육학석사), 중부대 원격대학원 교육상
담심리(교육학석사) · 중부대 인문산업대학원 교육학(교육학석사), 공주대 특수
교육대학원 중등특수교육(교육학석사), 공주대 대학원 윤리교육학과(교육학박
사)로 학위를 취득했다. 현재는 한국방송대 문화교양학과에 재학 중이다.

월간 『창조문예』 신인작품상 수필로 등단하였고, 제45회~제47회 한민족통일문
예제전에서 3년 연속 전북도지사상과 제 8회 효실천 글짓기 공모전에서 대상을
수상하였다. 익산 황등중학교에서 학교목사와 선생이면서, 황등교회 유치부 교
육목사와 『투데이안』 객원논설위원과 『전북기독신문』 논설위원으로 활동하고
있다. 인터넷신문 『투데이안』과 『크리스챤신문』과 『전북기독신문』, 『익산신문』,
『굿뉴스21』에 글을 연재하고 있다.

공동 집필로는 고등학교 교과서 『종교학』이 있으며, 단독 저서로는 『함께 읽는
기독교윤리』, 『현실사회윤리학의 토대 놓기』, 『우리가 잊지 말아야할 것들』,
『종교, 그 언저리에서 길을 묻다』, 『희망을 노래하는 마음으로』외 다수가 있다.
역서로는 『예수님이라면 어떻게 하실까』가 있다.

교육? 호기심!

초판인쇄	2018년 7월 16일
초판발행	2018년 7월 23일

저 자	한승진
발 행 인	윤석현
책임편집	안지윤
발 행 처	도서출판 박문사
주 소	서울시 도봉구 우이천로 353 성주빌딩 3F
전 화	(02) 992-3253(대)
전 송	(02) 991-1285
전자우편	bakmunsa@hanmail.net
홈페이지	http://jnc.jncbms.co.kr
등록번호	제2009-11호

ⓒ 한승진 2018 Printed in KOREA.

ISBN 979-11-89292-10-2 03800   정가 21,000원